A

Alexander Oetker
schreibt als Yanis Kostas

# Zyprische Geheimnisse

Kriminalroman

Atlantik

*Atlantik ist ein Imprint des*
*Hoffmann und Campe Verlags, Hamburg.*

3. Auflage 2024

*www.hoffmann-und-campe.de*
Illustrierte Karte im Vor- und Nachsatz: Nina Heinke
Umschlaggestaltung: Vivian Bencs © Hoffmann und Campe
Umschlagabbildung: Illustration von Nina Heinke
*www.ninaheinke.com*
Gesetzt aus der Trump Mediäval
Satz: Pinkuin Satz und Datentechnik, Berlin
Druck und Bindung: GGP Media GmbH, Pößneck
Printed in Germany
ISBN 978-3-455-01746-5



HOFFMANN
UND CAMPE

*Ein Unternehmen der*
GANSKE VERLAGSGRUPPE

*Yia ton Panicos*

# Prálogos

# Bergdorf Kyperounda

Er konnte sich nicht sattsehen.

*Sattsehen.* Was für ein merkwürdiges Wort das war. Sich *sattsehen.*

Wie hätte er sich auch sattsehen können? An dieser Schönheit. Es war schlicht nicht möglich.

Und genau deshalb hatte er die Hängematte hier oben auf die Terrasse gehängt, an die beiden Balken aus dunklem Holz, unter das rote Dach. Ein wenig Schatten, immerhin.

Von hier fiel sein Blick über die Dächer der Häuser ringsum, über die kleine Kirche in der Dorfmitte, wo sie abends ihre Feste feierten, eine lange Tafel im Kerzenschein, fast bis auf den letzten Quadratzentimeter besetzt von Dutzenden Platten mit den Köstlichkeiten des Troodos und so vielen Flaschen Wein, dass nach ein paar Stunden alle auf den Tischen tanzten, einschließlich der ganz Alten.

Er liebte diese Abende. Nein, das war nicht ganz richtig: Er hatte sie immer geliebt – so musste er es sagen. Denn sie hatten ihn lange nicht mehr eingeladen.

So schlimm fand er das nicht. Redete er sich zumindest ein. Es war der Lauf der Zeit. Als er hier ankam, vor so vielen Jahren, da war er ein Fremder gewesen. Und jetzt war er wieder einer. Wenn die Gründe dafür heute auch andere waren als damals.

Karl spürte den Luftzug, der über seine Arme strich und

ihm eine leichte Gänsehaut verursachte. Im Frühling kam die Abendkühle hier oben in den Bergen ganz schnell. Dabei war es am Nachmittag so warm, dass die alten Pflastersteine auf der Dorfstraße glühten. Dass die Zikaden sangen, als wäre schon Hochsommer. Doch sobald die Sonne hinter dem Troodos verschwand und sich die letzten Lichtstrahlen aus den Wipfeln der Zypressen zurückzogen, verlor sich auch die Wärme, sodass die Menschen sich in ihre Häuser verkrochen und die alten Öfen anheizten.

Dann war klar, dass es noch eine Weile dauern würde, bis der Sommer begann.

Und doch hörte er sie schon in den Wipfeln, die Vorboten ebendieses Sommers. Es waren nur die Ersten von ihnen, der erste Spähtrupp sozusagen, der sich in den Bäumen ringsum niedergelassen hatte. In zwei oder drei Tagen würden sie alle kommen, all die schönen und sonderbaren und einzigartigen Wesen, die so bunt und wunderbar waren, ein jedes für sich. Ihre Reise, so regelmäßig und planbar wie die Jahreszeiten, hatte ihnen wie immer alles abverlangt, der lange Weg durch die Wüste und über das Meer, die Sandstürme, der Regen – und nun bräuchten sie eine Pause, bevor sie sich auf den zweiten Teil ihrer Reise machten.

Was sie nicht wussten: Diese Pause war die eigentliche Gefahr – hier lauerten jene, die verhindern wollten, dass sie wieder abhoben und sicher ihr Ziel erreichen.

Über viel zu viele Jahrzehnte hatten sie ihr dreckiges Handwerk völlig unbehelligt ausüben können.

Doch er war hier – er, Karl. Und er hatte es sich zur Aufgabe gemacht, ihnen ein für alle Mal das Handwerk zu legen. Lange hatte er allein auf weiter Flur gekämpft, es gab keine Organisationen, keine Verbündeten. Aber nun hatte sich das geändert. Endlich. Zum ersten Mal in all der Zeit hatte er eine reelle Chance. Und er wollte den großen Schlag landen.

Er wollte, dass die Vögel auf ihrer langen Reise auf Zypern in aller Ruhe Rast machen und dann ohne Gefahr und ohne Sorgen wieder in den Himmel steigen konnten.

Im Morgengrauen würde seine Mission beginnen. Er erhob sich von seiner Hängematte, sein Knie knackte, und er musste grinsen. Ja, sie waren unbarmherzig, die Jahre. Aber noch gehörte er nicht zum alten Eisen. Das würde er allen beweisen. Zusammen mit seinen neuen Verbündeten. In dieser Hinsicht hatte die Zeit ihm geholfen.

Karl zog die Schiebetür auf und klappte das Moskitonetz weg, kurz nur, er wollte nicht schon wieder Fledermäuse im Haus haben. Dann besah er sich das Gepäck, das er schon bereitgestellt hatte, die Zelte, den Proviant, den sie brauchen würden, wenn sie mehrere Nächte draußen zubrachten. Dann ging er zu dem Schrank im hinteren Teil des Raumes und zog die Schublade auf. Der Anblick des Inhalts gefiel ihm nicht, aber er hatte zu viele Geschichten gehört, als dass er einfach nur darauf vertraute, dass alles gutging. Schwer und kalt und metallisch lag die Waffe in seiner Hand. Er verstaute sie in der Tasche, die nur er tragen würde.

Er würde jetzt zu Bett gehen, denn sein Wecker klingelte um vier Uhr. Dann würde er in den Südwesten der Insel fahren, ein Weg von einer Stunde, vielleicht etwas mehr. Noch immer würde ihn das Dunkel des frühen Morgens beschützen. Ihn. Und seine Helfer.

Wenn sie getan hatten, was sie tun mussten, würde ihn ganz sicher niemand im Dorf mehr einladen – zu keiner Feier, keinem Abendessen.

Mit dieser Einschätzung lag Karl sicher nicht ganz falsch – anders kam es dennoch.

## Taverna Troodos, Kyperounda

»Noch eine Flasche?« Ihre Stimme hallte durch den Raum. Als der Gast am hinteren Ende des Raumes nickte, nahm Xenia die Flasche Xynistéri-Wein aus dem Kühlschrank, schraubte den Korkenzieher hinein und zog den Korken mit einem Ruck aus der Flasche. Sie trat hinter dem Tresen hervor und durchschritt den Raum, stellte die Flasche auf den Tisch und sah auf die Teller, die allesamt so leer geputzt waren, dass sie im Grunde nicht mal hätte spülen müssen. Auch in der Schüssel mit dem griechischen Bauernsalat waren nur noch winzige Tomatenreste und ein paar Feta-Krümel.

»War gut, nehme ich an?«

»Hervorragend«, sagten die beiden Gäste, eine Frau und ein Mann in den Fünfzigern, im Duett. Sie stammten aus dem Nachbardorf und waren lange nicht mehr hier gewesen. »Und nun freuen wir uns auf die Souflaki«, ergänzte die Frau.

»Kommt sofort, ich habe sie schon auf dem Grill«, erwiderte Xenia.

Sie wollte gerade gehen, als sich der Mann leise räusperte. Als sie in seine fragenden Augen blickte, ahnte sie schon, was nun kam:

»Sagen Sie, ich weiß, es müsste bald so weit sein, aber ich bin mir nicht sicher, ob Sie es überhaupt noch anbieten.« Er senkte die Stimme. »Aber ich wollte fragen, ob wir schon einen Tisch für die *Ambelopoulia* reservieren können.«

Xenia sah sich um, so, als hätten die Wände auf einmal Ohren. Sie spürte, wie ihr die Hitze aufstieg, was merkwürdig war, weil sie nun schon vierzig Jahre hinter diesem Tresen stand und die Frage noch vor zwanzig Jahren nicht geflüstert worden war – sondern einfach lauthals gestellt, ohne dass es irgendjemanden gestört hatte. Doch auch sie senkte ihre Stimme, als sie antwortete.

»Ich glaube, wir müssten zu nächstem Wochenende eine Lieferung bekommen.« Sie hoffte, dass man die Unsicherheit in ihrer Stimme nicht hörte. »Es liegt ja immer … na ja, an den Lieferanten. Aber nächstes Wochenende, da sollten wir sicher … da sollten wir es sicher anbieten. Soll ich Ihnen für den Samstag einen Tisch reservieren?«

»Ja, das wäre wunderbar«, sagte der Mann. »Ich freue mich schon wieder seit einem halben Jahr darauf. Und nirgendwo sind sie so gut wie bei Ihnen.«

»Gut, dann schreibe ich das gleich ins Buch. Wollen Sie noch Wasser?«

»*Efcharistó*, erst mal nicht. Wir sind zufrieden.«

Sie ging wieder vor zum Tresen, doch dann hielt sie inne, weil sie im Fenster eine Bewegung wahrgenommen hatte. Sie trat einen Schritt näher und sah, wie sich draußen zwei Männer begrüßten, indem sie sich lange und herzlich umarmten. Der linke war Lefteris, der Handwerker, der allen im Dorf Sachen reparierte. Und der rechte, der große Hüne mit dem vollen Bart, war der andere Lefteris, ihr Mann und der beste Freund seines Namensvetters. Sie hatte er lange nicht mehr so freundlich in den Arm genommen. Nach einer Weile ließen sich die Männer wieder los und griffen die Eimer und die Teleskopstangen mit den Pinseln am Ende, die sie für ihre Umarmung hatten stehen lassen. Mit dieser Ausrüstung gingen sie in Richtung von Lefteris' Jeep. Xenia sah ihnen lange und grübelnd nach.

# Lara Beach, Akamas-Halbinsel

Magisch. Sie konnte es nicht anders nennen. Diese Bucht war einfach magisch. Sie saß zwischen den beiden Jungs der Gruppe, verborgen im Schutz der Düne ein kleines Stück unterhalb der Felsen. Von dort beobachtete sie durch das Fernglas den Strand weiter unten. Die Bucht war eine halbrunde Sichel, in diesen Minuten in ein goldenes Licht getaucht, da die Abendsonne ganze Arbeit leistete. War das Wasser des Mittelmeeres hier am Morgen und am Vormittag türkis wie auf den Malediven, so leuchtete es jetzt am Abend so goldgelb, als seien darin Schätze verborgen.

Als sie diesen Ort vor vier Wochen zum ersten Mal gesehen hatte, war sie sprachlos gewesen, beinahe den ganzen Nachmittag lang. Alles hier hatte sie überwältigt: Die Abgeschiedenheit – sie hatten über einen kargen, kurvigen Weg fast eine Dreiviertelstunde hierher gebraucht. Die Felsen, die die Bucht begrenzten. Der weiße Sand, der dort unten lag, durchzogen von kleinen, silbrigen Muschelschalen, die klare Grenze zwischen Land und Meer. Das Wasser, so klar und weich, und als sie zum ersten Mal darin eintauchte, setzte sich ihre Sprachlosigkeit fort, weil sie sich nicht erinnern konnte, jemals in so warmem Wasser gebadet zu haben.

Das hier war Magie. Das hier war Lara Beach.

Während am Strand von Coral Bay südlich von Paphos die Liegeschirme dicht an dicht standen, sich dort fliegende

Händler von Handtuch zu Handtuch schoben, man zu Kiosken und Eisbuden nur durch endloses Schlangestehen gelangte – war hier: niemand. Oder fast niemand.

Der Weg in die Bucht auf der Akamas-Halbinsel war beschwerlich, die Halbinsel war ein steiniges Naturschutzgebiet am äußersten westlichen Rand Zyperns. Wenn es geregnet hatte, wurden die Wege so matschig, dass nur noch Allrad-Jeeps durchkamen – aber gut, es regnete hier so gut wie nie.

Pauschalurlauber mieden den aufwendigen Weg hierher, sie bevorzugten die Hotelstrände nahe den großen Städten. Einzig Naturliebhaber und verliebte Paare kamen hierher, um ganz in Ruhe den Tag zu verbringen. Abends war das Baden hier verboten, genau wie nächtliches Kampieren.

Der Grund dafür befand sich in den kleinen Käfigen aus Metall, die unten am Strand im feinen, noch sonnenwarmen Sand befestigt waren. Alle zehn Meter ein Käfig, beinahe symmetrisch waren sie dort aufgestellt, in Reihen à zehn oder elf Stück – und sie beschützten etwas ganz Besonderes: die Eier der grünen Meeresschildkröten nämlich. Vor zwei Wochen waren die majestätischen Muttertiere an den Strand gekommen und hatten begonnen, mit ihren Füßen Löcher zu buddeln, um darin ihre Eier abzulegen, und es war für sie so aufregend gewesen, dabei zuzusehen, dass Annika immer noch eine Gänsehaut bekam, wenn sie daran dachte. Schließlich waren die Tiere wieder ins Wasser verschwunden, aber nicht ohne vorher ihre Spuren zu verwischen. Denn natürlich spürten sie instinktiv, dass ihre Nachkommen in großer Gefahr waren. Es gab Strandfüchse hier, die nichts sehnlicher wollten, als sich an den kleinen Eiern zu laben, aber auch Raubvögel hätten sich im Sturzflug auf die Eier gestürzt – wären da nicht Annika und ihre Freunde gewesen, die, sofort nachdem die Schildkröten verschwunden waren, die Metallkäfige über den Nestern befestigten, um die Fressfeinde abzuhalten.

Doch es waren nicht nur die tierischen Feinde, die die Eier und ihre – vom Aussterben bedrohten – Bewohner gefährdeten, es waren auch jene, wegen denen sich Annika und ihre Freunde auf der Düne versteckt hielten.

Seitdem die Reiseführer und das Internet von der Schildkrötenstation an Lara Beach berichteten, kamen immer wieder Menschen, um sich die Eier anzusehen, aber auch um eventuell eine große Schildkröte zu Gesicht zu kriegen. Die meisten waren dabei sehr rücksichtsvoll und hielten sich an die Regeln, doch immer wieder kamen auch jene, die sich zu nah an die Nester wagten oder vielleicht sogar auf die dämliche Idee kamen, ein Ei als Souvenir mit nach Hause zu nehmen.

Annika ließ ihren Blick von den Nestern zum Horizont schweifen – der schönste Moment des Tages. Die Sonne war nur noch eine rote Sichel, und sie sank langsam, Zentimeter für Zentimeter Richtung Meer, als würde sie darin untergehen. Annika musste grinsen. Bei Instagram sah sie ihre Freundinnen, die nach dem Abitur mit Gruppenreisen oder riesigen Rucksäcken auf Reisen um die halbe Welt gegangen waren und nun Fotos posteten, wie sie mit einem Cocktail in der Hand die Beine in irgendeinen Pool hielten. Und sie saß hier mit einem zerrissenen T-Shirt und braungebrannten Beinen in einer kurzen Shorts und passte auf Schildkröten auf. Ehrlich gesagt gefiel ihr das viel besser als eine sinnlose Reise in irgendein Luxus-Resort. Und das lag auch an … verstohlen sah sie zu dem Jungen, der links neben ihr saß. Aris. So ein schöner Name. Und so ein schöner Junge.

Er war der zweite Grund gewesen, warum Annika an jenem Nachmittag Anfang Juli sprachlos gewesen war. Als sie zum ersten Mal an diesen Strand gekommen war, kurz nach ihrer Ankunft am Flughafen von Larnaca. Sie hatte die kleine Baracke betreten, die im Norden des Strandes eine informative

Ausstellung über die Schildkröten beherbergte – und in ihrem hinteren Teil einen winzigen Aufenthaltsraum für die Schildkrötenbewacher. Und da war sie Aris begegnet, der sie mit einem strahlenden Lächeln begrüßte. Wie ein griechischer Gott kam er ihr vor, mit seinem Dreitagebart, den langen Surferhaaren, den braunen Augen und dem dunklen Teint. Annika hatte nur dagestanden und gestottert, vor Aufregung wollten ihr die wenigen griechischen Wörter, die sie kannte, rein gar nicht einfallen.

In den Tagen darauf waren noch vier weitere Neulinge angekommen, die das Team ergänzten: zwei Jungs aus Frankreich und zwei andere Deutsche, Carla, eine quirlige Bayerin, und Stephan, ein ruhiger und schüchterner Mann Anfang zwanzig, der eigentlich sehr gut aussah – aber als er ankam, war Annika nun mal schon längst in Aris, den Zyprioten, verschossen gewesen. Von Anfang an hatte sie seine Nähe gesucht, aber bisher war nichts passiert, nicht mal bei den allabendlichen Lagerfeuern am Strand, bei denen Aris hinreißend Gitarre spielte und alte zyprische Lieder sang. Dabei hatte sie eines Abends sogar angeregt, dass alle zusammen noch im Mondschein schwimmen gehen könnten. Aber Aris hatte abgewunken – das könnte die Schildkröten stören. Verdammt, sie hatte sich wahnsinnig über sich selbst geärgert, sie war doch hier, um die Tiere zu schützen, stattdessen wollte sie wegen ihrer Libido eine Runde im Naturschutzgebiet nackt baden – wie dämlich von ihr. Und peinlich noch dazu.

Doch heute hatte sie den ganzen Nachmittag gespürt, dass der sonst so souveräne Aris ganz anders war, nachdenklich, wie innerlich hin- und hergerissen. Sie fragte sich, was mit ihm los war.

Stephan riss sie aus ihren Gedanken, als er zusammenzuckte, mit der Hand auf den Strand wies und leise zu ihr sagte: »Doch nicht umsonst gekommen.«

Annika beobachtete, wie sich zwei Schatten in Richtung der Metallkäfige bewegten. Sie hielten Händchen, der Mann war blond, und eine Kamera baumelte vor seiner Brust. »Touristen«, sagte sie leise.

»Wer will?«, fragte Aris.

Annika straffte sich. »Ich gehe.«

Wenn die Eier so kurz vorm Schlüpfen waren, nutzten sie das Megafon nicht mehr, um die Touristen zu vertreiben. Es konnte immer sein, dass eine Schildkröte zu früh schlüpfte, dann würde der Lärm das kleine Tier verrückt machen. Also stand Annika rasch auf und ging die Düne hinunter.

»Hey«, zischte sie, um dann auf Englisch fortzufahren. »Was machen Sie hier?«

Der junge Mann sah sie hektisch an, er bekam rote Wangen, während die junge Frau mit trotzigem Blick fragte: »Wieso?«

»Ich bin Annika von der Schutzstation – das hier ist ein Brutgebiet der Meeresschildkröten. Es ist verboten, sich hier nach Sonnenuntergang aufzuhalten. Sie müssen den Strand verlassen.«

»Und wenn wir das nicht tun?« Noch hatte die Frau ihren Trotzblick nicht verloren. Es schien ihr nicht zu behagen, den Anweisungen einer Frau zu folgen, die noch jünger war als sie selbst.

»Dann funken wir die Polizei an – und dann werden Sie verhaftet«, entgegnete Annika trocken. Diese dumme Kuh würde sie nicht einschüchtern.

»Ist ja okay. Komm, wir gehen.« Sie griff nach der Hand des Manns, der Annika noch immer ansah, und zusammen zogen sie von dannen. Annika sah ihnen noch eine Weile nach, dann ging sie wieder nach oben.

»Gut gemacht«, sagte Aris und lächelte sie an. »Da hatten wohl wieder mal zwei vor, hier ein romantisches Stündchen zu verbringen.«

»Es ist ja auch wunderschön hier, ich kann sie verstehen«, sagte Annika und sah Aris einen Moment zu lange an.

»Wir sind noch eine Woche hier, dann werden die Schildkröten schlüpfen«, erwiderte er. »Eigentlich müsstet ihr dann alle zurück – aber es gibt noch etwas anderes, wo wir vielleicht helfen können.« Er verzog das Gesicht. »Eine richtige Schweinerei.«

»Was denn?«, fragte Annika schnell. Die Aussicht, noch länger mit Aris zusammenarbeiten zu können, elektrisierte sie.

»Es geht auch um Tiere – und um eine alte Tradition, an der hier auf der Insel immer noch festgehalten wird, obwohl sie so grausam ist.«

»Erzähl …« Sie spürte, wie das Adrenalin sie durchflutete, aber da war sofort auch noch etwas anderes: tiefe Wut.

»Kommt, wir gehen in die Hütte. Von dort können wir den Strand auch überblicken, dann erzähle ich euch alles. Es wäre toll, wenn ihr dabei seid. Der Mann, der den Folterern das Handwerk legen will, ist auch Deutscher. Und er ist eine echte Legende.«

Aris hatte zu flüstern begonnen und sah nun beinahe ehrfürchtig drein. Annika ahnte, dass dies der Beginn einer wirklich folgenschweren Geschichte war. Aber sie hatte sich längst entschieden, dabei sein zu wollen.

*Zwei Wochen später*

# Taverna Troodos, Kyperounda

Die Zikaden hatten schon vor Stunden aufgehört zu zirpen, als die Temperatur in Kyperounda unter die 20-Grad-Marke gefallen war. Seither war es ganz still, bis auf den leichten Wind, der durch ihr Schlafzimmerfenster drang und sie ein wenig kühlte.

Die Tage auf dem Hochplateau waren in diesem Frühling viel zu heiß, und es tat gut, dass es wenigstens in der Nacht ein wenig frische Luft gab. Nicht auszudenken, welche Hundstage ihnen erst im Sommer bevorstünden. Dann kam die Luft hier oben förmlich zum Stehen, und die Steine des Troodos heizten das Dorf noch zusätzlich auf.

Sie schlief für gewöhnlich tief und fest wie ein Stein. Die Arbeit in der Taverne war hart, all das Gerenne auf dem Steinfußboden, die alten Männer, die sie hetzten, noch ein Bier, noch einen Kaffee, noch ein paar Oliven, und dann waren auch noch die Touristen gekommen, viel früher als sonst im Jahr. Es war ein anstrengender Tag gewesen. Und doch hatte sie nicht zur Ruhe gefunden, seit sie um elf das Licht gelöscht hatte.

Irgendetwas arbeitete in ihr. Xenia war eine gläubige Frau, und sie hatte immer innere Ahnungen gehabt, schon als sie ein Kind war, hatte das begonnen, ihre Mama hatte sie einmal *Hexe* genannt. Wahrscheinlich war sie nicht gerne allein im Bett – ja, darauf konnte sie es schieben, denn das war sonst anders. Um vier Uhr hatte sie noch immer kein Auge zugemacht.

Dann endlich, um halb fünf, bekam sie einen weiteren Grund für ihre innere Unruhe geliefert – auch wenn der schlimmer war, als sie hätte ahnen können.

Sie hörte in der Ferne zuerst den lauten Motor und schlug die Augen auf. Xenia hätte ihn unter Tausenden von Motoren erkannt. Es war der Diesel des alten Pick-ups. Als die Bremsen quietschten, war sie schon aus den Federn und stapfte mit nackten Füßen die Stufen der Treppe hinab.

Sie ging durch den dunklen Gastraum und riss die Tür auf, die wie die eines jeden Hauses in Kyperounda nie abgeschlossen war.

Draußen sah sie im Licht der einzigen Straßenlaterne weiter unten auf der Straße, wie zwei Schatten auf sie zukamen. Der eine, größere, stützte den kleineren, der sich nur mühsam vorwärtsbewegte, schwankend und stöhnend.

»Lefteris!«, entfuhr es ihr, und es klang ein wenig kreischend, dann rannte sie los, auf die beiden zu, und blieb wie angewurzelt vor ihrem Mann stehen.

»Was ist passiert?«, flüsterte Xenia, als sie sein geschundenes Gesicht sah, doch er schaffte es tatsächlich, sie einfach mit dem Arm zur Seite zu schieben.

»Lass mich in Ruhe«, zischte er, während er weiterhumpelte, offenbar hatte auch sein Bein etwas abbekommen.

Sie war wie gelähmt, doch dann spürte sie die Wut aufsteigen. »Lefteris!«, rief sie, lauter diesmal, und griff den Hünen am Arm. Der Handwerker drehte sich um, ohne sie anzusehen.

»Sag schon, was ist passiert?«

»Verdammt, ich muss ins Bett«, sagte ihr Mann stöhnend, befreite sich aus der Umklammerung seines Freundes und schleppte sich Richtung Haus. Der andere Lefteris versuchte, der wütenden Xenia auszuweichen, auch er konnte ihrem Blick nicht standhalten.

»Jetzt rede mit mir – oder ich erzähle das alles deiner Frau«, forderte Xenia ihn auf.

Jeder in Kyperounda wusste, dass Lefteris zwar draußen ein echter Macker war, aber hinter den heimischen vier Wänden hatte jemand anders die Hosen an.

»Ich war zu spät«, flüsterte er. »Ich war am Pick-up, um mehr Netze zu holen. Da habe ich ihn brüllen gehört. Nur ein Mal, dann hatten sie ihn am Boden. Ich bin runter von der Ladefläche, aber ich wusste nicht genau, wo er war. Ich hab das ganze Feld abgesucht, bis ich ihn unter seinem Netz habe liegen sehen. Die haben ihn übel fertiggemacht.«

»Wer denn?«

»Die verdammten *Tierschützer.*« Er zischte das Wort wie eine Verwünschung.

»Du meinst …«

Lefteris zuckte mit den Achseln. »Der hängt da bestimmt mit drin. Aber ich hab nur ein paar Leute rennen sehen. Ich wollte eigentlich hinter denen her, aber Lefteris hat sich gar nicht mehr gerührt. Also hab ich mich erst mal nur um ihn gekümmert. Verdammt, wenn ich die erwische …«

»Warum macht ihr auch diese Scheiße«, fauchte Xenia, die spürte, wie ein unkontrollierbares Zittern ihren ganzen Körper erfasste.

Lefteris' Blick veränderte sich, er war jetzt kühl und kontrolliert. Die Leute hielten ihn immer für einen grobschlächtigen Kerl ohne Hirn, dabei wusste Xenia, dass er durchaus klug war, bauernschlau zumindest. »Du weißt, warum wir das machen«, gab er knapp zurück. »Deinen Laden gäbe es sonst nicht mehr.«

Nun war sie es, die den Blick senkte. »Er … er hätte tot sein können.«

Lefteris zuckte mit den Achseln und seufzte. »Soll ich dir noch helfen mit ihm?« Er wies mit dem Kopf zum Inneren des Hauses.

»Nein. Fahr nach Hause. Ich kümmere mich um ihn.«

»Kühlt das Gesicht. Sonst sieht er morgen aus wie eine verfaulte Birne.«

»Danke, Herr Doktor«, gab sie knapp zurück, dann drehte sie sich um und stapfte ins Haus. Als sie drinnen war, hörte sie das Geräusch fließenden Wassers aus der ersten Etage. Langsam ging sie die Treppe hoch. Sie hätte den folgenden Moment lieber hinausgezögert – oder ihn sich ganz erspart. Aber das war unmöglich.

Sie ging am Schlafzimmer vorbei und zu dem kleinen Bad mit den braunen Fliesen, das sie so gern mal renoviert hätte. Aber wovon denn? Er stand unter der Dusche und hatte sich gegen die Wand gelehnt, ganz krumm hing er da, er trug noch seine Hose, das Wasser lief darüber. Er sah sie an, sein Blick ganz sanft, beinahe entschuldigend, dann sagte er: »Ich habe sie nicht ausgekriegt. Das … das tut so weh.« Sie ging zu ihm, trat ganz nah an ihn heran, angezogen, wie sie war, in ihrem Nachthemd, sie hob ihre Hand und legte sie an sein malträtiertes Gesicht, als wolle sie es abdecken, sie sah das Blut, das ihm aus der Nase lief, sein linkes Auge war zugeschwollen und die Augenbraue aufgeplatzt, die obere Lippe war dick.

»Was haben die mit dir gemacht?«, fragte sie und nahm ihn in die Arme. Im Nu war sie klitschnass, sie schloss die Augen, es war ihr egal.

»Die Füße waren überall. Ihre Füße …«

»War er dabei?«

Lefteris wusste gleich, wen sie meinte.

»Die kamen von hinten. Ich … ich hab keine Ahnung.«

Sie drückte ihn fest an sich und flüsterte: »Du lebst. Du lebst. Gott sei Dank.«

Xenia wusste, dass die Gäste morgen wütend sein würden. Dutzende hatten reserviert – und nun würde sie ihnen nicht das Gewünschte servieren können, das, wofür ihre Kunden zum Teil aus Nikosia angereist kamen. Aber sei's drum. Lefteris lebte – und das war das Wichtigste.

# Der Tote am Strand

# Éna – 1

»Wie soll man denn bei dem Staub sein Haus schmücken?«, rief Adonis wütend und schwang den Besen in der Hand, als wolle er die Bagger mit purer Manneskraft angreifen. »Also wirklich, wann sind die denn endlich fertig? Bald ist Ostern …« Eigentlich war der junge Wirt ein sehr freundlicher und gemächlicher Mann, der nicht so leicht aus der Ruhe zu bringen war. Aber der Zustand, in dem sich sein Heimatdorf in diesen Tagen befand, ließ ihn zunehmend dünnhäutig werden.

Und Sofia? Verstand ihn bestens. Auch sie fuhr mit den Händen immer wieder durch die Luft, um die Mischung aus Staub, kleinen Sandkörnern und den Blütenblättern, die in der Mittagshitze herumflogen, wegzuwedeln. Während Adonis die Terrasse seines Kafenions fegte – und dabei den Staub einfach von der einen in die andere Richtung bewegte.

Sie dauerten nun wirklich schon ewig, diese Bauarbeiten – und doch konnte Sofia ihren Stolz nur schwer verbergen. Denn immerhin hatten die Arbeiter den Winter über schon das Haus geschafft, einen einstöckigen Bungalow aus hellrotem Stein, mit großen Fenstern, die vorsichtshalber vergittert waren, falls über Kato Koutrafas ein Aufruhr hereinbrechen sollte.

Sofia kannte die Bürger des Dorfes längst gut genug, um zu wissen, dass das jederzeit möglich war – da musste gar kein Feind von außen kommen.

Nun waren die Arbeiter damit beschäftigt, die Zufahrt zu dem Haus zu pflastern – damit wäre der Weg zu ihrem neuen, alten Arbeitsplatz die einzige Straße im Umkreis von fünf Kilometern, die überhaupt befestigt sein würde.

Ihr neuer Arbeitsplatz. Sie grinste. Denn der Bungalow würde das neue Polizeirevier von Kato Koutrafas sein. Und damit das Hauptquartier der zyprischen Polizei in dieser Region im Nirgendwo, eine halbe Stunde westlich der Hauptstadt Nikosia und zehn Minuten entfernt vom Grenzstreifen zur Pufferzone, hinter der das absolute Niemandsland lag – der annektierte Norden, der für die Zyprioten im Süden eigentlich gar nicht existierte.

Hier ermittelte seit einem Jahrzehnt Chief Inspector Kostas Karamanlis – und seit nun gut zwei Jahren eben auch Sofia Perikles. Als Junior Officer war sie in den Job ein- und mit ihrem ersten gelösten Mordfall zur Officer aufgestiegen. Bevor sie kürzlich, am letzten Tag des alten Jahres, zur Sergeant ernannt worden war. Der kommunistische Innenminister hatte keine andere Wahl gehabt: Alle Zeitungen des Landes – das waren immerhin drei – und der einzige Fernsehsender hatten so lange über den Schatz von Bellapais und den aufsehenerregenden Ermittlungserfolg von Sofia berichtet, bis der Druck so groß geworden war, dass er nicht mehr anders konnte. Also hatte er Sofia befördert, genau wie Kostas, der nun Superintendent der Polizei geworden war. Und als großes Dankeschön hatte der Minister sogar noch etwas Geld in die Hand genommen. Wobei das neue Revier durchaus mehr sein sollte als eine reine Lobhudelei – das wussten sowohl Sofia als auch Kostas. Der Minister stellte damit sicher, dass sich die beiden Störenfriede aus dieser Region am Ende der Welt nicht mehr wegbewegten. Hatten sie es erst mal schön, dann würden sie hoffentlich Ruhe geben. Und sich um die Aufgaben kümmern, die in ihrem Zuständigkeitsbereich eben so anfielen.

Viel war das nicht: Mal war es ein Viehdiebstahl, weil ein besoffener Bauer die Schafe des Nachbarn für seine gehalten und auf seinen Pick-up geladen hatte. Oder ein besonders schwerer Fall von Sachbeschädigung, weil drei vorlaute Kids den Grenzzaun zur Pufferzone mit einem Seitenschneider aufgeschnitten hatten – wobei Sofia ihnen dafür eigentlich einen Orden hätte verleihen wollen. Bis vor Kurzem hatten sie dann und wann eine Radarfalle auf der Hauptstraße von Kato Koutrafas aufgestellt. Doch als beim letzten Mal den ganzen Tag lang nur drei Autos durchgefahren waren, hatte selbst die eifrige Sergeant Perikles eingesehen, dass das reichlich sinnlos war.

Weil nicht nur das Dorf, sondern auch die Hauptstraße so ausgestorben war, hörte sie den schweren Motor, bevor sie den Wagen sah. In dem flirrenden Baustaub war er ohnehin kaum zu erkennen, doch schließlich brach er förmlich durch die Staubwand und kam genau vor dem Kafenion zum Stehen. Sofia und Adonis standen die Münder offen.

Auf dem im Grunde – vernachlässigte man den angesammelten Baustaub – schneeweißen Pick-up der Marke ISUZU prangte in dunkelblauer Metallic-Farbe die Aufschrift *Police* und daneben das Wappen der Polizeibehörde. Der Wagen war offensichtlich brandneu, und als sich die Fahrertür öffnete und Kostas ausstieg, war ihm der Stolz von der Stirn abzulesen.

»Das letzte Geschenk des Ministers«, verkündete er. »Hab's eben abgeholt. 181 PS. Unglaublich, oder?«

»Na, die werden wir ja auf der Dorfstraße richtig ausfahren können«, erwiderte Sofia.

Kostas sah sie stirnrunzelnd an. »Was ist denn los, Tausendschön? Seit wann bist du denn so negativ? Hier, hilf mir mal bitte.«

Sie traten an die Ladefläche des Pick-ups und hoben ein riesiges Schild aus Emaille an, um es zum Revier zu tragen.

»Ich habe darauf bestanden, dass wir es selbst anbringen.«

»Na, dann ran ans Werk, taufen wir unsere Station!«, grinste Sofia und nickte den Bauarbeitern zu, die ihnen schon die Schraubendreher entgegenhielten.

Sie erklommen je eine der beiden rechts und links der Tür platzierten Leitern, um schon kurze Zeit später wieder herunterzuklettern, sich die staubig gewordenen Hände an den Hosen abzuklopfen und einen Schritt zurückzutreten, um ihr Werk zu betrachten.

»Wow«, murmelte Sofia. »Das ist echt cool.«

Nun prangte das Schild über der Tür und zeigte genau zur Dorfmitte: *Police Station of Kato Koutrafas.*

»Unser neues Zuhause«, sagte Kostas mit unverkennbarem Stolz in der Stimme. Was durchaus bemerkenswert war. Schließlich hatte er vor vielen Jahren einen viel wichtigeren Posten innegehabt, als Leiter der Polizei der großen Hafenstadt Limassol unten im Süden. Aber dieser verlassene Ort hier – und die Menschen, die in ihm lebten – war ihm längst zur Heimat geworden. »Darauf sollten wir ein Glas trinken.« Er fing Sofias Blick auf. »Na komm. Wegen eines Glases werde ich sicher nicht wieder zum Säufer von Kato Koutrafas. Heute ist ein Tag zum Feiern. Komm schon, keine Sorge.«

»Na gut.« Sie ließ sich von Kostas hinüberführen an einen der drei Tische, die vor dem Kafenion standen.

»Adonis?«

»Jawohl, Superintendent?« Der Wirt sagte es nicht ohne Ironie – und doch war auch ihm der Stolz anzumerken, jetzt einen so wichtigen Polizeibeamten in diesem Ort zu haben.

»Wir nehmen eine Flasche Eddial, ja?«

Adonis sah ihn fragend an. »Eddial? Sicher? Der ist wirklich … teuer.«

»Ja, eben – wir haben was zu feiern.«

»Eine Flasche zyprischer Champagner, in Ordnung, kommt sofort.«

Der Wirt verschwand im Inneren des Kafenions und kam nach ein paar Minuten tatsächlich mit einem Sektkühler und drei Gläsern wieder. Drei? Kostas sah ihn fragend an. Adonis zuckte mit den Schultern.

»Na, wenn ihr mich hier schon kurz vor Ostern vollstaubt und jetzt dieses edle Gesöff auspacken lasst, dann lade ich mich doch direkt mal selbst ein.«

Er öffnete die bauchige Flasche, indem er den Korken ganz vorsichtig kommen ließ, und schenkte das golden perlende Getränk in die Gläser.

»Der beste – na ja gut, zugegeben, auch der einzige – Schaumwein, den wir auf der Insel bisher zustande gebracht haben. Aber dafür ist er wirklich toll.«

Sofia kannte die Geschichte, die sich die Zyprioten seit Jahren stolz erzählten – eine der vielen Varianten jener Grunderzählung, in der ein Inselbewohner sich aufmachte, irgendein Produkt des alten Kontinents zu kopieren und ihm dabei gleichzeitig einen zyprischen Stempel aufzudrücken, was den Stolz der Zyprioten zuverlässig anfachte. Vor Jahren war es die *Vlassides Winery* gewesen, die mit ihren Winzern aus zyprischen Trauben einen Sekt gekeltert hatten – echte Pionierarbeit war das. Doch die Winzer waren belohnt worden. Der seltene Schaumwein war auf Jahre hinweg ausverkauft – über welche dunklen Kanäle sich Adonis einige Flaschen davon gesichert hatte, war sein Geheimnis.

»So. Auf euch. *Yamas!*«

»*Yamas!*«

Sie alle erhoben ihre Gläser und stießen miteinander an. Sofia nahm einen Schluck und war baff. Es war ihr erster Schluck zyprischer Sekt – dabei liebte sie Schaumwein jeder Couleur –, und sie musste zugeben: Dieser hier war wirklich gut. Dem edlen französischen Vorbild beinahe ebenbürtig. Tief und mineralisch und perlend und total erfrischend.

»So – und nun sagt mal: Ist eure Zufahrt denn bald fertig, damit wir alle in Ruhe und ohne Bagger Ostern feiern können?«

Ostern. Sofia wurde heiß, als sie dieses Wort hörte. Noch heißer als ohnehin schon in dieser frühsommerlichen Mittagshitze.

Ostern war in Deutschland und England, wo sie studiert hatte, ein einfaches Fest. Ein Fest für kleine Kinder. Es gab Ostereier, ein paar Hasen in Lila, ein Essen *en famille*. Das war's.

Auf Zypern war Ostern *das* Fest. Ohne Frage. Es war das wichtigste Fest des Jahres. Größer als Weihnachten, Pfingsten und Fastnacht zusammen. Ostern war die echte Auferstehung. Der Sonntag nach dem ersten Vollmond nach Frühlingsbeginn. Weil die Orthodoxen aber nach dem julianischen Kalender rechneten, anders als die Christen im Westen, feierten sie ihr Osterfest mittlerweile eben dreizehn Tage nach dem westeuropäischen Ostern – und um einiges imposanter. Das begann mit den Prozessionen, die gold- und ikonengeschmückt durch die Dörfer zogen. Darauf folgte der eigentliche Ausnahmezustand: Es galt das ungeschriebene Gesetz, dass an Ostern niemand auf der Insel allein sein durfte. Und so wurden die im Kern familiären Feierlichkeiten zu endlosen Gelagen, zu stunden-, nein, tagelangen Festlichkeiten mit Dutzenden, manchmal Hunderten von Gästen in großen Häusern, Festsälen, Hotels und Restaurants, mit Tischen, die unter der Last der Speisen zusammenzubrechen drohten. Mit den Osterlämmern, die an Spießen überall an den Stränden und in den Gärten gegrillt wurden, sodass eine große, leckere Dunsthaube über der ganzen Insel lag. Zwischendurch besuchte man gemeinsam die Kirchen zu sehr musikalischen und festlichen Gottesdiensten, bevor in der Osternacht mit riesigen Feuerwerken des einen wahren Gottes gedacht wurde.

Und nun feierte sie hier auf Zypern Ostern. Ihr erstes Ostern als verheiratete Frau. Verheiratet mit einem echten Zyprioten. Einem Jungen aus Kato Koutrafas. Und – sie spürte, wie sie rot wurde, als sie das so dachte – der wahren Liebe ihres Lebens.

Herrgott, wie kitschig das klang. Aber es war so. Er hatte sie schlicht und einfach im Sturm erobert. Was witzig war. Denn wenn man ihn fragte, würde Christos sagen, dass sie ihn im Sturm erobert hatte.

Christos. Adonis' Bruder. Der andere Wirt. Der eben gerade mit seinem dicken Motorrad vor ihr hielt, bei dem nur ihr Stolz ihr verbot, ihn zu bitten, es nicht mehr zu fahren, weil sie immer Sorge hatte, ihm könnte etwas zustoßen.

Er nahm den Helm ab und kam über den Dorfplatz – und immer noch, auch neun Monate nach ihrer Hochzeit, konnte sie nicht den Blick von ihm abwenden. Er trug die schwarze Lederjacke, die er immer auf dem Motorrad anhatte, dazu hellblaue Jeans und Sneaker. Seine dunkelbraunen Haare waren vom Helm ganz platt gedrückt, aber als er vor ihr stand, wuschelte sie einmal hindurch, bevor er sie küsste.

»Na? Alles klar hier?«

»Aber ja, schönster Mann des Dorfes.«

»Hmm«, sagte Christos grinsend, »wir sind ja nur noch zwölf Männer hier, oder? Ich hoffe also, dass das trotzdem ein Kompliment ist.«

»Und ich hoffe mal, dass er nur der zweitschönste ist«, erwiderte Adonis und rümpfte die Nase. »Ich geh mal rein. Und du, mein lieber Bruder, kommst mit und hörst sofort auf, Süßholz zu raspeln. Das Ostermahl muss vorbereitet werden – wir haben schließlich nur noch fünf Tage.«

Er war gerade bis zur Tür gekommen, als eine Stimme über die Dorfstraße schallte. Eine sehr wütende Stimme, die ihnen allen sehr bekannt vorkam.

»Ihr Faulpelze!«, rief die alte Dame, die schnellen Schrittes heraneilte. Sofia sah, wie die Bauarbeiter von ihren Stühlen aufsprangen, auf denen sie sich eigentlich gerade erst für eine ausgedehnte Zigarettenpause niedergelassen hatten. »Los, los, das muss hier alles fertig werden.«

Sofia sah Christos und Kostas an, und alle drei mussten lachten.

»General Gladstone ist wieder im Dienst«, sagte der Chief Inspector trocken. Lady Gladstone war die unbestrittene Ikone von Kato Koutrafas, die Witwe eines englischen Adligen, die aber in diesem Dorf geboren war und es sich nach dem Tod ihres Mannes zur Aufgabe gemacht hatte, in die Einöde ein wenig Glamour zu bringen und den zyprischen Glamour in die Welt: Sie vertrieb zyprische Spezialitäten in alle Welt, um ihre Rente aufzubessern. Doch seit die Arbeiter an der Polizeiwache werkelten, sah sie es als ihre Hauptaufgabe, den Männern Beine zu machen – und zwar stets, ständig und auch in der Mittagshitze, die gerade herrschte. Ein wenig taten die Männer Sofia sogar leid, auch wenn Lady Gladstone recht hatte: Die Polizeiwache musste fertig werden. Aus dem Augenwinkel hatte die Lady sie erblickt und zwinkerte ihnen zu, augenscheinlich war der Kasernenton reine Pose – und Lady Gladstone herzensgut wie immer.

Sie sah der alten Dame noch nach, als Kostas Handy lautstark klingelte. Die zyprische Hymne schallte blechern über den Dorfplatz. Sofia hatte die Vermutung, dass er langsam schwerhörig wurde. Er blickte mit zusammengekniffenen Augen auf die Nummer des Anrufers, dann hob er ab.

»Karamanlis?«

Er hörte eine Weile aufmerksam zu, runzelte die Stirn, und als er das Gespräch beendete, lag da ein leises Lächeln auf seinem Gesicht, das Sofia nur allzu gut kannte. Kostas' innerer Jagdhund hatte eine Fährte aufgenommen.

»Mal sehen, ob das was wird mit den besinnlichen Ostertagen. Das war Chief Inspector Charalambous.«

»Christina?« Auch ihre Miene hellte sich auf. Was in gewisser Hinsicht widersinnig war, weil der Anruf ja hieß, dass etwas Schlimmes geschehen war. Aber so war es eben mit dem Jagdfieber und den Gründen, warum sie nie wieder etwas anderes als Polizistin sein wollte. »Was gibt es denn?«

»Ein Mann aus unserem Gebiet ist im Westen der Insel erschossen worden. Er stammt aus Kyperounda im Troodos.«

»Erschossen?«

»Ja. An einer Felsenküste in Dekelia.«

»Dekelia?«

»Ja. Die SBA.«

»Mist.«

Das reichte. Jeder Polizist auf Zypern wusste, dass es einige Orte gab, an denen besser nie etwas passierte. Und die SBA – die *Sovereign Base Area* von Dekelia – war einer dieser Orte.

»Na dann …« Sie standen zeitgleich auf, und Kostas ließ mit dem Autoschlüssel aus der Ferne die Lichter des neuen Pick-ups blinken. »Erste Einsatzfahrt für dieses Schätzchen.«

»Und du, Schätzchen«, Sofia schmiegte sich kurz an Christos, »wartest hier auf mich, ja?«

»Versprochen«, sagte ihr frischgebackener Ehemann und küsste sie zum Abschied.

# Dío – 2

Die Fahrt dauerte über eine Stunde, die Sofia und Kostas beinahe wortlos zurücklegten. Der neue Pick-up fuhr schnell und komfortabel, und die Klimaanlage ließ innen eine kalte Luft zirkulieren, die Sofia an den britischen Sommer denken ließ, den sie als Studentin hatte durchleiden müssen.

Einmal erdreistete sie sich, das Fenster herunterzulassen, aber Kostas fuhr es mit seinem Schalter gleich wieder hoch. »Klimaanlage«, schalt er.

»Genau deswegen«, antwortete Sofia, aber er war schon wieder in seine Gedanken versunken. Sie ahnte, dass sie am nächsten Tag mit einem dicken Hals erwachen würde.

Die Fahrt ging über Nikosia in Richtung Larnaka, also in den Südosten der Insel – und es war, als würden sie alle Klimazonen und Landschaften Zyperns durchstreifen.

Da waren die kargen Höhen, auf denen Kato Koutrafas lag, staubige Einöde mit halbhohen Büschen und der Macchia. Dann lange sandige Straßen mit kleinen Äckern, auf denen Schafe und Ziegen grasten, und gelegentlich eine kleine Brücke, unter der ein Bach in seinem Bett floss, das noch vom Winter gut gefüllt war. Hier, entlang der Demarkationslinie zur entmilitarisierten und verlassenen Zone, die nur von der UN verwaltet und kontrolliert wurde, lebten kaum noch Menschen. Fast alle waren nach dem Überfall der Türken 1974 aus diesem Teil Zyperns verschwunden, nur die hartgesottensten

Heimatliebhaber waren geblieben. Nach zwanzig Minuten wurde die Bebauung dichter, und sie gelangten in die Ausläufer der Hauptstadt, die Vororte von Nikosia. Die Stadt lag in einem Tal, hinter dem direkt die Berge begannen, die schon im besetzten Nordteil der Insel lagen. Darunter jener Berg, auf den die Besatzer mit viel Farbe die Flagge des Nordteils gesprüht hatten – mit der türkischen Sichel –, die jeden Abend mit Tausenden Glühbirnen zum Leuchten gebracht wurde, um dann fortwährend in den südlichen Teil Zyperns herüberzustrahlen, eine Provokation, die Sofia, wann immer sie sie sah, so wütend machte, dass es in ihrem Bauch kribbelte.

Sofia mochte Nikosia sehr, die engen Gassen in der quirligen Altstadt, die kleinen Geschäfte und die lauschigen Gärten, aber auch die verlassenen Straßen, die in die Sandsäcke an der Grenze mündeten, sogar die waren ein Teil ihres Lebens. Die wilden Katzen, die durch die ganze Stadt stromerten, der Duft von Oregano und fettem Schweinefleisch aus den Souflaki-Buden allüberall. Sie mochte die geteilte Hauptstadt, aber in einem Monat, ab Ende Mai etwa, war es hier so heiß, dass es bis Ende September kaum auszuhalten war. Es gab kaum eine reiche Familie in Nikosia, die nicht noch ein Haus am Meer oder in den Bergen hatte, in das sie sich zurückzog, wenn das Pflaster der Hauptstadt im Sommer zu glühen begann und einem der Asphalt unter den Schuhen klebte.

Hinter Nikosia fuhren sie direkt auf die Autobahn, die schnurstracks nach Süden führte, um dann kurz vor Larnaka zum ersten Mal den Blick auf das Meer freizugeben. Rechts unten, eine lange blaue Fläche, die so glänzend in der Sonne lag, dass Sofia die Augen zusammenkneifen musste.

Ein wunderschöner, ein atemberaubender Anblick. Sie hatte ihre ganze Kindheit und Jugend im Haus ihrer Familie in Limassol verbracht. Am Strand an der langen Promenade, auf dem Spielplatz genau neben dem alten Hafen, immer war ihr

Leben fest mit dem Meer verbunden gewesen. Doch seit sie nun in Kato Koutrafas lebte, war es, als lebe sie auf einem anderen Planeten. Das bergige und ländliche Zypern mit den Halloumi-Milchbauern und den felsigen Höhen im Troodos hatte mit dem Zypern der Urlauber, der endlosen Strände und der Sonnencreme nichts gemein. Und doch fühlte sie sich wohl dort oben – und wenn sie genug hatte vom Staub und der Hitze, dann setzte sie sich hinter Christos auf dessen Motorrad, und sie fuhren die Stunde nach Limassol oder nach Pissouri an den Strand.

Hinter Larnaka gab es mehr Bäume, sogar ein wenig Wald. Eigentlich ein Wunder auf dieser trockenen und wasserarmen Insel. Mit riesigen Warnschildern wurde an der Autobahn darauf hingewiesen, dass der Wald allen gehöre und ein Schutz für alle sei – und dass man ihn eben nicht gedankenlos vernichten solle, mit einer aus dem Fenster herausgeworfenen Kippe etwa. Jedes Jahr verwüsteten Waldbrände Teile der Insel – und die Regierung kämpfte mit aller Härte gegen die Verantwortungslosigkeit derer, die diese Feuer verursachten.

Larnaka war die viertgrößte Stadt Zyperns und mit ihrem Hafen sehr bedeutend, Touristen kannten vor allem den wichtigsten Flughafen der Insel, der am Westrand der Stadt lag. Kostas nahm nun die Umgehungsstraße um Larnaka herum, und nach weiteren zwanzig Minuten, auf halber Strecke nach Ayia Napa, der Touristenhochburg mit ihren lauten Discos, den weiten Sandstränden und den zumeist sehr betrunkenen britischen Urlaubern, fuhr er von der Autobahn ab. Noch zweimal links und rechts, dann lag das Meer ganz nah und türkisblau vor ihnen. Und endlich waren auch die Palmen da – Zypern war für Sofia immer eine Palmeninsel gewesen, aber in Kato Koutrafas gab es nicht eine einzige – wie auch, bei dem Staub und der Trockenheit? Und dann waren auf einmal alle Verkehrsschilder zweisprachig: griechisch und englisch. Und am nächsten Kreisverkehr stand auf einem großen Schild:

*Dekelia – Sovereign Base Area.* Daneben hing das große Verbotsschild für Fotos – schließlich hatten sie es mit einer militärischen Anlage zu tun. Da waren auch der Schlagbaum und das Grenzhäuschen, der eine hochgefahren, das andere verwaist. Seit langem. Seit die britischen Soldaten die Insel offiziell verlassen hatten. Nur noch ein paar hundert waren hier, jene, die die Basis für Missionen im Nahen und Mittleren Osten bildeten. Doch die britische Besatzung Zyperns war Geschichte. Früher waren die besetzten Basen von Akrotiri und Dekelia Sperrzonen im Wortsinn gewesen. Mittlerweile konnte jeder durch diesen Schlagbaum durchfahren. Nur noch der durchgehende Stacheldrahtzaun an den Militäreinrichtungen jenseits der Straße deutete auf die koloniale Vergangenheit im Commonwealth hin.

Und der große BMW-SUV, der da vorne mitten auf der Straße stand, in Neongelb und Tiefblau gestrichen – das Blaulicht auf dem Dach blinkte wild. Auf der Seite stand in wuchtigen Lettern: *SBA Police.* Der Wagen hatte einfach angehalten, einmal quer die Straße blockierend, vor einem Auto, das Sofia sofort als ziviles Einsatzfahrzeug der zyprischen Polizei erkannte. Diesen Wagen hatte sie schon einmal gesehen, das war nun ungefähr anderthalb Jahre her.

Kostas bremste und fuhr auf den Seitenstreifen. Zusammen stiegen sie aus, und Sofia konnte die Schimpftirade sogar gegen den Wind, der vom Meer kam, vernehmen.

»… zyprischer Bürger – und wir werden hier ermitteln, das ist ja wohl unerhört, dass Sie uns das verbieten wollen.«

Sie erkannte die Stimme sofort, und ihre Stirn legte sich in Falten. Das war jedenfalls nicht Chief Inspector Charalambous. Leider nicht. Es war ein Mann. Ein Mann, den sie kannte und zutiefst verabscheute.

Noch bevor sie den Ort der Auseinandersetzung erreichten, hörte Sofia aber die Antwort. Eine sehr ruhige weibliche Stimme, die auf Griechisch mit leicht britischem Akzent sehr deutlich sagte: »Passen Sie mal auf, Sie Hosenscheißer, wenn Sie nicht sofort aufhören, mich zu beschimpfen, dann packe ich Sie in Handschellen, und dann sehen wir mal, wie es Ihnen im Gefängnis in England so gefällt, verstanden?«

Sofia beschleunigte ihren Schritt, und Kostas folgte ihr – er schien ihr genauso elektrisiert und beinahe in Vorfreude, diesen Austausch weiter zu verfolgen.

Und richtig: Gerade, als sie um die Ecke hinter den Fahrzeugen bogen, standen da zwei Polizisten: Einer in Zivil, den Sofia sofort als Inspector Toby Dukas erkannte. Vor ihm, etwa anderthalb Meter entfernt und einen halben Kopf größer, stand eine Beamtin in der Uniform der britischen Polizei, an deren Sternen auf den Schulterklappen zu erkennen war, dass sie eher Chefin war als Untergebene. Eine hochrangige Chefin. Der Gegensatz hätte nicht größer sein können: Sie trug eine Mütze, obwohl die Hitze schon so groß war, doch während Toby nervös von einem Bein aufs andere trat und ihm der Schweiß von der Stirn rann, war sie die Ruhe selbst, und da war kein Anzeichen von Nervosität oder Hitzestress. Sie hatte dunkelrote Haare, die unter ihrer Mütze hervortraten, und hatte die Arme vor der Brust verschränkt.

Als sie näher kamen, sah Toby auf, und sein Gesicht verzog sich. »Ach!«, rief er, und Sofia wusste erst nicht, ob er wütend oder erleichtert war, sie zu sehen. Er schien noch mit sich zu ringen, doch dann hatte er sich entschieden.

»Na endlich«, rief er und reichte Kostas die Hand, »Verstärkung. Ich grüße Sie, Chief Inspector. Meine Chefin hat mich geschickt, weil sie noch eine Besprechung in Limassol hatte – und diese Dame hier«, er zeigte tatsächlich mit dem Finger auf die Britin, »behindert meine Ermittlungen. Ich hoffe, dass Sie als hochrangiger Beamter diesem Irrsinn ein Ende bereiten können.«

Sofia würdigte er keines Blicks. Das war aber auch kein Wunder. Toby Dukas war auf dem Schulhof ihrer Eliteschule in Limassol immer nur *die Arschgeige* gewesen. Ein viel zu verwöhnter Bubi von rasend reichen Eltern, die ihm alles in den Arsch gesteckt hatten. Sie waren in dieselbe Klasse gegangen, und Sofia hatte den Verdacht, dass er mit vierzehn oder fünfzehn ausreichend heftig auf sie gestanden hatte – vergeblich natürlich –, um sie nun für den Rest ihres Lebens dafür zu hassen. Bei ihrem ersten Fall auf der Insel waren sie schon einmal aneinandergeraten – und Tobys Chefin Christina hatte der jungen Neupolizistin ihr Vertrauen geschenkt –, was Arschgeige Dukas schier um den Verstand gebracht hatte. Und nun standen sie also wieder hier – Vorhang auf für Runde zwei.

Auch Kostas hatte damals seine liebe Müh mit dem jungen Karrierebeamten gehabt, deshalb erwartete Sofia eigentlich ein zynisches Donnerwetter von ihrem Boss – doch weit gefehlt. Irgendwas war hier gerade sehr merkwürdig. Denn Kostas hielt inne und stand nun da wie ein Leuchtturm, lang und gerade, wirkte auf einmal viel größer, als er eigentlich war, und er starrte die Polizistin in ihrer Uniform richtiggehend an. Sofia räusperte sich einmal, weil die Szene so bizarr war, dann ging sie noch weiter und stieß Kostas mit ihrem Fuß an, der dann anscheinend aus einer Trance erwachte.

»Ähm …«, stotterte er und die Frau in der Uniform reichte erst ihm und dann Sofia die Hand.

»Dorothee Galveston, Chefin der SBA in Dekelia. Und Sie sind, Sir …?«

»Ähm«, wieder stotterte Kostas, und schon legte sich ein feines Lächeln auf das Gesicht der Frau, doch da fing er sich wieder. »Verzeihen Sie, Madam, Chief Inspector Karamanlis von der Polizei von Kato Koutrafas, das ist Sergeant Sofia Perikles.«

»Kato Koutrafas?« Die Britin sah zwischen Sofia und Kostas hin und her. »Wo soll denn das sein?« Ihre Stimme war nicht ironisch, sie klang ehrlich interessiert.

»Ein Kaff am Ende der Welt – aber das Opfer stammt aus unserem Gebiet.«

»Ah, in Ordnung. Das heißt, Sie leiten nun die Ermittlungen für die Republik Zypern – oder macht das dieser junge Herr dort?« Sie wies mit dem Daumen auf Toby, ohne ihn anzusehen.

»Ich leite die Ermittlungen«, bestätigte Kostas, und Sofia konnte förmlich zusehen, wie Toby Dukas zu beben begann. »Würden Sie uns nun an den Ort lassen, wo das Verbrechen geschehen ist?«

»Natürlich. Aber Sie wissen, dass das hier unsere Zone ist, Chief Inspector. Alles, was Sie hier tun, untersteht meiner Kontrolle und bedingt meine Erlaubnis. Wenn Sie sich daran halten, werden wir gut zusammenarbeiten. Wenn nicht …« Sie ließ den Satz in der Luft hängen.

Sofia erwartete nun eigentlich einen scharfen Kommentar, gespickt mit einer guten Prise Ironie, für beides war Kostas doch berühmt-berüchtigt. Doch wieder wurde sie überrascht.

»Sie können sich auf uns verlassen, Mrs Galveston. Wir werden uns hier so verhalten, wie es die Gesetze Ihres Staates vorsehen – und ich freue mich auf die Zusammenarbeit.« Um dem Ganzen noch die Krone aufzusetzen, streckte er ihr seine Hand hin, und sie nahm sie tatsächlich nach einer kurzen Schrecksekunde – und Sofia sah, wie sie die seine beherzt schüttelte. Was war denn hier eigentlich los?

»Es ist ein ganzes Stück, am besten fahren Sie mir einfach hinterher.«

Sie stieg auf der Beifahrerseite in den BMW-Jeep, am Steuer

saß ein junger Uniformierter, der sogleich den Motor startete. Auch Kostas ging schnell in Richtung seines neuen Wagens, und Sofia wollte ihm folgen, als sich Toby Dukas ihr in den Weg stellte.

»Und ich?«

»Na, du hast doch einen Führerschein, oder?«, fragte Sofia ironisch und stapfte schnurstracks hinter Kostas her. Sie hörte den jungen Polizisten hinter sich schnaufen.

# Tría – 3

Die Stichstraße führte zwischen stolz aufragenden Felsen direkt hinunter ans Meer, das an dieser schroffen Küste mal hellblau, mal türkis und mal tiefblau schillerte. Es war eine geradezu ungebändigte Landschaft, und wohl gerade deshalb fand Sofia es hier wunderschön.

Die Straße wand sich in weiten Kurven gen Osten, vor ihnen schob sich nun das Elektrizitätskraftwerk von Dekelia in den Blick. Es war nur eines von drei Kraftwerken auf der Insel, die mit Schweröl Strom produzierten und durch die sechs rotweißen Schornsteine sichtbar dicken Qualm auspusteten.

Auch hier war alles mit hohen Stacheldrahtzäunen abgesperrt. Der Polizei-Jeep der britischen Polizei fuhr vor ihnen mit hoher Geschwindigkeit, und Sofia bemerkte, wie angespannt Kostas hinterherraste, als fürchte er, die Kollegen zu verlieren.

»Die hat Toby ordentlich einen mitgegeben«, sagte sie leise grinsend.

»Hmm«, murmelte Kostas.

»Alles okay bei dir?«

»Hmm …«

»Eine total souveräne Polizistin, was?«

»Hmm …«

»Hm. Kannst du vielleicht auch noch was anderes sagen als *Hmm?*«

»Ja…aa.«

»Na gut.« Sie gab es auf und sah wieder durch die Scheibe nach vorne. Das Kraftwerk lag nun hinter ihnen, und die Straße führte wieder ans Meer. Es dauerte weitere fünf Minuten, bis das Schild eines Bootshandels am Rande der Straße auftauchte und dahinter ein großes Restaurant, das auf einer Klippe thronte. Direkt hinter dem Felsvorsprung ragte eine kleine Bucht ins Land hinein, in der ein Dutzend Fischerboote sanft auf dem Wasser schaukelten.

Der SUV vor ihnen bog nach rechts ab, ohne den Blinker zu setzen, und rumpelte mit unverminderter Geschwindigkeit über die Schotterpiste. Jetzt erst sah Sofia, was dort auf den Felsen über dem Meer vor sich ging, und sie spürte, wie sich ihr Herzschlag beschleunigte.

»Wow. Die haben die Lage echt im Griff«, murmelte Kostas, der offenbar die gleichen Gedanken gehabt hatte.

Da standen oben auf den groben Steinen drei Zelte hinter einer Polizeiabsperrung, sie sahen überhaupt nicht so provisorisch aus wie die Einsatzzelte der zyprischen Polizei, sondern so sauber, neu und stabil, als würden sie hier schon seit Wochen stehen, aufgebaut für eine Veranstaltung oder ein Festival mit ungewisser Wetterprognose.

Der Jeep vor ihnen bremste, und auch Kostas ging in die Eisen, dann hielten sie kurz vor den Zelten an. Eben kamen zwei Gestalten in weißen Anzügen aus den Zelten heraus, einer trug eine Kamera um den Hals, ein anderer einen Koffer, auf dem *Forensics* stand – Spurensicherung.

»Na, dann wollen wir mal«, sagte Sofia, die sich zunehmend fragte, woher Kostas' anhaltende Anspannung rühren mochte. Er war schon halb aus dem Wagen und sie folgte ihm.

Die britische Polizistin wechselte vor dem Zelt bereits einige Worte mit einem der Spurensicherer, dann wandte sie sich ihnen beiden zu. Hinter sich hörte Sofia, wie Toby die Tür seines Wagens knallte und auf sie zueilte.

»Einer der Fischer, die hier mit ihren Booten liegen, ist am Morgen mit dem Fang der Nacht eingelaufen. Ein alter Zypriot. Ich gebe Ihnen nachher seinen Namen und seine Adresse. Er wohnt oben in Ormideia, wir haben ihn dorthin zurückfahren lassen, nachdem er seine Aussage gemacht hatte. Er war auf Doraden- und Zackenbarschfang. Um 7 Uhr ist er wieder angelandet. Er hat auf dem Felsen etwas bemerkt, zuerst dachte er, es sei wieder mal Müll. Irgendeiner, der seine Säcke hier abgeworfen hat. Aber als er näher kam, wurde ihm klar, dass es ein Mensch war. Er hat noch vom Wasser aus die Leitstelle in Larnaka angefunkt, die sofort uns informiert hat. Zehn Minuten später war die erste Streife der SBA vor Ort.«

»Das ist schnell«, bemerkte Kostas. Und es stimmte: Im ländlichen Zypern lagen die Polizeidienststellen weit auseinander, und nach der Wirtschaftskrise war auch die Zahl der Beamten und der Streifenwagen drastisch reduziert worden. Bei einem Auffahrunfall konnte es schon mal eine Stunde dauern, bis ein Polizist anrückte. Die Briten aber zählten in dieser verlassenen Gegend immer noch über hundert Beamte – da ging es schnell und westeuropäisch geordnet zu.

»Kommen Sie«, sagte sie und führte Kostas und Sofia hinein in das Zelt. Beide hielten erst mal einen Moment inne, weil es nach der Hitze draußen ein Schock war, welche Kälte hier drinnen herrschte. Die britische Polizei hatte tatsächlich drei mobile Klimaanlagen aufgestellt, die das Innere des Zelts auf etwa zehn Grad heruntergekühlt hatten. Nur so war es für die Spurensicherung überhaupt möglich, vor Ort an dem Leichnam zu arbeiten. Bei den Temperaturen draußen wäre es nach wenigen Stunden unmöglich gewesen – die Verwesung hätte viel zu schnell eingesetzt.

Der Leichnam. Sofia erschrak. Denn da lag er wirklich.

Alle Blicke waren nun auf den Mann am Boden gerichtet. Nein, dachte sie, das stimmte nicht ganz. Ein glühender Blick bohrte sich in ihren Rücken. Als sie sich rasch umwandte, sah Toby Dukas sofort weg und hinüber zum Leichnam. Nein, sie würde nicht wieder umfallen, dachte sie und straffte unwillkürlich ihren Rücken. Nicht noch einmal würde ihr passieren, was bei ihrem ersten Zusammentreffen passiert war, einen Tag nachdem Sofia zur Dorfpolizistin ernannt worden war. Am Strand des Aphroditefelsens hatte sie unter Tobys Augen die ersten beiden Leichen ihres Lebens gesehen – und war daraufhin an Ort und Stelle ohnmächtig geworden. Es war Toby gewesen, der über ihr gekniet hatte, um sie wieder aufzuwecken – und fortan hatte er ein Mittel, um sie damit niederzumachen. Doch noch einmal würde sie dem Typen diesen Gefallen nicht mehr tun. Sie war nun eine Polizistin, eine echte Kriminalpolizistin – auch wenn es ihr manchmal bizarr vorkam, dass sie noch vor zwei Jahren an einer Elite-Uni studiert und von einer Karriere im Innenministerium geträumt hatte, um nun hier am Strand von Zypern eine Leiche zu inspizieren. Aber so war es nun mal – das Leben hatte sie an ungeahnte Orte geschickt und sie mit einer großen Aufgabe betraut. Sie zwang sich, nicht weiter über Toby nachzudenken, und wandte sich ganz bewusst dem Toten zu. Sie tat es, wie sie es auf der Uni gelernt hatte: erst einmal komplett, dann mit den Blicken systematisch von Körperteil zu Körperteil. Jede noch so kleine Beobachtung konnte wichtig sein: Der Mann war nicht lang ausgestreckt, wie man es hätte erwarten können, sondern er lag zusammengekrümmt, die Beine angezogen, ein wenig wie ein Embryo, so als hätte er im Moment seines Todes furchtbare Schmerzen gelitten. Es war ein schlimmer Anblick.

Sofia bemühte sich, die Details in Gedanken leise vor sich hin zu sagen, ohne dass sie wie eine Verrückte wirkte:

»Opfer männlich, zwischen 65 und 75 Jahre alt, sehr dunkler Teint. Hellgraue kurze Haare mit kleinen Locken, schlank, drahtig, in scheinbar guter körperlicher Verfassung. Trägt ein Tanktop ohne Ärmel und eine kurze Shorts, Hemd in dunklem Grün, Hose in dunklem Grau. Die Wunde ist im Torso, ein einzelner Schuss, das Blut ist aus dem Körper ausgetreten und auf dem Hemd zu sehen. Die Felsen sind blutverschmiert. Austrittswunde ist nicht sichtbar.«

Um Letzteres zu ändern, würden die Männer von der Spurensicherung und von der Gerichtsmedizin den Leichnam noch umdrehen müssen. Just in diesem Moment kam der Mann in dem weißen Anzug mit dem Koffer wieder ins Zelt und stöhnte auf Englisch:

»Mann, was für eine Hitze!« Er fächelte sich mit einer Hand Luft zu und trat zu der britischen Polizistin. Sie unterhielten sich leise, und an der Art, wie die Frau mit dem Arzt auf Augenhöhe sprach, erkannte Sofia, dass er der Leiter der Gerichtsmedizin im britischen Sektor sein musste. Sie hatte noch nie in einer der Sonderverwaltungszonen ermittelt. Deshalb musste sie all die neuen Kollegen erst mal kennenlernen. Wobei Dorothee Galveston jeder Nachfrage zuvorkam.

»Doctor, das sind Sergeant Sofia …«

»Perikles«, ergänzte Sofia.

»Thank you, und DCI Kostas Karamanlis von der Polizei in Zypern, das ist Doctor Alfred Livorne, ehemals der beste Gerichtsmediziner von Liverpool, bis auch er sich ein sonnigeres Plätzchen gesucht hat. Also, Alfie, was hast du?«

Sofia registrierte mit Genugtuung, dass die Britin es nicht mal für nötig befunden hatte, Toby vorzustellen, der hinter ihnen stand wie ein Praktikant. Und sie hatte noch etwas festgestellt, aber damit würde sie sich jetzt nicht befassen.

»*Nice to meet you*«, sagte der Mann, der sich nun die Haube vom Kopf nahm und sich den Schweiß von der kahlen Stirn wischte. Er trug eine kleine Brille mit Goldrand und hatte nur noch einen silbernen Haarkranz. Klug und freundlich sah er sie alle vier an. »Ich werde den Toten nach Akrotiri bringen lassen, da habe ich eine bessere Klinik als diesen Schrotthaufen hier in Dekelia. Aber ich glaube nicht, dass ich Ihnen noch mit magischen Neuigkeiten aufwarten kann. So was sehen wir in Liverpool jeden Freitag des Nachts in der Kneipenmeile. Ein Schuss leicht oberhalb des Bauches. Abgefeuert aus … na ja, der Wunde nach zu urteilen, etwa drei bis vier Metern. Da rüttelt es so sehr an allen lebenswichtigen Organen, dass nichts mehr übrig bleibt. Da reißt es die Lunge in Stücke und die Leber und die Milz, nun ja, verzeihen Sie.« Er hatte Sofias schreckgeweiteten Blick aufgefangen. »Er ist innerlich verblutet, ich denke, in weniger als einer Minute. Wir haben alle Fotos zusammen, wir würden den Leichnam jetzt mal bewegen und dann weitersehen, einverstanden?«

Dorothee Galveston und Kostas nickten im Duett. »Haben Sie die Waffe zufällig gefunden?«, fragte der Chief Inspector.

»Nein, bisher nicht«, antwortete der Arzt.

»Ich habe Taucher angefordert«, sagte die britische Polizistin. »Das dauert aber noch, bis die Kollegen verfügbar sind. Vielleicht liegt die Waffe im Meer. Hier auf den Felsen war sie jedenfalls nicht.«

»Oder der Täter hat sie mitgenommen. Was denken Sie? Was für eine Waffe war es?«

»Ich fange nicht hier auf dem Felsen an, ein Projektil herauszuoperieren«, antwortete der Arzt. »Geben Sie mir ein bisschen Zeit, ja?«

»Natürlich«, erwiderte Kostas schnell. »Danke, Doctor.«

»Ich hoffe, Ihnen morgen mehr sagen zu können, Dorothee. Ich werde eine Nachtschicht einlegen.« Er schüttelte den Kopf. »Wir hatten lange keinen Mord mehr hier in der SBA, oder?«

Die Polizistin sah ihn mit ernster Miene an. »Über ein Jahr nicht mehr. Und damals war es das elende Ende einer Ehe – auch wenn dabei ausnahmsweise der Mann dran glauben musste. Aber das hier … das sieht nicht gut aus, wenn Sie mich fragen.«

»Tote sehen nie gut aus«, sagte der Pathologe. »Aber wer bin ich schon, dich zu belehren, meine Beste. Ich beeile mich. Also, bis später.«

Der Arzt wies seine Leute an, die Leiche anzuheben, und die Polizisten sahen dabei zu, wie sie den Mann auf den Rücken drehten. Es gab tatsächlich keine Austrittswunde, die Kugel musste also noch im Körper sein.

»Sie wissen, wer der Tote ist, richtig?«, fragte Kostas.

»Sonst wären Sie nicht hier, nehme ich an«, erwiderte die Polizistin und lächelte sanft. »Ja, in der Tat. Er heißt Karl Schiller.«

»Karl Schiller?«, fragte Sofia und erschrak selbst über ihre laute Stimme. »Er?«

»Ja«, erwiderte die Polizistin. »Kennen Sie ihn etwa?«

»Nein, aber er sieht wie ein Zypriot aus. Nicht wie ein Deutscher.«

»Vielleicht lebte er einfach schon sehr lange hier, hatte sich angepasst … Jedenfalls hat er seinen Ausweis dabeigehabt. Einen zyprischen. Der weist ihn als Karl Schiller aus, geboren im Mai 1957 in Leipzig in der damaligen DDR. Er wohnte in Kyperounda im Ortszentrum.« Sie räusperte sich. »Es wäre tatsächlich gut, wenn wir fortan zusammenarbeiten könnten. Denn ich habe nur Zugang zu den Datenbanken der britischen Soldaten und jener Zyprioten, die in der Sovereign Base Area leben und arbeiten. Im Rest des Landes habe ich keinen Einblick, und ich darf dort auch nicht ermitteln. Deshalb wäre es gut, wenn wir uns gegenseitig helfen würden.«

»Das werden wir«, sagte Kostas rasch.

»Wir sollten so schnell wie möglich rauskriegen, was dieser Karl Schiller in Kyperounda gemacht hat – und was er am frühen Morgen hier in der SEA wollte.«

# Téssera – 4

»Gut. Wir werden die Untersuchungen an dem Toten beginnen und Sie sofort informieren, wenn wir mehr wissen. Die Zeugenbefragungen hier in der Zone übernehmen meine Beamten. Natürlich sagen wir Ihnen Bescheid, wenn sich etwas ergibt, DCI Karamanlis. Würden Sie uns auch informieren, was Sie in Kyperounda herausbekommen? Wir können ja am Abend telefonieren.«

Kostas räusperte sich. »Vielleicht sollten wir uns lieber morgen hier zu einer Besprechung treffen, um die Ergebnisse zusammenzutragen? Am Telefon …«, er stockte, »am Telefon geht doch immer so viel verloren.«

»Klar«, sagte die britische Polizistin schulterzuckend, »dann gerne persönlich.« Sie lächelte erst Kostas an und gleich darauf Sofia. »Dann bis morgen.«

Die beiden gingen hinaus, und Toby folgte ihnen auf dem Fuße. Vor dem Zelt wurde Sofia fast von der Hitze erschlagen, die hier herrschte. Der Unterschied zum klimatisierten Inneren betrug locker 25 Grad.

»Puh, ehrlich, dieses Jahr ist es wirklich viehisch heiß«, sagte Sofia und blickte an den wolkenlosen Himmel.

»Es wird immer schlimmer«, erwiderte Kostas. »Du warst ja lange nicht hier, Tausendschön. Du siehst nur den großen Unterschied. Ich habe Jahr für Jahr die kleinen Unterschiede gesehen. Wenn es auf einmal Mitte Mai 33 Grad hat. Oder die

Waldbrände alljährlich größer werden. Es ist wirklich nicht gut, was hier passiert. Gott sei Dank sind die Stauseen voll, weil es im Winter ordentlich geregnet hat. Sonst wären wir zu dieser Jahreszeit schon geliefert.«

»Ähm«, Tobys Stimme erklang hinter ihnen, und Sofia rollte die Augen. »Also, ich meine«, stotterte er, »ich muss meiner Dienststelle etwas sagen – wollt ihr den Fall jetzt übernehmen? Ich meine…«

»Was meinst du, Dukas?«, grunzte Kostas.

»Ich glaube, dass wir den Fall auch übernehmen könnten, weil …«

»Unser Toter – unser Fall. So einfach ist das.«

Bevor Toby etwas erwidern konnte, schüttelte Kostas den Kopf, Schweiß stand ihm auf der Stirn, dann stapfte er voraus zum Auto, und Sofia eilte ihm hinterher.

Mit heruntergefahrenen Fenstern nahmen sie die Straße hinaus aus der Sovereign Base Area, und Kostas lenkte den Wagen auf die Autobahn 3, die in Richtung Larnaka und dann als A1 in Richtung Norden führte.

Doch kurz vor der Hauptstadt fuhren sie schon wieder ab und schlugen sich erst durch kahles bäuerliches Land, um dann nach einer halben Stunde in die grüneren Gipfel des Troodos zu fahren. Die Straße wand sich in immer enger werdenden Kurven empor. Durch die offenen Fenster drangen das Zirpen der Zikaden und der Gesang der Vögel. Sie schwiegen, und es war ein schöner Moment. Sofia hielt ihre Hand aus dem Fenster des Wagens, doch selbst im Fahrtwind war die Luft so heiß, dass sie sie nach einer Weile wieder nach drinnen zog.

»Was macht ein Deutscher in Kyperounda? Und was will genau dieser Deutsche am frühen Morgen am Strand der Sonderverwaltungszone?« Sofia kratzte sich am Kopf, ihre Finger fühlten sich regelrecht glühend an.

»Auf Letzteres habe ich keine Antwort«, antwortete Kostas. »Wenn er nur schwimmen gehen wollte, hätte er viel näher an seinem Heimatort einen schöneren Strand gefunden. Aber deine erste Frage ist noch interessanter. Was hat er in Kyperounda gemacht? Ich kenne den Ort gut – und es haben immer einige Deutsche dort gelebt.«

»Warum?«

»Wirst du gleich sehen«, erwiderte der Detective Chief Inspector und verfiel wieder in sein typisches Schweigen. Sofia betrachtete ihn von der Seite und räusperte sich. Sie rang mit sich, eine ganze Weile, doch dann sagte sie ganz fröhlich und beiläufig: »Die war sehr nett, die Polizistin, oder?«

»Hmm?« Kostas schien sie nicht gehört zu haben, doch dadurch, dass er fast den Seitenstreifen touchierte, bemerkte sie, dass er sehr wohl verstanden hatte.

»Die britische Polizistin. Sie war sehr nett, oder?«

Kostas sah sie kurz prüfend aus zusammengekniffenen Brauen an, dann nickte er. »Ja, sehr nett.«

Und dann fuhren sie ein in den kleinen Ort, der am Rande einer Serpentinenstraße auf einem Berg lag. Das Ortsschild von Kyperounda sah nicht so verblichen aus wie jenes von Kato Koutrafas, es war sauber und frisch gestrichen, als würde es sich wegen der Touristen hier noch lohnen, auf derlei Dinge zu achten.

Durch eine kleine Gasse gelangten sie ins Stadtzentrum, und Kostas parkte den Wagen genau vor dem Haus, dessen Adresse in Karl Schillers Ausweis vermerkt war.

Sofia öffnete die Tür und atmete einmal tief durch. Sie meinte, die Veränderung in der Luft beinahe schmecken zu können. Hier, hoch oben im Troodos, wurde ihr wieder einmal klar, aus wie vielen verschiedenen Landschaften sich ihre kleine Insel zusammensetzte. Unten am Meer war die Luft salzig, jodhaltig und bei aller Hitze frisch gewesen. Hier oben roch sie ganz anders: würzig, nach Bergkräutern, aber da lag auch etwas Tierisches in der Luft. Und richtig, als sie sich umsah, entdeckte sie hinter einem Zaun ein paar Hühner, im nächsten Garten grasten Schafe. Es war ländliche Idylle pur.

»Schön hier«, murmelte sie leise, und Kostas sah sie erstaunt an.

»Dass du so etwas hier mal schön findest, so ein Kaff, das hätte mir mal jemand sagen sollen, als du an deinem ersten Tag mit Stöckelschuhen die staubige Hauptstraße entlanggelaufen bist.«

»Tja, Menschen können sich ändern, Partner. Gewöhn dich dran.«

An der Haustür angekommen, fiel Sofias Blick auf das Namensschild, das mit griechischen Lettern und reichlich vergilbt am Postkasten prangte. Karl Schiller schien hier wirklich seit langer Zeit zu Hause gewesen zu sein.

»Wie wollen wir rein…«, begann Sofia, doch Kostas hatte schon die Klinke heruntergedrückt, und die Tür sprang auf, als wäre sie lebendig.

»Sag mal, sind eigentlich alle Zyprioten so vertrauensselig? Ich dachte, das gibt's nur in unserem Dorf.«

»Hier in den Bergen ist es wirklich so üblich. Hier gibt's keine Verbrechen – und wenn doch mal was passiert, sieht man den Einbrecher wohl nie wieder. Der wird einfach direkt an die Schafe verfüttert.«

Sofia betrachtete Kostas' Gesicht, aber sie fand kein Anzeichen dafür, dass er das ironisch gemeint hatte. Und dann war der Chief Inspector schon hineingegangen. Laut und vernehmlich sagte er: »Police of Cyprus – ist jemand hier?«, aber sie hörte seinem Tonfall an, dass er das nicht annahm. Das Haus wirkte völlig verlassen. Das Erdgeschoss bestand nur aus einem vollgestellten Flur und einer Toilette hinter einer Sperrholzwand. Sie nahmen die Treppe nach oben. Auch hier war es nur ein Raum, und wäre es irgendwie aufgeräumter gewesen, hätte man vielleicht von einem Studio sprechen können: Wohnzimmer, Schlafzimmer und Mini-Küche in einem. Vollgepropft mit Bildern, Büchern, Klamotten, es roch nach altem Mann. Ein dunkler und unwirtlicher Raum, in dem die Luft stand. Auf dem zweiflammigen Gasherd stand ein Topf mit eingetrockneter Milch. Kostas ging zu der Terrassentür und öffnete sie.

»Wow«, entfuhr es ihm. Sofia blickte auf, solche Bekundungen waren normalerweise nicht seine Sache. Doch dann sah sie, was er meinte. Der Blick von der Terrasse auf die umliegenden Berge war wirklich phänomenal. Wie ein Gemälde lagen die baumbestandenen Hügel des Troodos nebeneinander aufgereiht, die einzelnen Höfe ringsum schmiegten sich an die Hügel, dazu die Hauptstraße des Dorfes, die unter der Terrasse entlanglief – abends musste es hier oben sein, als würde man einen entschleunigenden Kinofilm ansehen. Ja, ohne Frage war dies hier der Lebensmittelpunkt des Bewohners gewesen, nicht das Innere dieser kleinen, muffigen Wohnung.

»Ein hübsches Eckchen im Paradies«, murmelte Kostas.

»Aber was um alles in der Welt macht ein Deutscher in diesem verlassenen Bergdorf?«

»Ich glaube, hier haben die Häuser nicht nur Ohren, sie haben auch Stimmen, und deshalb wird es nicht schwer sein, das rauszufinden. Aber erst mal wühlen wir uns durch dieses Chaos hier.«

Der Chief Inspector wies nach drinnen.

Sie traten an einen Tisch, der über und über mit Papieren bedeckt war. Es waren sehr viele handgeschriebene Dokumente, teils auf Griechisch, teils erkannte Sofia auch die deutsche Sprache. Sie hatte vier Semester in Berlin studiert, deshalb konnte sie einigermaßen Deutsch sprechen und verstehen, bei den ziemlich sperrigen Wörtern auf Papier tat sie sich aber doch schwer. Genau wie der Bewohner dieses Hauses beim griechischen Alphabet. Die Buchstaben sahen aus, als hätte ein Erstklässler sie gezeichnet. Kostas hielt einige Papiere hoch, die auf dem Computer erstellt worden waren – rote Schrift auf weißem Grund.

»Flugblätter«, sagte er. »Sie rufen dazu auf, die Umwelt zu achten. Auf Griechisch und auf Englisch, wahrscheinlich für die Touristen.«

Sofia las die Aufschriften: »›Keine Zigaretten in den Wald.‹ ›Kein Müll an die Strände.‹ ›Lasst die Tiere in den Bergen in Ruhe.‹ Hmm, klingt, als hätten wir es mit einem alten Öko zu tun.«

»Die Ziele sind ja super, aber wer verteilt heutzutage noch Flugblätter? Ich dachte, das geht alles übers Internet.«

Sie blätterten weiter in den Papieren. Es waren etliche Zeitungsausschnitte darunter, die allesamt mit Umweltskandalen der letzten Jahre zu tun hatten. Das Elektrizitätswerk am Strand, das seine giftigen Abfälle ins Meer leitete. Die Ferienanlage, die den Brutort der Meeresschildkröten mit ihrem Plastikmüll gefährdete. Der Ölteppich, der auf die Küste zutrieb und einen wunderschönen Strand gefährdete, weil irgendein Schiff ein Leck gehabt hatte. Alles fein säuberlich ausgeschnitten und dann aber ohne jedes System auf diesen Tisch geworfen.

»Also, mit Öko-Aktivismus macht man sich hier nicht nur Freunde …«, sagte Sofia leise.

»Tja, erst das Fressen, dann die Moral«, erwiderte Kostas. »Hast du noch was Spannendes?«

Sofia schüttelte den Kopf.

»Na, dann gehen wir mal ins Dorf, was?«

Sie verließen das Haus, und Sofia sog nach all dem Muff dort drinnen gierig die frische Luft ein. Sie spürte regelrecht, wie die Bergluft ihr guttat, diese Mischung aus Wald und

Höhe und den Aromen der Kräuter, die hier sogar am Straßenrand wuchsen. In ihrer Londoner Zeit hatte sie stets den griechischen Bergtee getrunken, der sie an die Berge des Troodos erinnert und immer ein wenig Sonne in den tristen Regen Englands geschickt hatte.

Sie standen kurz auf der Dorfstraße, und Sofia fragte: »Und? Wo fangen wir an?«

Kostas legte den Kopf schief und grinste, als er antwortete: »Wie sag ich immer? Wenn du auf Zypern etwas wissen willst …«

»… gehst du ins Kafenion«, ergänzte sie, ebenfalls lachend. »Ich dachte, wir versuchen mal etwas Neues.«

»Tausendschön, du weißt, ich mag deine kreativen Methoden. Aber wir müssen nun auch nicht alles an der Polizeiarbeit neu erfinden, wenn die nächstbeste Quelle offensichtlich ist.«

Es war nur eine Minute zu Fuß, vorbei an ein paar gedrungenen Häusern, bis sie vor dem großen backsteinfarbenen Haus ankamen, dessen Markise es als *Kafenion & Taverna Troodos* auswies. Kostas trat zuerst ein, Sofia folgte ihm. Drinnen war es kühl und schummrig, und es roch nach abgestandenem Bier und Putzmitteln, ganz anders als daheim in Adonis' und Christos' guter Stube, die stets nach frischem Kaffee und feinsten Kochgerüchen duftete.

An einem Tisch unterm Fernseher saß ein einsamer alter Mann, und hinterm Tresen räumte jemand hörbar Flaschen in einen Kühlschrank. Als sie das Glöckchen der Tür hörte, richtete sich die Frau auf und murmelte: *»Kalispera.«*

Sofia meinte zu bemerken, dass sich ihre Augen für einen Moment weiteten. Aber vielleicht täuschte sie sich auch.

*»Kalispera«*, erwiderte Kostas. »Chief Inspector Karamanlis von der Polizei in Kato Koutrafas. Das ist meine Kollegin Sergeant Perikles.«

»Können Sie sich ausweisen?«, fragte sie und sprach auf einmal so laut, dass es im Raum förmlich hallte.

»Hä?« Kostas tat, als höre er die Frage zum ersten Mal.

»Ausweise, die Sie als Polizisten ausweisen.« Wieder schrie die Frau, als sei entweder sie schwerhörig oder als sei davon auszugehen, dass Kostas und Sofia es waren.

Widerwillig griff Kostas in seine Tasche und zog seinen Ausweis hervor. Sofia tat es ihm nach, hielt aber das Passfoto auf der Plastikkarte mit ihrem Finger verdeckt. Als sie ihre Stelle angetreten hatte, war auf ihrem Dienstausweis ein Foto gedruckt, das sie als pubertierende Sechzehnjährige zeigte, mit Akne und fettiger Haut – eine weitere Bosheit des Innenministers, wie sie mutmaßte.

»Und was wollen Sie?« Die Wirtin stützte sich auf die Theke, als müsse sie sich festhalten. Endlich sprach sie leiser. Schwerhörig war sie also doch nicht.

»Zuerst wäre mal ein Kaffee schön«, erwiderte Kostas.

»Hmm«, murmelte sie unwillig, machte sich dann aber doch an den Tassen zu schaffen. Eine echte Kaffeemaschine gab es hier nicht. Die Wirtin gab einfach reichlich Zucker und dann Kaffeepulver in die Tassen und goss mit heißem Wasser auf. Sofia konnte die Bauchschmerzen schon spüren, bevor sie die Brühe überhaupt probiert hatte.

Die Wirtin stellte die Tassen auf den Tresen. »Macht sechs Euro.«

Kostas schob ihr die Münzen hin. »Das sind ja Preise wie in der Hauptstadt.« Doch die Frau ignorierte die Beschwerde. »Und? Was wollen Sie?«

»Ein Mann aus Ihrem Dorf – Karl Schiller – kennen Sie ihn?«

»Ich kenne jeden hier.«

»Ein bisschen eindeutiger brauchen wir das schon. Also Sie kennen Karl Schiller?«

Die Frau nickte so schwach, dass Sofia schon sehr genau hinschauen musste, um es zu bemerken.

»Was ist mit ihm?«

»Nichts mehr«, erwiderte Kostas. »Er ist tot. Er wurde erschossen.« Er formte eine Pistole mit den Fingern und ließ es mit der Zunge knallen. »Peng.« Sofia zuckte unmerklich zusammen. Offenbar hatte er keine Lust auf Samthandschuhe, da die Wirtin so unwillig war, mit ihnen zu reden.

»Hm. Dinge passieren«, sagte sie knapp.

»Keine Frage? So was wie: Wo ist es passiert? Warum? War es ein Unfall?«

Die Frau funkelte Kostas wütend an. »Normalerweise erzählen die Leute einfach – ich muss gar nichts fragen.«

»War Karl Schiller einer Ihrer Kunden?«

»Früher.«

»Was heißt das? Wann früher?«

»Als er noch sehr jung war – und ich noch sehr jung war.«

»Aber heute nicht mehr?«

»Nein.«

»Hatten Sie denn ab und zu Kontakt?«

»Ja.«

»Hmm«, Kostas trank einen Schluck und verzog keine Miene, dann stellte er die Tasse wieder auf dem Tresen ab. »Also, dieses Spiel ist nicht sehr erquicklich. Wir ermitteln in einem Mordfall. Es wäre also mehr als hilfreich, wenn Sie mir sagen würden, was für ein Mann dieser Karl Schiller war.«

»Ein Deutscher. Der uns Ärger machte.« Kurz glaubte Sofia, es hätte einfach eine Tür geknarzt, bevor die Worte in ihrem Kopf Gestalt annahmen. Sie drehte sich um. Die knarzende Stimme gehörte einem alten Mann, der ein Stück von ihnen entfernt in einer schummrigen Ecke saß und sie aus zusammengekniffenen Augen ansah. Auch Kostas wandte sich dem Mann zu.

»Er machte Ärger, dieser Karl Schiller?«

»Wir sind ein altes Dorf«, krächzte der Mann. »Eine Gemeinschaft. Alle Familien hier kennen sich seit Generationen. Und doch haben wir ihn hier aufgenommen. Nur …«, der Alte atmete schwer, »nur damit er uns zum Dank Ärger bereitet.«

»Was für eine Art Ärger hat er denn gemacht?«, fragte Sofia freundlich. Ob der Mann überhaupt noch etwas sah? Sein irgendwie verschleiert wirkender Blick schien durch sie hindurchzugehen.

»Er brachte alles in Unruhe. Alles hier.«

»Was heißt das denn?«

Doch der Mann antwortete nicht, starrte nur in seine Tasse.

»Entschuldigung?«

»Unser Giorgios vergisst von einem Moment auf den anderen seinen eigenen Namen«, sagte die Wirtin. »Er ist wie ein Goldfisch. Beneidenswert.«

»Dann sollten Sie mit uns reden«, sagte Sofia. »Warum konnten Sie Karl Schiller nicht leiden?«

»Wer sagt, dass ich ihn nicht leiden konnte?«

»Meine Güte, sind Sie immer so knurrig?«

»Na, hören Sie mal, junge Dame.«

»Warum hat Karl Schiller überhaupt ausgerechnet hier gelebt?«

»Sie wissen wirklich gar nichts über Kyperounda, oder?«

»Gehört diese Taverne Ihnen?«, fragte Kostas.

»Ich führe sie mit meinem Mann.«

»Ist er auch da, können wir mit ihm sprechen?«

»Nein.«

»Wo ist er denn?«

»Weg.« Die Frau verzog keine Miene. Sie hätte eine exzellente Pokerspielerin abgegeben.

Kostas schüttelte den Kopf. »Es hat keinen Sinn«, sagte er,

zu Sofia gewandt. Und zu der Wirtin: »Wir werden wiederkommen Und ich hoffe für Sie, dass Sie dann gesprächiger sind.«

Sofia und Kostas drehten sich um und gingen zur Tür. Als sie wieder auf der Dorfstraße standen, sahen sie, wie sich mehrere Fenster schlossen. Bei einem Haus wurden sogar die Außenrollläden heruntergelassen. Nur eine Frau blieb in ihrem Fenster stehen und starrte die Polizisten an, als seien sie Außerirdische.

»*Signomi*«, entschuldigte sich Kostas. »Kennen Sie Karl Schiller näher?«

Der Blick der Frau verfinsterte sich. »Nein.«

»Er wohnte Ihnen doch fast gegenüber. Der Deutsche.«

»Ich rede nicht über den Deutschen.«

»Warum nicht?«

»Der Deutsche hat unser Leben auf den Kopf gestellt.«

»Ihr Leben auf den Kopf ... Sie meinen das Leben hier im Dorf?«

»Ich rede nicht über ihn.« Nun beeilte auch sie sich, ihr Fenster zu schließen. Die Polizisten waren wieder allein.

»Sollen wir noch mal bei ihr klingeln?«

»Meinst du, das hat Sinn?« Kostas zuckte mit den Schultern.

Die Dorfstraße war völlig verlassen. Alles hier wirkte wie in einem Wildwestfilm, es fehlte nur noch der Strauch, der vom Wind über die Straße gerollt wurde.

»Wahnsinnig gastfreundlich, die Leute hier.«

»Joa, ihre Chancen beim nächsten Freundlichkeitswettbewerb liegen mehr so im unteren Mittelfeld.«

»Und wie erfahren wir jetzt mehr über Karl Schiller?«, fragte Kostas.

»Vielleicht brauchen wir Kyperounda gar nicht«, erwiderte Sofia. »Schließlich gibt es jemanden, der jeden Stein im Troodos kennt – und uns allzu gern erzählen will, was sie alles weiß.«

»Sie?« Kostas' Augen weiteten sich. »Oh Mann, wirklich?« Er sah auf die Uhr. »Dann sage ich schon mal: Auf Wiedersehen, Mittagspause. Auf Wiedersehen, Mittagsschlaf. Und schon schwirren mir die Ohren.«

Sofia hieb ihm freundschaftlich auf die Schulter. »Und ab zu Lady Gladstone.«

# Pénte – 5

»Nun kommt endlich – wer schon nicht arbeitet, soll wenigstens gut essen.« Lady Gladstones Stimme hallte über die Baustelle, bis auch die letzten Arbeiter ihr Werkzeug fallen ließen. Sofia musste grinsen, als sie ausstieg und dabei zusehen konnte, wie sich die gestandenen Männer mit den schmutztriefenden Overalls von der alten Lady quer über die Hauptstraße bugsieren ließen, als seien sie zyprische Schafe und die Alte ihre Hirtin. Aber vielleicht war das tatsächlich ein wenig so.

»Lady Gladstone!«, rief Sofia, während Kostas ihr in einigem Sicherheitsabstand folgte. Niemals hätte er diese Frau zuerst angesprochen.

»Na, ihr kommt mir ja gerade recht«, rief Lady Gladstone und winkte die Polizisten zu sich, »ich brenne vor Neugier. Ihr seid ja vorhin davongebraust wie die Feuerwehr – und da dachte ich mir, es ist doch bestimmt etwas passiert, was eine schöne Geschichte für den Dorftratsch hergibt.«

Sofia sah Lady Gladstone ernst an. »Es ist wirklich was passiert – und wir erzählen Ihnen auch gern davon. Aber dafür müssen Sie uns dann auch etwas erzählen – wir kommen ohne Sie nämlich nicht weiter.«

War die alte Lady bis dahin freudig erregt gewesen, begannen ihre Wangen jetzt zu glühen. »Ihr fragt mich um Hilfe? Oh, Darling, das ist ja *amazing*. Kommt, ich verköstige schnell die faulen Arbeiter – und dann habt ihr doch sicher auch Lust auf einen guten Lunch.«

»Oh, ich sterbe vor Hunger«, rief Sofia aus, der der Magen knurrte, dass es ihr schon vorkam, als könne ganz Kato Koutrafas es hören. »Kochen Sie wirklich jeden Tag für die Arbeiter? Ich hab das noch gar nicht mitbekommen! Plötzlich waren mittags immer alle weg – und eine Stunde später waren sie glücklich wieder da und sahen sehr wohlgenährt aus.«

»Ja, so ist es, Kleines. Zuckerbrot und Peitsche, wie ich immer sage.«

Lady Gladstone führte sie auf den kleinen Pfad, der hinter ihr Bauernhaus führte. Sie hatte den schönsten Garten von ganz Kato Koutrafas. Einen Garten, wie ihn sich Sofia für später einmal erträumte, wenn da vielleicht Kinder waren, die im Grünen spielen konnten. Viel Grün gab es hier nah der Grenze nicht, die Gegend war eher staubig und karg – deshalb glich es einem achten Weltwunder, was Lady Gladstone aus diesem Garten gemacht hatte. Er war wild und voller wunderschöner Pflanzen, sodass man meinen konnte, man sei auf einem verwunschenen Anwesen in Cornwall – es gab sogar einen kleinen Teich mit einem Springbrunnen, und eine riesige Pergola mit Rosen und wildem Wein umschloss die Terrasse.

Den Bauarbeitern hatte Lady Gladstone einen Sonnenschirm weiter hinten im Garten aufgespannt, dorthin verzogen sie sich jetzt, nachdem sie sich am Buffet die Teller gefüllt hatten. Ja, tatsächlich, die alte Lady hatte im Schatten des Hauses ein üppiges Buffet aufgebaut.

»Sieht so aus, als würden Sie meinem Ehemann Konkurrenz machen und hier bald ein eigenes Restaurant eröffnen«, sagte Sofia und grinste.

»Keine Sorge, Kleines – das macht so viel Arbeit, da hab ich kein Interesse dran. Aber Adonis hat mich gefragt, ob nicht ich die Bauarbeiter verköstigen könnte – er kam kaum noch hinterher mit all der Arbeit.« Das sah ihrem Schwager ähnlich, dachte Sofia, denn so viel hatte er nun wirklich nicht zu tun. Aber wahrscheinlich war er damit ausgelastet, alles für das Osterfest vorzubereiten, und nebenbei musste er ja auch noch immerzu seine grimmige Ehefrau aufmuntern. »Also habe ich ihm zugesagt und koche seitdem mittags für die Bauarbeiter – und nun sehr gerne auch für euch. Greift zu.«

Sie wies auf den Tisch, der unter dem Gewicht der Speisen zu bersten drohte. Sofia und Kostas traten näher, und sofort lief ihnen das sprichwörtliche Wasser im Munde zusammen.

»Wow, ich liebe Souflaki«, rief Sofia und nahm sich sofort drei der knusprig gegrillten Schweinespieße. Dazu gab es *Patates*. »Handgeschnitten habe ich die, den ganzen Morgen lang«, bemerkte Lady Gladstone nicht ohne Stolz. Außerdem hatte sie auf dem Holzkohlefeuer im Garten Halloumi gegrillt, der mit Olivenöl übergossen war, sodass die dunklen Röststreifen nun goldgelb glänzten. Alles roch himmlisch.

»Wollt ihr Weißwein? Ich könnte jetzt ein Glas gebrauchen.«

»Für mich nicht«, sagte Kostas.

»Ach, stimmt ja, du bist ja der neue Polizist im Dorf«, sagte Lady Gladstone, und als sie seinen pikierten Blick sah, hieb sie ihm freundschaftlich auf die Schulter. »Sorry, mein Großer. Ich bin echt stolz auf dich, dass du das alles so durchziehst. Ich hatte dich schon abgeschrieben.«

Kostas sah kurz mit verlorenem Blick in den Garten, und Sofia merkte ihm an, dass er gerührt war. Schnell sagte sie: »Also, wenn das okay ist für dich, Kostas, würde ich auch einen kleinen Schluck nehmen. Ich bin sowas von durstig.«

»Klar ist das okay für mich. Oder siehst du mich zittern?« Aus Spaß bewegte er seine Hand so schnell, dass die Souflaki auf seinem Teller auf und nieder hüpften.

Sie mussten alle drei lachen, wobei Sofia klar vor Augen stand, wie schmal dieser Grat war. Als sie ins berufliche Leben des Kostas Karamanlis getreten war, hatte dieser nicht nur sinnbildlich am Boden gelegen – sie hatte ihn am helllichten Tag sturzbetrunken und völlig fertig im Polizeicontainer gefunden. Den Verlust seiner Frau, die mit Kostas' Kollegen aus dem türkischen Norden durchgebrannt war, hatte er nicht verdaut – auch wenn die Trennung schon Jahre her war. Aber irgendwie hatte Sofias Ankunft alles verändert. Das lag vielleicht nicht direkt an ihr, sondern mehr an der Dynamik, die sich durch ihre Ankunft änderte. Jedenfalls fachten die Fälle, die sie gemeinsam lösten, Kostas' Jagdinstinkt wieder an – und irgendwann sah er ein, dass es sich in Kato Koutrafas ganz gut leben ließ, ohne Frau und ohne Alkohol. Immerhin hatte er hier echte Freunde, ja, das ganze Dorf stand hinter ihm. Und seither war Kostas nicht mehr wiederzuerkennen.

Auch er lud sich Spieße und Pommes auf seinen Teller, dann setzten sie sich unter die Pergola. Aus einem kleinen Fässchen ließ Lady Gladstone etwas Wein in eine Karaffe laufen. »Xynisteri, aber der beste«, erklärte sie. »Von einem Winzer im Troodos kriege ich den im Fass. Den anderen lassen wir den Touristen.«

Sie stießen an.

»Auf die neue Polizeiwache – auf dass der Staub bald Geschichte ist«, sagte Sofia.

»Und auf euren neuen Fall – und all die Geheimnisse, die damit verbunden sind.«

Sie tranken, und Sofia spürte, wie sie der kalte, fruchtige, aber nicht zu süße Wein sofort belebte.

Beinahe schon sehnsüchtig sah die alte Lady Sofia an. »Nun erzähl schon, Darling. Ich werde dich auch nicht unterbrechen. Versprochen.«

»Gleich«, sagte Sofia schnell. »Erst mal muss ich einen Happen essen.«

Es wurden dann doch zehn Happen, mindestens, denn es war einfach zu lecker. Sofia tröpfelte sich noch etwas Zitronensaft über das Fleisch und den gegrillten Käse, streute außerdem reichlich Oregano über die Spieße und die Pommes, und dann endlich probierte sie.

»Hmm«, murmelte sie nach einer Weile und wischte sich mit einer Serviette das Fett vom Mund. »Ist der gut!« Souflaki war schon ihr Lieblingsessen gewesen, als sie noch ein Kind war – und dieser hier kam an den ihrer Kindheit wirklich erstaunlich nah ran.

Lady Gladstone hatte nicht nur mageres Fleisch genommen, sondern auch ein paar Fettstücke im Spieß gelassen, so wurde der Souflaki sehr kross und blieb trotzdem schön saftig. Der Zitronensaft und Oregano umschmeichelten das Fleisch mit ihrer Würze, und alles zusammen war einfach einzigartig – so gab es das nur hier auf Zypern. Die Pommes waren ebenfalls die perfekte Mischung: Grob geschnitten, waren sie außen kross und innen schön mehlig – und schmeckten richtig gut nach purer Kartoffel. Und der Halloumi, der Grillkäse, der nur aus Zypern stammen durfte, war zwar schön scharf angegrillt worden, aber innen drin hatte er seine einzigartige Konsistenz. Frevler behaupteten, Halloumi schmecke wie Gummi, aber das war totaler Quatsch. Da lag alles drin: das Aroma der Kräuter, die die Schafe und Ziegen in den Bergen fraßen, der Geschmack purer Milch – es war einfach der Geschmack von Heimat. Sofia nahm ein weiteres Stück und steckte sich noch eine Pommes in den Mund, bevor sie endlich zu sprechen begann.

»Also, wir wurden gerufen, weil es tatsächlich einen Mord gab.«

»Sag bloß«, rief Lady Gladstone aus. Ihr Versprechen hatte

nicht so lange gehalten. Sie bemerkte es selbst und hielt sich die Hand vor den Mund.

»Ein Mann wurde erschossen in der britischen Zone gefunden – er lag auf einem Felsen nah am Meer. Bisher haben wir keine Zeugen, niemanden, der etwas gesehen hat. Der Mann kommt aus Kyperounda, was ja noch zu unserem Ermittlungsgebiet gehört – so gerade eben jedenfalls. Und deswegen sind wir jetzt an dem Fall dran.« Sie sah Lady Gladstone erwartungsvoll an. »Sie dürfen jetzt wieder sprechen«, fügte sie endlich hinzu.

»Oh, ja, sorry, Darling, ich muss nur erst mal in meinem Kopf wühlen – denn auch wenn es nicht so aussieht, ich bin ja nicht mehr die Jüngste.« Sie lachte ihr hohes Lachen. »Kyperounda, sagst du. Ich kenne Kyperounda, sehr gut sogar.«

»Wir haben nichts anderes erwartet«, erwiderte Kostas trocken.

»Ach Jungchen, wie schön, dass auch du zugibst, meine Hilfe zu brauchen. Also, wer ist der Tote?«

»Ein Deutscher.«

»Ein Deutscher.« Sie runzelte die Stirn. »Ist es dieser … dieser … Klaus Goethe?«

»So ähnlich«, sagte Sofia. »Karl Schiller heißt das Opfer.«

»Oh, ja, natürlich, Darling, Karl Schiller. Ich wusste es doch. Ach, Schiller, Goethe, Mozart, all diese deutschen Namen.«

»Mozart war Österreicher. Glaube ich.«

»Ich interessiere mich nur für Shakespeare. Wie mein verstorbener Mann immer sagte«, entgegnete Lady Gladstone. »Nun gut – und ich füge hinzu: Für Shakespeare und für Mord.«

»Am allermeisten interessiert uns: Was macht ein Deutscher ausgerechnet in Kyperounda? Die Fremden, die auf der Insel bleiben, ziehen doch alle ans Meer. Limassol, Paphos vielleicht und Ayia Napa – aber Kyperounda?«

»Ach, Darling«, sagte Lady Gladstone und kratzte sich am Kopf, »was du doch für ein Küken bist. War eigentlich die Mauer schon gefallen, als du geboren wurdest? Ich glaube nicht … Nun ja … es hat jedenfalls mit der Mauer zu tun. Ich meine, dieser Karl Schiller, der kam aus der DDR, richtig?«

»Aus Leipzig, oder, DCI?«

Sie sah Kostas an, der bei der Nennung seines Titels zusammenzuckte. »Ja, genau, äh, aus Leipzig.«

»Seht ihr? Da ist des Rätsels Lösung. Kyperounda hat nämlich eine Geschichte, die eng mit der DDR verknüpft ist.«

»Erzählen Sie uns davon«, sagte Sofia und seufzte innerlich angesichts der Aussicht, dass nun die quälend lange Einleitung begann, mit der Lady Gladstone ihre Erzählungen so richtig spannend zu machen pflegte. »Bitte.«

»Na schön. Ihr wisst ja, Zypern ist traditionell eine Insel mit einer sehr aktiven kommunistischen Partei.«

»Sehr zu meinem Leidwesen«, erwiderte Sofia.

»Na, du hast es hier ja mal nicht so schlecht getroffen – mir den schönsten Mann der Insel wegzuschnappen … aber echt, Darling.« Sie grinste. »So war es jedenfalls schon vor fünfzig Jahren – und so hielt die Insel, wie auch ganz Griechenland, enge politische und gesellschaftliche Verbindungen in den Ostteil Deutschlands. Das ging so weit, dass viele Zyprioten in der DDR studiert haben, besonders die zyprische Lebensmittelindustrie hat davon stark profitiert. Aber es gab auch medizinische Austausche. Schwerkranke von der Insel wurden häufig in die DDR gebracht, weil die Ärzte hierzulande schlechter ausgebildet und die Krankenhäuser mies ausgestattet waren – das war überhaupt kein Vergleich zu den Nobelkliniken, die wir jetzt haben, auch wenn die reichen Zyprioten ihre Medizin-Checks noch heute in Deutschland machen. Na, und als Gegenleistung für die kostenlosen Operationen in der DDR hat Zypern dann Kinder aus Deutschland auf die Insel geholt – für einen sechswöchigen Kuraufenthalt. Und zwar wo? Ratet mal.«

»In Kyperounda«, sagten Sofia und Kostas zeitgleich. Sie hatten das wirklich nicht gewusst.

»In Kyperounda. Ganz recht. Dort sind ja noch heute ein Sanatorium und ein großes Krankenhaus. Die Briten hatten schon in den dreißiger Jahren entdeckt, dass die Luft in dem Dorf von einmaliger Qualität ist, diese Mischung aus Berg- und Seeluft ist einmalig, die gibt es nur dort. Und so haben sie schon damals ein Stück außerhalb des Dorfes ein riesiges Sanatorium gebaut. Dort wurden vor allem Kinder mit Atemwegserkrankungen behandelt, mit Bronchitis, Lungenleiden und dergleichen. Und davon gab es in der DDR viele, kein Wunder bei dem schlechten Wetter da oben – und es gab so viel Industrie, Kohle, Schwermetall, mir wird ganz anders, wenn ich nur daran denke. Die sind dann hier gewesen, um sich für sechs Wochen zu erholen. Und wenn mich nicht alles täuscht, dann ist auch Karl Schiller durch dieses Sanatorium nach Zypern gekommen – und nie wieder gegangen.«

»Aber wenn er ein Kind war, dann müsste er doch zurückgegangen beziehungsweise zurückgebracht worden sein.«

»Das stimmt wohl … ach, ich erinnere mich nicht genau. Ich bin zu selten in Kyperounda gewesen, um genau sagen zu können, wann er dort aufgetaucht ist. Ich hatte eine Freundin dort, sie sieht sich längst die Radieschen von unten an. Leider, sonst hätten wir sie fragen können. Wir haben manchmal über den komischen Deutschen gesprochen. Anfangs hieß es noch, er habe sich dem Dorfleben gut angepasst – aber dann wurde er immer seltsamer.«

»Und wir müssen unbedingt rausfinden, was dahintersteckte – die Wirtin und der alte Mann im Kafenion machten den Eindruck, als hätten sie Karl Schiller regelrecht gehasst«, sagte Sofia.

Ungewohnt nachdenklich drehte Lady Gladstone ihr Messer in der Hand, es wirkte, als müsse sie ihre nächsten Worte genau abwägen.

»Ihr wisst ja«, begann sie zaghaft, »ich bin eine alte Lästerschwester – das weiß ich ja selber. Aber in diesem Fall spüre ich eine gewisse Vorsicht. Schließlich geht es hier um Mord.«

Sofia und Kostas sahen sich überrascht an, vermutlich konnten sie es beide gleichermaßen nicht fassen: Lady Gladstone hatte Skrupel, Klatsch zu erzählen? Also, wenn solche Wunder geschahen, dachte Sofia, würde es dieses Jahr auf Zypern vielleicht doch mal schneien.

»Liebe Lady, wir bekommen von niemandem Informationen geschenkt außer von Ihnen. Ich bitte Sie, es geht um einen toten Mann.«

Die Lady senkte den Kopf, dann flüsterte sie: »Na gut, aber ihr müsst verantwortungsbewusst damit umgehen, ja? Versprecht ihr mir das? Ich möchte nämlich niemanden anschwärzen.«

»Lady, ich verspreche es«, sagte Sofia und legte sich theatralisch die rechte Hand auf die Brust. Kostas rollte ein wenig mit den Augen, aber als Sofia ihn daraufhin anstieß, grummelte auch er: »Versprochen, Ehrenwort.«

Das genügte der Lady.

»Ich habe gehört, dass dieser Karl Schiller im Laufe der Zeit zu einem radikalen Umweltschützer geworden sein soll. Mit allem, was dazugehört. Erst legte er sich mit den Leuten an den Häfen an, die Dreck ins Meer leiteten. Später ging es um die Touristen, die Müll an den Stränden liegen ließen. Er muss wohl richtig auf Patrouille gegangen sein, einmal kam es zu einer Schlägerei mit ein paar Deutschen. Nun, er war eben ein typischer Deutscher – wenn er etwas machte, dann richtig. Also, nicht falsch verstehen, Umweltschutz hat meine volle Unterstützung, aber wenn es so fanatisch wird …«

»Aber warum waren die Leute im Dorf auf ihn sauer? Das klingt doch erst mal, als hätte er sich vor allem außerhalb des Dorfes engagiert.«

»Sie nannten ihn in Kyperounda den *Stasi-Schiller*. Die Stasi – du weißt doch, was das ist, Darling?«

»Mit Verlaub, Lady Gladstone, ich habe immerhin Politik studiert.«

»Na, wenigstens etwas. Also: Er hatte irgendwann nicht mehr genug damit zu tun, die Urlauber anzuschwärzen, also knöpfte er sich die Leute aus dem Dorf vor. Es ging ihm vor allem um illegale Jäger.«

»Um Wilderer?«

»Genau. In Kyperounda gibt es eine lange Tradition, Wildfleisch zu essen – und zu jagen –, auch wenn das offiziell nicht erlaubt ist. Und …«, Lady Gladstone senkte ihre Stimme noch mehr, »aber das ist nur ein Gerücht: Er soll sich auch mit der Vogelmafia angelegt haben.«

»Mit der Vogelmafia?« Sofia runzelte die Stirn. »Ich war wohl wirklich zu lange nicht mehr hier. Was ist damit gemeint?«

»Das weißt du nicht?« Kostas sah sie erstaunt an. »Ich wette, das hast du als Kind oft vorgesetzt bekommen – ohne dass man dir gesagt hat, was da genau auf deinem Teller ist.«

»Was denn?«

»Na, Amsel, Drossel, Fink und Star.«

»Spinnst du, Kostas? Meinst du, meine Familie isst Singvögel?«

»Ist zumindest nicht unwahrscheinlich, dass sie es getan hat. Genau wie meine Familie. Und fast alle Familien auf Zypern. Und ganz viele tun es bis heute.«

Sofia kratzte sich an der Stirn. Irgendwas klingelte da bei ihr. Als habe sie einmal etwas darüber gelesen. Aber ihre Erinnerung … sie hatte einfach zu viel im Kopf.

»Das Zauberwort heißt *Ambelopoulia*. Na, dämmert dir da was?«

Das tat es wirklich. Sofia erinnerte sich, dass ihr Vater dieses Wort früher manchmal benutzt und seine Augen dabei gestrahlt hatten.

»So heißt das traditionelle Gericht, das wirklich denkbar simpel ist: ein paar gegrillte Singvögel pro Teller. Früher war das ein Einfache-Leute-Essen. Aber mittlerweile ist es eine Spezialität.«

»Ist das nicht verboten?«

»Sogar schon eine halbe Ewigkeit«, erwiderte statt Kostas nun Lady Gladstone. »Seit 1974, glaube ich, kurz bevor der Krieg begann. Aber kaum jemand hält sich an das Verbot. Manche Zyprioten lieben das Gericht, und die anderen interessiert es nicht. So sind es Ausländer, die sich zu Vereinen zusammenschließen, um die Tiere zu schützen – und Karl Schiller soll sich wohl auch aufgemacht haben, die Vogelfänger zu jagen. Das ist jedenfalls mein letzter Stand. Und damit hat er sich in Kyperounda keine Freunde gemacht.«

»Wilderer und die Vogelmafia«, sagte Sofia leise. »Das klingt nach einer erfolgversprechenden Spur.«

Ihr Telefon surrte, gerade als sie sich noch eine *Patates* in den Mund stecken wollte. Wieder eine britische Festnetznummer. Und jetzt erinnerte sie sich auch, wessen Festnetznummer das war. Sie hatte alle seine Kontakte gelöscht, damals, noch am Tag ihrer geplatzten Hochzeit. Herrgott, was wollte er jetzt von ihr? Einerseits schämte sie sich sehr, ihn damals so stehengelassen zu haben – auch wenn es das Richtige gewesen war – der beste Schritt ihres Lebens, ohne Frage. Andererseits wollte sie ihm auch keine Gelegenheit geben, sie vollzujammern oder ihr zu drohen oder dergleichen – sie wollte ihn einfach gar nicht mehr hören. Genervt wartete sie, bis das Vibrieren aufhörte. Kaum brach es ab, klingelte es. Verwirrt sah sie auf ihr Display, aber da war nichts. Stattdessen hob Kostas sein Handy ab.

»DCI Karamanlis?«

Er lauschte auf die Stimme am anderen Ende.

»Okay, DCI Charalambous. Ja … hmm, wie meinen Sie das?«

Immer noch lauschte er, seine Stirn lag mit einem Mal in Sorgenfalten.

»Darüber sollten wir sprechen … Ah ja … gut, wir kommen. Die Adresse schicken Sie mir? Okay. Wir fahren gleich los.«

Er legte auf.

»War das Christina?«

»In der Tat. Aber 'nen Grund zur Freude gibt's nicht: Sie nehmen uns den Fall weg.«

»Was? Warum sollten sie das tun?«

»Hat sie nicht gesagt. Nur, dass wir sofort nach Limassol kommen sollen. Lady Gladstone, tut mir leid, aber wir müssen los. Sie sind die beste Köchin von Kato Koutrafas – ungelogen –, aber sagen Sie das bloß nicht Adonis. Sonst ist er traurig.«

»Ich behalte es für mich, Kostas. Ein Kompliment aus Ihrem Munde fühlt sich an, wie in einen Jungbrunnen zu fallen, fast als wäre ich wieder siebzig.«

»Sie sehen keinen Tag älter aus«, erwiderte Kostas, dann standen sie auf und gingen los.

»Den Fall dürft ihr euch auf keinen Fall abnehmen lassen, verstanden, Darling? Endlich ist hier wieder mal was los.«

Sofia nickte ihr lächelnd zu. Sie kannte wirklich niemanden, der an Mord und Totschlag so viel Spaß hatte wie Lady Gladstone.

# Éxi – 6

»Hat sie denn irgendwas angedeutet, warum sie uns den Fall wegnehmen?« Sofia hatte Chief Inspector Christina Charalambous lange nicht gesehen, das letzte Mal war bei ihrer eigenen Hochzeit gewesen. Da hatte sie ihr bei der Gratulation zugeflüstert, dass es schade sei, dass sie nun vom Markt genommen werde, und ihr dabei zugezwinkert. Es war natürlich nur ein Scherz gewesen, aber es hatte Sofia trotzdem geschmeichelt.

Seitdem waren sie sich nicht wieder begegnet – Sofia hatte keinen Fall gehabt, der sie nach Limassol führte, und Kato Koutrafas war für einen kurzen Besuch dann doch zu abgelegen.

Ein Teil von ihr freute sich auf das Wiedersehen, aber da war auch etwas in ihrer Bauchgegend, ein leichtes Grummeln, ein Unwohlsein, als würde irgendetwas nicht stimmen, es konnte aber auch am Hungergefühl liegen, das sie plagte. Wäre ihnen der Anruf aus Limassol nicht dazwischengekommen, wäre ein Mittagessen im Kafenion fällig gewesen.

»Nein, hat sie nicht«, erwiderte Kostas, und am Ton seiner Stimme erkannte sie, dass ihm ähnlich unwohl dabei war. Bei Sofias erstem Fall auf Zypern waren sich Kostas und die Chief Inspector noch in herzlicher Konkurrenz verbunden gewesen, schließlich waren sie früher direkte Kollegen und Konkurrenten in Limassol, bis Kostas sich der Liebe wegen ins Nirgendwo hatte versetzen lassen. Als sie dann nach Sofias Ankunft auf der Insel gezwungen waren, gemeinsam zu klären, warum zwei junge Leute mit ihrem Wagen genau am Aphroditefelsen ins Meer gestürzt waren, rauften sie sich über den Ermittlungen zusammen. Mittlerweile verstanden sie sich ganz prächtig, sie waren beide knurrig, jeder auf seine Art.

Sie fuhren am Tsirion-Stadion von der Autobahn ab, die runde Kuppel der Georgios-Havouzas-Kirche leuchtete rot im Sonnenlicht.

»Wo treffen wir uns denn?«, fragte Sofia.

»Das ist es ja, was mich stutzig macht«, erwiderte Kostas. »Sie hat uns zur *Limassol Marina* bestellt – und ich kenne nur wenige Orte, die noch schlechter zu Chief Inspector Charalambous passen als diese Anlage. Sofia runzelte die Stirn – Kostas hatte recht.

Die Polizistin war eher der Typ Lederjacke und abgewrackte Taverne. Sie würde – wie viele Einheimische – die neugebaute Hafenanlage tunlichst meiden. Mit den Yachten, den Villen, die an Stegen direkt am Wasser lagen, und den vielen Cafés und Restaurants, die doppelt oder dreimal so teuer waren wie die alteingesessenen Lokale in der Altstadt. Doch Sofia mochte die Marina – es war einer der wenigen Orte, an denen man glauben konnte, Limassol sei auf dem Weg, eine echte Metropole zu werden, statt für immer ein Hafenstädtchen auf einer Insel am Ende der Welt zu bleiben.

Als sie am Polizeipräsidium vorbeifuhren, warf Sofia einen Blick in Richtung der Schranken und hohen Mauern – hier hatte damals, bei ihrer ersten Ermittlung, alles begonnen. Doch schon waren sie am Präsidium vorüber – Kostas nahm die Straßen in hohem Tempo, in der Ferne leuchtete das Minarett der alten Moschee, er bog noch einmal ab, und dann sah Sofia zu ihrer Rechten das Meer, dessen Leuchten ihr hier noch viel imposanter vorkam als gestern am Strand der britischen Zone – na, vielleicht war da etwas Verklärung mit im Spiel, schließlich war Limassol ihre geliebte Heimatstadt.

Kostas ignorierte das Parkhaus, er stellte das Polizeiauto direkt an dem Hafeneingang auf den Bürgersteig. Sie stiegen aus, und der Chief Inspector betrachtete kopfschüttelnd die moderne Anlage, die sich vor ihnen ausbreitete. Sofia auch, aber mit glänzendem Gesicht. Am alten Fischerhafen hatten die Investoren – natürlich mit reichlich russischem Hintergrund – ein gänzlich neues Viertel entstehen lassen. Im griechischen Stil, mit Brücken wie in Venedig, mit Nobelboutiquen, die von Säulen eingefasst waren, sogar ein Riesenrad gab es, und obendrein hatte Jamie Oliver hier ein Restaurant eröffnet. Wie Requisiten aus einem Theaterstück ankerten hier zugleich noch immer die alten Fischerboote und gaben dem zyprischen Disneyland eine Art verwunschenen alten Kern.

Kostas stieß sie mit dem Ellbogen an. »Da vorne in der Taverne sollen wir uns treffen. Aber schau mal.« Als Sofia die schwarze Limousine mit dem Regierungskennzeichen erblickte, rutschte ihr das Herz in die Hose. Diesen Wagen hatte sie schon einmal gesehen. Und sie hätte diesen Tag nur allzu gern vergessen. Sie gingen auf das Restaurant zu, auf die *Pyxida Fish Tavern*. Sofia erinnerte sich, dort mit ihrem Vater einmal eine exzellente Fischsuppe gegessen zu haben. Es war unmöglich, nach drinnen zu sehen, die Scheiben waren zu verspiegelt. Doch gerade als sie die Eingangstür erreicht hatten, flog diese auf, und Chief Inspector Charalambous kam herausgeeilt. Als sie die beiden sah, verzog sich ihr Gesicht zu einer schmerzverzerrten Grimasse.

»Christina!«, rief Sofia und wollte sie umarmen, doch die Polizistin schüttelte den Kopf.

»Tut mir leid, Leute«, knurrte sie, »das ist hier alles nicht auf meinem Mist gewachsen – aber wenn ich jetzt mit euch rede, dann arbeite ich ab morgen bei der Verkehrspolizei. Oder an der Grenze.« Mit einem knappen Nicken verabschiedete sie sich und verschwand in Richtung Hafen.

»Was war das denn?«, fragte Sofia und sah ihr erschrocken nach.

»Ich glaube, das war der Ausläufer eines Erdbebens«, erwiderte Kostas mit düsterer Miene. »Und das Epizentrum werden wir gleich kennenlernen.«

Sie betraten das Restaurant, das zwar die Bezeichnung *Taverne* trug, aber tatsächlich nichts mit der traditionellen zyprischen Gaststube gemein hatte. Hohe Wände, weich gestrichen, goldene Lampen, Designertische inklusive futuristischer Stühle und eine offene Küche waren die Markenzeichen dieser Lokalität – nur der Blick auf die Fischerboote, die draußen auf dem Meer schaukelten, bestätigte den Gast in seiner Annahme, dass er immer noch auf Zypern war und nicht an der New Yorker Westside.

Das Restaurant war leer, was ungewöhnlich war zu dieser Stunde, wo sonst reiche Russen und noch reichere Araber dem späten Lunch frönten, eine Flasche Champagner beziehungsweise Cola Zero inklusive.

Der Grund für das verwaiste Innere saß ganz am Ende des Lokals, nicht an der Fensterscheibe, sondern an der Wand – Sofia vermutete, dass das wiederum eine Vorsichtsmaßnahme war. Seine Bodyguards hatten sich im Restaurant verteilt, sie trugen schwarze Anzüge und verspiegelte Sonnenbrillen und hätten von ihren Staturen her auch zum Secret Service des amerikanischen Präsidenten gehören können.

Doch das hier war nicht der amerikanische Präsident, dachte Sofia grimmig und spürte, wie sich ihre Fäuste ballten. Das hier war Petros Matriopoulos, Innenminister der Republik Zypern, einst Schulfreund und heute Erzfeind ihres Vaters und der Grund, warum sie nach Kato Koutrafas verfrachtet worden war. Wobei – wenn sie jetzt darüber nachdachte, dann hätte sie diesem Arschgesicht aus Dankbarkeit wohl Blumen mitbringen müssen.

Der Innenminister saß zusammengesunken auf seinem Stuhl und sah nur kurz auf, um ihnen zu bedeuten, näher zu treten. Er löffelte in irgendetwas herum. Wenn er eine seiner häufigen Pressekonferenzen gab, dann wirkte er stets jovial und beinahe aristokratisch, Sofia glaubte, dass er dabei immer auf eine Bierkiste stieg – oder gar auf zwei, um größer zu wirken. So, wie er jetzt in der Ecke saß, wirkte er eher wie eine Kröte, die mit rundem Rücken und kurzen Beinen in der Umgebung herumschaute. Er war ganz und gar kein präsentabler Mann, dieser Innenminister.

Sie traten an den Tisch, und er sah auf, ein Rest Fischsuppe hing in seinem Mundwinkel. Er machte keine Anstalten, auf die freien Stühle zu weisen.

»Hören Sie, DCI Karamanlis«, sagte er leise, und seine Stimme knarzte, »dieser Fall ist nicht mehr Ihrer. Entscheidung von ganz oben – mit anderen Worten: von mir. Die Chief Inspector aus Limassol übernimmt, zusammen mit Inspector Dukas. Die Sache ist zu wichtig – für eine kleine Dienststelle wie die Ihre. Und außerdem würden Sie mir sonst diese endlosen Kilometer in Rechnung stellen, die Sie von da oben zu fahren haben. Also, Sie sind raus aus dem Fall. Und damit …«, er machte eine wegwerfende Handbewegung in Richtung Tür. Doch dann kniff er die Augen zusammen, nahm Sofia ins Visier und versuchte sich an einem Lächeln. »Ach, wenn das mal nicht unsere Miss Perikles ist – wie ich höre, schlagen Sie sich gar nicht so schlecht in der Einöde.«

»Tja«, sagte Sofia und konnte sich durchaus verzeihen, dass sie schnippischer klang, als sie es vorgehabt hatte, »manchmal ist eine Abstrafung dann doch eine Beförderung. Und bald sind ja wieder Wahlen …« Sie ließ den Satz in der Luft hängen. Die Bodyguards traten näher.

Sofia sah Kostas an, und der schüttelte den Kopf. Keinen Ärger provozieren. Sie las es in seinen Augen. Er war schon zu oft angeeckt, um noch einmal mit einem hohen Herrn aus Nikosia aneinandergeraten zu wollen. Also drehten sie sich um und gingen in Richtung Ausgang. Doch auf halbem Wege blieb Kostas abrupt stehen. Sofia erschrak. Er drehte sich tatsächlich um und stürmte wieder auf den Minister zu. Der Bodyguard, der am nächsten stand, stellte sich ihm in den Weg, doch Kostas schob sich an ihm vorbei. »Ey, ich bin Bulle, meint ihr, ich erschieße meinen Chef, oder was?« Er blieb vor dem Minister stehen und beugte sich über die Tischplatte. Seine Stimme war eisig, als er sagte:

»Hören Sie, Herr Minister«, er betonte das Wort so deutlich, dass sein Spott durch jede Silbe drang, »ich weiß, warum Sie das tun. Weil Sie die Hosen voll haben, weil Sie wissen, dass wir wirklich ermitteln – und Ihnen nicht hörig sind wie Dukas, dieser Vollidiot. Und weil Sie Angst haben, dass wir richtig Dreck aufwühlen – und Ihnen dann die Wähler sauer sind, die weiter in aller Seelenruhe ihr Vogelfleisch essen wollen, und nicht nur die Wähler, sondern auch all die Halunken und Jäger und Wilderer, die Sie bei der letzten Wahl gewählt haben. Sie können Gift drauf nehmen, dass unsere ach so kleine Dienststelle mit Argusaugen auf diese Sache sieht. Und außerdem muss ich mich bei Ihnen bedanken: Durch Ihre Unfähigkeit hat Zypern die beste junge Polizistin gewonnen, die ich je kennengelernt habe. Also, schönen Tag noch – und guten Appetit.«

Damit drehte er sich um, ging durch den Saal und zog Sofia mit sich. »Komm, ich muss hier raus, sonst vergess ich mich.«

Als sie vor der Tür standen, bemerkte Sofia: »Ich dachte, du hättest dich gerade schon vergessen.«

»Ja.« Kostas schnaubte. »Das war vielleicht eine Nummer zu viel. Meinst du, er ist sauer auf mich?«

»Ich glaube nicht«, scherzte Sofia zurück. »Er wirkte wie ein gütiger älterer Herr. Aber sag mal: Hast du mir da gerade ein Kompliment gemacht?«

Kostas blickte sie mit einem Augenzwinkern an. »Nein, ich meinte nicht dich, es ging um eine andere Kollegin, die aber bereits versetzt ist.«

Sie mussten beide lachen. »Ha, eins zu null für mich!«

»Das habe ich doch nur so gesagt, um was gegen ihn in der Hand zu haben. Ich finde, du machst deine Arbeit … na ja, so mittelmäßig.«

»Okay. Und was tun wir dann heute noch so Mittelmäßiges?«

»Ich würde sagen, wir rühren noch mal ein bisschen in Kyperounda herum – wenn überhaupt irgendjemand mehr über Karl Schiller weiß als Lady Gladstone, dann wohnt dieser Jemand in diesem verschwiegenen Dörfchen. Vielleicht in dem Sanatorium, wo er früher war …«

»Echt? Du willst wirklich weitermachen?«

»Na, meinst du, ich schreie den Innenminister an und ziehe danach den Schwanz ein?«

# Eptá – 7

»Tatsächlich«, sagte Sofia und atmete tief ein. »Mir war heute Vormittag schon so, als sei die Luft hier ganz besonders gut.«

»Ja, ist nicht umsonst ein Luftkurort. Aber vielleicht macht sie schweigsam und griesgrämig.«

»Und womöglich auch menschenscheu«, erwiderte Sofia und lachte.

Als sie nämlich eben mit ihrem Polizei-Pick-up durch Kyperounda gefahren waren, hatte sich ihnen der Ort wieder in vollendeter Eigentümlichkeit präsentiert: Da hatten sich Fensterläden wie von Zauberhand geschlossen, eine alte Frau war auf einmal so schnell von der Straße verschwunden, als habe sie eben erst eine neue Hüfte bekommen, und sogar eine Katze war laut miauend vor ihnen weggerannt. Es war, als seien die Autoritäten der Republik in diesem Bergdorf nicht nur nicht gern gesehen – es war, als gälten hier ganz eigene undurchschaubare Gesetze.

Kopfschüttelnd waren sie aus dem Tal wieder ein Stück aufwärtsgefahren, in Richtung Kato Amiantos, dann hatten die Schilder aufs Regionalkrankenhaus des Troodos verwiesen. Der Parkplatz war geräumig, sie stiegen aus und besahen sich das imposante Gebäude mit den Natursteinen und den Mosaiken. Sofia wies belustigt auf das Schild mit der Aufschrift *Raucherzone*.

»Ich werde nie verstehen, wie man eben dem Tod von der Schippe gesprungen sein kann und dann erst mal vor die Tür geht, um eine zu quarzen.«

»Die Sucht, meine Liebe, die Sucht.«

»Na, dann wollen wir mal.«

Die Anlage bestand aus zwei großen Gebäuden, dem neueren Krankenhaus und dem alten Sanatorium, das heute ein Ärztehaus beherbergte, mit einzelnen Praxen für alle Fachrichtungen. Im Eingangsbereich saß ein junger Wachmann, den Sofia zielstrebig ansteuerte. Als er die junge Polizistin sah, schien er gleich um einige Zentimeter zu wachsen.

»Ja, junge Frau?«

»Sofia Perikles von der Polizei der Republik Zypern, guten Tag, Herr Kollege.«

»Oh, wie schön, guten Tag.«

»Sagen Sie, wir sind auf der Suche nach jemandem, der sich hier gut auskennt – also jemand, der schon lange hier arbeitet und auch mit dem Ort und seinen Menschen vertraut ist. Es ist eine sehr diskrete Angelegenheit – fällt Ihnen da vielleicht jemand ein?«

»Aber natürlich, schöne junge Dame, mein Vater, Doktor Zacharides …«, der junge Mann stammelte ein wenig, aber dann fing er sich, »mein Vater ist hier Arzt, na ja, eigentlich ist er Physiotherapeut. Seine Praxis ist hier im ersten Stock – er war schon hier, als das noch ein Sanatorium war.«

»Genau so jemanden wie ihn suchen wir. Heute ist mein Glückstag.«

»Meiner auch«, sagte der junge Mann und strahlte sie an.

»Hat Ihr Vater gerade einen Patienten?«

Der Mann sah auf die Uhr. »Ja, aber in fünf Minuten ist die Behandlung beendet. Und ich werde den nächsten Patienten nicht eher hinauflassen, bis Sie mir ein Zeichen geben.«

»Sie sind ein Schatz«, flötete Sofia. »Wir beeilen uns – und dann komme ich gleich wieder zu Ihnen herunter, in Ordnung?«

»Es wäre mir eine Freude.«

Sie stiegen die Treppen hinauf, und Sofia zwinkerte Kostas zu.

»Mir wäre um ein Haar schlecht geworden«, sagte ihr Kollege und verdrehte die Augen. »Herrgott, was ist nur mit den Typen auf dieser Insel los, dass sie alle auf Püppchen wie dich stehen.«

»Also bitte, Kostas«, schalt ihn Sofia, »nur weil du ein Auge auf eine ältere Britin geworfen hast …«

»Hab ich gar nicht«, erwiderte Kostas, und sie sah, wie er rot wurde. Sofia blieb auf der Stelle stehen. »Jetzt brat ich mir aber einen Storch«, sagte sie. »Eigentlich hatte ich erwartet, dass du mich gleich beleidigst oder verwünschst – stattdessen sagst du wie ein braver Grundschüler *Hab ich gar nicht*. Ich glaube, es ist tatsächlich ernst.« Sie trat näher an ihn heran. »Kostas, bist du verknallt?«

»Geh mir sofort aus dem Weg, oder du bist ein Fall für den Physiotherapeuten.«

»Oh, Bedrohung einer Polizistin – das wird mit einer hohen Strafe geahndet.«

Sie grinste ihn an, aber er schob sich an ihr vorbei, noch immer rot wie eine Ampel im Feierabendverkehr von Limassol.

»Hier steht es. *Zacharides, Physiotherapeut.*«

»Noch steht da vor allem *Besetzt* auf dem Schild.«

Wenige Minuten später schlurfte ein alter Mann heraus, der nicht aussah, als sei die Massage besonders angenehm gewesen, doch immerhin drehte er das Schild beherzt um.

*Come in*, forderte es nun auf. Sofia und Kostas betraten das kleine Vorzimmer. Die Tür zum Behandlungsraum stand offen und gab den Blick auf eine Liege und einen Stuhl frei sowie auf allerhand Geräte, die aussahen wie Folterwerkzeuge. Es roch nach Bohnerwachs und Desinfektionsmitteln.

»Herr Doktor?«, rief Sofia, die hoffte, dass der Vater für weiblichen Charme so zugänglich war wie der Sohn.

»Ja?« Ein agil wirkender älterer Herr trat aus einer kleinen Küche, er hatte noch eine Bougatsa in der Hand, das köstliche Gebäck aus Filoteig mit einer Cremefüllung, das Sofia so mochte, besonders wenn es kurz aufgewärmt wurde. »Entschuldigen Sie, ich habe nur eine kurze Pause.«

»Kein Problem, wir wollten Sie nicht beim Essen stören.«

»Sie sind aber keine Patienten«, bemerkte der Mann, der seinem Sohn zum Verwechseln ähnlich sah, abgesehen davon, dass er keine Haare mehr hatte und statt einer Uniform einen weißen Kittel trug.

»Nein, entschuldigen Sie, wir sind von der Polizei, ihr Sohn hat uns empfohlen, mit Ihnen zu sprechen.«

»Na, dass Sie meinen Sohn um den Finger wickeln konnten, junges Fräulein, das wundert mich gar nicht. Wäre ich noch mal so alt wie er …«

»Schon gut«, unterbrach Kostas, »bevor Sie meine Kollegin gleich massieren, würde ich gern zum Thema kommen. Wir sind hier, weil einer Ihrer Mitbürger ermordet wurde.«

»Ach was«, sagte Doktor Zacharides und legte vor Schreck tatsächlich seine Bougatsa auf die Krankenliege. »Das ist ja furchtbar.«

»Ja, und ich fürchte, Sie kennen den Toten.«

»Das bleibt nicht aus«, erwiderte der alte Arzt.

»Die Rede ist von Karl Schiller – ich glaube, er war mal hier Patient, damals, als die Klinik noch ein Sanatorium war.«

»Herr Schiller. Ich glaube es nicht.«

»Sie kennen ihn also tatsächlich?«

»Natürlich. Auch wenn er hier kein Patient war.«

»War er nicht?«

»Nein.«

»Jetzt hören Sie mal, Herr Zacharides«, rief Kostas, »ich habe schon unten im Dorf derlei wortkarge Attitüden erlebt, und ich hab davon jetzt die Schnauze voll. Wenn ich Ihnen eine Frage stelle, dann will ich …«

»Dass ich sie beantworte?«

Kostas zuckte zusammen und war kurz verwirrt. »Ja, ähm, genau.«

»Aber das mache ich doch, mein Herr. Sie haben gefragt, ob er hier Patient war, und ich habe wahrheitsgemäß geantwortet.«

»Okay.« Kostas fing sich. »Dann entschuldige ich mich und frage weiter: Wenn er nicht Patient war, was war er dann?«

»Er war einer von den Ortskräften aus der DDR, die Griechisch sprachen – und er wurde mit Kolleginnen und Kollegen hierhergeschickt, um die Kur-Kinder während ihrer Zeit im Sanatorium pädagogisch zu begleiten. Das war für diese jungen Pädagogen damals eine großartige Chance, sie entkamen dem System und der Mauer in ihrem Land. Ich habe mit Schiller ab und an gesprochen, er war mehrere Sommer hier – er wollte eigentlich nie wieder weg, aber er musste.«

»Warum?«

»Na, weil die Regierung nicht zuließ, dass jemand zu lange blieb. Aber als die Mauer gefallen war, kam er sofort wieder. Und ließ sich in Kyperounda nieder. Er hatte sich in den Ort verliebt, das hat er mir oft gesagt.«

»Sie hatten also häufig Kontakt?«

»Anfangs schon. Als er hier angekommen war, suchte er Anschluss. Und ich habe ihm viel gezeigt und erklärt. Meine Güte, er kam aus einem Land, das fünfzig Jahre hinterm Eisernen Vorhang verschwunden war. Ich musste ihm sogar zeigen, was eine Kiwi ist, weil er sie für eine Kartoffel hielt. Die Leute im Dorf behandelten ihn wie einen Exoten – aber eigentlich kamen sie gut mit ihm zurecht. Anfangs, wie gesagt.«

»Was heißt das? Die Stimmung veränderte sich?«

»Er veränderte sich, so würde ich eher sagen. Karl Schiller war ein schwieriger Mensch. Er war … na ja, er war ein Hundertzehnprozentiger – so sagt man doch, oder?«

Sofia nickte.

»Vielleicht kann man es so sagen: Es gelang ihm immer weniger, zu verbergen, dass er ganz anders tickte als wir Zyprioten. Bei uns ist es doch so: Wenn etwas nicht klappt, dann lassen wir es. Oder versuchen es morgen noch mal. Aber Karl, der wollte die Dinge von jetzt auf gleich – und wenn das nicht ging, dann wurde er wütend. Er passte nicht in dieses Dorf.«

»Das klingt nicht sehr schmeichelhaft.«

»Sie sind wahrscheinlich nicht hier, um Komplimente über Ihr Opfer zu hören. Ich erzähle Ihnen einfach nur, wie er war.«

»Und dafür sind wir Ihnen sehr dankbar«, sagte Sofia. »Man hört, er sei ein Naturschützer geworden.«

Der Physiotherapeut nickte. »Ja. Und ich hätte wetten können, dass ihm das auf Dauer nicht gut bekommen würde. Da können Sie meine Frau fragen. Grad neulich beim Abendessen hab ich so was ausgesprochen. *Rita,* habe ich gesagt, *wenn da mal nicht etwas passiert.* Und nun, sehen Sie, ist etwas passiert.«

»Gab es einen konkreten Anlass, weshalb Sie beim Abendessen darauf kamen?«

»Weil er sich nun gegen das Dorf wandte. Früher hat er nur gegen den Unfug angekämpft, den die Touristen verzapfen oder die reichen Reeder, aber nun hatte er die Dorfgemeinschaft im Visier. Alle diejenigen, die ihn aufgenommen und willkommen geheißen hatten. Das konnte einfach kein gutes Ende nehmen.«

»Sie meinen, als er anfing, gegen die Wilderer vorzugehen?«

»Ja, das war vielleicht vor zwei oder drei Jahren. Und dann plante er den großen Coup gegen die Vogelfänger.«

»*Ambelopoulia*«, sagte Kostas leise.

»Genau, die Singvögel. Er wollte den Jägern das Handwerk legen. Aber er war allein. Sie haben ihn einmal so heftig verprügelt, dass ich ihn am nächsten Tag wieder einrenken musste.«

»Tatsächlich?«

Zacharides nickte beflissen. »Ja, ich habe ihm gesagt: *Karl, sei doch vernünftig. Das sind Traditionen, daran verbrennst du dir die Finger.* Aber er wollte davon nichts wissen.«

»Aber wenn er allein nicht weiterkam, dann …«

»Sie sind ja nicht nur hübsch, junges Fräulein, sondern auch klug«, flötete Zacharides. »Genau, er hat sich Unterstützung gesucht. Es gibt junge Leute, so eine Art Komitee gegen die Vogelmörder, der Kern kommt aus Griechenland, aber viele Westler haben sich ihm angeschlossen, Franzosen, Deutsche. Karl hat sie kontaktiert und ihnen gesagt, dass er die Orte kennt, an denen die Vögel gefangen werden – und dass er mit ihnen zusammenarbeiten will. Als er mir davon erzählt hat, habe ich versucht, ihn davon abzubringen: *Nein, Karl, das wird ein Gemetzel, die sind stärker als ihr*, habe ich zu ihm gesagt, aber er wollte nichts davon wissen.«

»Sind unter den Vogelfängern denn viele Leute aus Kyperounda?«, hakte Kostas nach.

Zacharides' Gesicht wurde ernster als zuvor.

»Es gibt Vogeljäger im Dorf. Aber ich weiß nicht genau, wer das ist, ich bin vor einer Weile nach Kato Amiantos gezogen, es ist ruhiger dort, man wohnt sozusagen etwas verstreuter, die Enge von Kyperounda hat mich zuletzt regelrecht wuschig gemacht. Aber die harten Kerle finden Sie überall im ganzen

Land, besonders dort, wo die Vögel Rast machen. Es muss also nicht unbedingt jemand von hier gewesen sein.«

»Und wer sind diese jungen Leute, die Karl helfen wollten?«

»Ach, das sind irgendwelche Ökos, die sich eigentlich um die Schildkröten kümmern. Oben in der Türkei – und am Lara Beach. Aber nun wollen sie auch an die Vogelfänger ran. Wenn es da mal nicht zu einem Unfall gekommen ist …«

»*Efcharistó*«, sagte Sofia, »Doktor Zacharides, wirklich, Sie haben uns sehr geholfen.«

»Immer zu Diensten, junges Fräulein. Und bitte, sagen Sie mir irgendwann, was Sie rausgefunden haben? Auch wenn er besessen war – nie hätte ich Karl Schiller gewünscht, dass er so ein Ende nimmt.«

»Wir werden Ihnen Bescheid geben, wenn wir etwas rausfinden. Alles Gute für Sie.«

Und damit verließen sie die Praxis und stiegen die Treppen hinunter. Unten stand der junge Wächter in der Tür und rauchte. Als er Sofia sah, schnipste er die Kippe weg und kam strahlend auf sie zu.

»Konnte mein Vater helfen?«, fragte er und ignorierte Kostas dabei geflissentlich.

»Sehr«, antwortete Sofia. »Vielen Dank noch mal.«

»Wollen wir mal was trinken gehen?« Er sah sie an wie ein Welpe.

»Ich …«, sie hob ihre Hand und zeigte ihren Ring, »bin verheiratet, und ich glaube, mein sehr muskulöser Gatte hätte etwas dagegen.« Sie machte eine Kunstpause. »Ach, und übrigens: Waldbrandgefahrenstufe vier. Kippen nur in den Aschenbecher, nicht in den Wald.«

Der Wächter sah sie so betroffen an, dass er Sofia schon fast leidtat.

»Oh, ja, ähm, sorry…«

Als sie ins Auto stiegen, sagte Kostas: »Du kannst nichts dagegen tun, Tausendschön, du wirst immer mehr wie ich.«

»Nur über meine Leiche«, erwiderte Sofia.

# Októ – 8

»Er hat uns fast die ganze Wahrheit gesagt, oder was denkst du?« Kostas sah sie prüfend an.

»Stimmt. Aber er wollte nicht in seinen eigenen Hinterhof pissen, wie man so sagt.«

»Wo sagt man denn das?«

»Keine Ahnung, hab ich mir eben ausgedacht.« Sie mussten beide grinsen. »Er weiß ganz genau, wer in Kyperounda Vögel jagt. Warum hast du ihm nicht mehr zugesetzt?«

»Weil es nicht nötig war«, antwortete Kostas. »Er hat uns wirklich geholfen. Und wenn wir mehr rauskriegen wollen, dann werden wir es rauskriegen. Allerdings haben wir jetzt zwei Möglichkeiten: Entweder wir suchen ewig im Computer, oder …«

»Oder ich rufe an. Meinst du das?«

Kostas nickte und steuerte den Wagen aus dem Bergdorf heraus. Aber er fuhr nicht in Richtung Norden zur Grenze, sondern in Richtung Süden. Von da hätte es überallhin weitergehen können. Sofia nahm ihr Handy und wählte die Nummer. Die Frau mit der angenehm tiefen Stimme hob nach wenigen Sekunden ab.

»Sofia.«

»Christina. Du fehlst mir. Wir haben uns zu lange nicht gesehen.«

»Hör auf mit den Schmonzetten«, sagte die Frau streng,

aber Sofia hörte ihren ironischen Unterton. »Ihr seid raus aus dem Fall.«

»Wissen wir.«

»Du wirst nicht fragen, wie ich das finde.«

»Niemals.«

»Du wirst nicht nach meinen Ergebnissen fragen, oder danach, was ich gerade tue.«

»Niemals.«

»Gerade lese ich alte Akten, es dauert ewig.«

»Gut. Und wenn ich sage, dass ich Umweltschützern auf der Spur bin?«

»Dann lächle ich.«

»Und wenn ich sage, dass der Tote Vogeljäger stoppen wollte?«

»Dann frage ich mich entrüstet, wer dir diese Wahrheit erzählt hat.«

»Und wenn ich mich frage, ob denn die Umweltschützer, mit denen Karl zusammengearbeitet hat, wirklich in Lara Beach zu finden sind?«

»Dann darf ich dir nicht sagen, dass du da absolut recht hast, nach allem, was wir wissen. Und dass wir aber erst morgen Zeit haben, dort hinzufahren. Aber … oh weia, jetzt habe ich es doch verraten …«

»Ich habe eine ganz schlechte Verbindung, Christina, herrje, dieses Netz im Nirgendwo.«

»Schönen Abend, Sofia.«

»Dir auch.«

Sofia legte auf und sah Kostas lächelnd an. »Lara Beach. Wollte ich schon ewig mal wieder hin. Fahren wir.«

»Dann kann der neue Pick-up mal zeigen, was er draufhat.«

Kostas trat das Gaspedal durch, sodass der Wagen einen heftigen Satz nach vorne machte.

# Ennéa – 9

Ja, dieser Wagen konnte was. Doch als Sofia auf dem steinigen Pfad mit seinen riesigen Löchern und Kuhlen zum dritten Mal gen Wagendecke geschleudert wurde, nahm sie sich vor, auf dem Rückweg selbst das Steuer in die Hand zu nehmen.

Kostas gab mächtig Gas, es gab ja auch keine Fahrzeuge, die ihnen entgegenkamen. Selbst vor dem Zoo von Paphos, der an der Einfahrt zur Akamas-Halbinsel lag, war die Straße menschenleer.

Rechts von ihnen lag der Eingang zur Avakas-Schlucht, und Sofia erinnerte sich daran, wie ihr Vater sie als Kind mal zu einer Wanderung zwischen den engen Felsen mitgeschleppt hatte. Es war staubig und heiß und steinig gewesen – aber irgendwie hatte sie das Abenteuer geliebt. Sie nahm sich vor, bald einmal mit Christos hierherzukommen, immerhin war die Schlucht schön abgelegen. Sie grinste vor sich hin, als Kostas wieder einen Buckel überfuhr und sie erneut Bekanntschaft mit dem Handgriff am Wagendach machte.

»Na, sag mal, jetzt fahr halt mal ordentlich, ich will nicht mit Beulen ankommen«, knurrte sie.

»Okay, Tausendschön.«

»Schiller ist schließlich schon tot, den können wir nicht mehr retten.«

»Sagt die eifrigste Polizistin der ganzen Insel – der Satz hätte genauso gut von mir sein können.«

»Siehst du? Ich lerne von dem Besten.«

Es dauerte noch weitere zehn Minuten, dann bremste Kostas am Rande der Felsen ab und wirbelte damit mächtig Staub auf. »Na, du kannst ja gleich die Sirene anmachen, wenn du willst, dass alle mitkriegen, wer wir sind.«

»Meinst du, die hauen ab? Hier? Über die Felsen? Los geht's.«

Sofia zog ihre Uniformjacke aus, setzte sich dafür aber das Basecap mit der Aufschrift *Police* auf den Kopf. Obwohl es früher April war, brannte die Sonne hier unerbittlich auf den Strand, und es gab keinen Baum und keinen Sonnenschirm, um Schatten zu spenden. Wer hier einen ganzen Tag verbringen wollte, der musste Schatten mitbringen, sonst würde selbst der braunste Zypriot am Abend aussehen wie ein verbrannter britischer Tourist.

Sie machten sich an den Abstieg, der eher ein Kraxeln als ein sanftes Bergabgehen war. Nichts hier war irgendwie auf Touristen ausgerichtet, es gab weder Treppen noch Strandabgänge. So sollte es den Urlaubern ein wenig schwerer gemacht werden, dieses Paradies zu stören.

»Da ist die Hütte der Naturschützer.« Sofia wies auf einen Bretterverschlag am anderen Ende des Strandes, vor dem zwei, drei Gestalten zu erkennen waren. Sie gingen hinunter zum Meer und bis zur Wasserkante, weil es sich auf dem nassen und festen Untergrund besser lief als im feinen Pulversand weiter oben. Sofia besah sich die Vorrichtungen für die Schildkröteneier aus der Ferne. Sie liebte diesen Strand so sehr und kam gar nicht selten her, und doch war es ihr noch nie gelungen, eine große Meeresschildkröte aus der Nähe zu betrachten – wie gerne würde sie das einmal erleben.

Am Ende des Strandes gingen sie wieder die Düne hinauf. Unter dem Sonnenschirm mit dem Logo der Organisation, das eine grüne Schildkröte zeigte, lagen zwei junge Leute im

Schatten, ein junger Mann, der las, und eine junge Frau, die zu schlafen schien, während aus dem Inneren des Bretterverschlags klopfende Geräusche drangen.

»Guten Tag«, sagte Kostas und tippte sich mit dem Finger an den Kopf, als begrüße er einen Soldaten. »Spricht hier jemand Griechisch?«

Das Mädchen setzte sich auf und sah ihn fragend an. Sie hatte offensichtlich nicht tief geschlafen.

»Anyone here who speaks Greek?«, übersetzte Sofia seine Frage für die Allgemeinheit.

»Aris!«, rief das Mädchen. Einen Moment später kam ein Mann mit einem Dreitagebart aus dem Inneren der Hütte, er hielt einen Hammer und einen langen Nagel in den Händen.

»Oh«, sagte er, als er Sofia und ihre Polizeimütze sah.

»Ja, oh«, wiederholte Kostas und sah den Mann ernst an. »Wir sind von der Polizei.«

»Verrückt. Sie kommen nie, wenn wir Sie hier brauchen, weil mal wieder jemand am Strand Feuer macht oder laute Musik hört. Aber wenn man am wenigsten damit rechnet, dann kommen Sie.«

»Ach, haben Sie nicht mit uns gerechnet?«

»Was meinen Sie?«

»Aris und wie weiter?« Sofia fragte sich, ob Kostas' Strategie der harten Hand bei diesem jungen Mann aufgehen würde. Er sah eigentlich ganz nett aus. Und so, wie das Mädchen unterm Sonnenschirm ihn anschmachtete, war Sofia wohl nicht die Einzige, die das bemerkt hatte.

»Aris Padirakis.«

»Und Sie leiten diese Organisation?«

»Ich leite diesen Posten am Strand, ja.«

»Zusammen mit Ihren jungen Mitstreitern aus aller Welt.«

»Wir können jede Hilfe gebrauchen. Es sind die Touristen,

die uns überhaupt erst die Arbeit machen – also ist es doch gut, wenn auch Ausländer kommen, um uns zu helfen.«

Im Türrahmen der Hütte erschienen zwei weitere junge Leute. Aus dem Ausdruck auf ihren Gesichtern schloss Sofia, dass sie kein Wort von dem verstanden, was gesprochen wurde.

»Und sind die Schildkröten Ihr einziger Auftrag?«

»Damit haben wir genug zu tun.«

»Hmm, Herr Padirakis, ich sag mal so: Wir hören dazu anderes.«

»Was denn zum Beispiel?«

»Dass Sie sich auch um Vögel kümmern.«

Ein Schatten zog über das Gesicht des Jungen. »Ich möchte dazu nichts sagen.«

»Karl Schiller. Sagt Ihnen der Name was?«

Aris verzog keine Miene, aber Sofia, die die anderen jungen Leute scharf im Blick hatte, bemerkte durchaus, wie ein Ruck durch die Versammlung ging, als der Name fiel.

»Nein.«

»Nie gehört?«

Aris schüttelte den Kopf und sah einmal in die Runde. Alle blickten ihn an, als warteten sie auf ein Zeichen.

»Karl Schiller ist tot – und wir würden gern wissen, warum.«

»Hören Sie«, sagte Aris schnell, »ich bin gerade dabei, die Ausstellung über die Schildkröten neu zu gestalten. Und wir haben echt viel zu tun. Ich weiß nicht, was Sie von uns wollen. Wir tun nichts Falsches – und schon gar nichts Kriminelles, nichts, was auch nur annähernd mit einem Mord zu tun haben könnte. Und wir haben gelernt …«, er schien seine Worte sorgfältig abzuwägen, »wir haben gelernt, dass die Polizei auf der Insel nicht unser Freund ist, in sehr vielen dunklen Momenten haben wir das erfahren müssen. Deshalb würde ich Sie bitten, uns jetzt in Ruhe zu lassen.«

Sofia schob sich ein Stück nach vorne, dann sagte sie sanft: »Okay, Aris, hör zu, ich bin vielleicht genauso alt wie du – und ich bin zwar Polizistin, aber sicher anders als irgendwelche alten Säcke, die jungen Umweltschützern Probleme machen«, sie sah kurz entschuldigend zu Kostas. »Aber ich kann dich nur bitten, mit uns zusammenzuarbeiten. Denn wenn wir wieder weg sind, dann kommen andere Polizisten. Aus der Stadt. Und die haben ganz schlechte Laune – und wollen euch mehr Probleme machen, als euch lieb sein wird. Deshalb«, sie zog eine ihrer nagelneuen Visitenkarten aus der Tasche, »ruf mich an, wenn du es dir überlegt hast, okay?« Dann wandte sie sich an die junge Frau und an die anderen, die um sie herumstanden. Sie hoffte, dass ihr griechischer Akzent nicht zu seltsam klang, dennoch sagte sie auf Deutsch: »Hört mal, wenn ihr etwas sagen wollt zu Karl Schiller und zu den Leuten, die Vögel jagen, dann sagt es uns. Aris hat meine Nummer. Okay?« Kurz waren sie verwundert, dass die Polizistin Deutsch sprach, aber nach und nach senkten sich die Köpfe, niemand sah Sofia direkt an und niemand sprach ein Wort.

Also zuckte sie die Schultern und machte Kostas ein Zeichen.

»Wir sehen uns wieder«, sagte der leise und drohend, dann wandten sie sich um und gingen wieder in Richtung Wasserkante.

# Déka – 10

»Und nun?«, fragte Kostas, als sie noch eine Weile am Strand stehen blieben und den Wellen bei ihrem Spiel zusahen. »Das war doch ziemlich sinnlos hier.«

»Das denke ich nicht. Sie haben mit uns gerechnet. Das wirkte alles sehr vorbereitet. Als hätten sie sich abgesprochen.«

»Fand ich auch. Deine Drohung mit den Cops war stark.«

»Na ja, ich weiß nicht, ob Toby Dukas ihnen Angst machen kann – aber Probleme kann er ihnen reichlich machen.«

»Immerhin hat er den verdammten Innenminister hinter sich. Das wird ihm so viel innere Macht verleihen, dass er vor Kraft nicht mehr laufen kann. Also glaubst du, die werden sich melden?«

Sofia nickte. »Glaub schon. Die Ausländer sind jung und unerfahren – und wenn da Polizisten vor denen stehen, kriegen die bestimmt Schiss – immerhin sind sie in einem fremden Land. Die wollen keine Probleme …«

»Ich befürchte, die haben schon welche.«

Sofia betrachtete die Schaumkronen auf den hellblauen Wellen, die kurz vor dem Strand brachen.

»Wie gern würde ich jetzt hier ins Meer springen«, sagte sie. »Aber ich hab leider nichts mit.«

»Nackt gehst du hier nicht rein, Tausendschön, in Ordnung? Du bist eine verheiratete Frau.«

»Ich habe auch wirklich keine Lust, mich vor dir zu entblößen, Kostas. Nächstes Mal nehm ich einen Bikini mit – und dann machen wir hier unsere Mittagspause.«

»Ich freu mich schon. Und was machen wir jetzt?«

»Vielleicht sollten wir mal die britische Polizei informieren, dass wir abgezogen wurden – und ihnen sagen, dass wir dennoch …«, sie zwinkerte ihm zu. »Soll ich die Polizistin anrufen, oder magst du?«

»Weißt du was?«, sagte Kostas und holte seinen Autoschlüssel aus der Tasche, »wir fahren besser hin. Dann hinterlassen wir keine Spuren – und können mal hören, was sie rausgekriegt haben.«

»Eine sehr gute Idee«, sagte Sofia und musste grinsen. »So eine Fahrt über die ganze Insel – nur für ein Gespräch –, das sieht dir ähnlich. Wenn du mal nicht Sehnsucht hast …«

»Schweig still«, knurrte er.

»Aber ich fahre, okay?«

»Sehr gut. Dann kann ich ein Schläfchen halten. Hier …«

Er warf ihr den Schlüssel zu, dann kraxelten sie den Abhang des Felsens wieder hinauf, um zu ihrem Wagen zu gelangen.

# Énteka – 11

Obwohl Sofia ordentlich auf die Tube drückte, dauerte die Fahrt fast zweieinhalb Stunden. Kostas war nach fünf Minuten tief und fest eingeschlafen, und weder das Ruckeln noch der merkwürdige Radiosender, der abwechselnd harten Rock und dann wieder zyprische Volksweisen spielte, vermochten ihn aufzuwecken.

Nachdem Sofia die Schlagbäume zur britischen Zone durchfahren hatte, hielt sie wenige Minuten später vor einer Schranke, die von einem englischen Soldaten bewacht wurde.

»Zur Militärpolizei«, sagte sie auf Englisch. Der Mann salutierte, dann fuhr er die Schranke hoch und wies ihr den Weg. Die Zentrale der Militärpolizei war in einem Haus aus Beton, darüber wehte der Union Jack. Sofia erkannte die nagelneuen blau-gelben Polizeiautos, die gestern auch am Tatort gestanden hatten. Bevor sie Kostas weckte, blickte sie auf ihr Mobiltelefon, das während der Fahrt mehrfach gesurrt hatte.

Die erste Nachricht war von Christos:

*Miss you, my wife. Hätte nicht gedacht, dass ich das mal schreiben darf. Aber ja: Ich vermisse dich sehr. Wie läuft dein Fall? Sehen wir uns heute Abend? Kisses, C.*

Sie lächelte und spürte, wie sehr sie ihn vermisste. Sein Lächeln, seine Stimme, seinen Geruch. Unter der Nachricht warteten noch zwei verpasste Anrufe. Doch es war noch keine deutsche Handynummer darunter, auf die sie hoffte, weil das bedeuten würde, dass die Tierschützer doch Interesse hatten zu sprechen. Es war die gleiche britische Festnetznummer wie am Vortag. Herrgott, wann ließ Carl sie endlich in Ruhe?

»Hey, Schlafmütze«, sagte sie, und ihre Stimme war noch sanfter als ihre Worte, dabei schüttelte sie Kostas vorsichtig an der Schulter.

»Ich habe doch nicht geschlafen«, murmelte der mit geschlossenen Augen. »Ich habe über den Fall nachgedacht.«

»Alles klar«, sagte sie grinsend. »Los, aussteigen.«

Bevor er ihrer Aufforderung folgte, klappte Kostas die Sonnenblende herunter, warf einen Blick in den Spiegel und wuschelte sich einmal durchs Haar.

»Dein Ernst?«, fragte Sofia amüsiert und zog eine Augenbraue hoch.

»Still«, erwiderte er, dann stieg er aus. Gerade, als sie die Treppe hinaufgingen, öffnete sich die Tür der Zentrale und Dorothee Galveston stand vor ihnen.

»Oh«, sagte sie und strich einmal über ihre Uniformjacke.

»Das sagen heute irgendwie alle, wenn sie uns sehen«, sagte Sofia.

Kostas warf ihr einen kurzen Blick zu, dann lächelte er die Polizistin an. »Meine Kollegin will sagen, dass die Menschen überrascht sind …«

»Das habe ich schon verstanden«, erwiderte die Britin und streckte Kostas die Hand hin, der sie beherzt schüttelte. »Aber mir wurde gesagt, wir arbeiten nicht mehr zusammen?«

»Ah, hat Limassol Sie schon angerufen?«

»Ja. Und der junge Kollege klang – nun ja – etwas zu triumphal für meinen Geschmack.«

»Er ist ein Idiot«, sagte Sofia.

»Hmm, ich mag die offenen zyprischen Worte«, erwiderte Galveston. »In England würden wir sagen: Mit ihm würde ich meinen Tee nur teilen, wenn es sein müsste.«

»Glauben Sie mir, würden Sie nicht«, sagte Sofia und grinste.

»Sie wollen sich also nur verabschieden?«, fragte die Britin.

»Reden wir vertraulich?«, fragte Kostas.

Dorothee Galveston legte den Kopf schief und lächelte ihn an. »Hören Sie, Chief Inspector, Sie sind hier nicht mal auf zyprischem Boden. Unser Gespräch ist so vertraulich, wie der Turmuhrenmann des Big Ben pünktlich ist.«

»Okay, das überzeugt mich.« Kostas nickte. »Wir sind offiziell raus – aber wir machen weiter.«

»Gibt das Ärger?«

»Sagen wir mal so: Wir sind Ärger gewohnt – und scheuen ihn nicht.«

»Okay. Das geht mir ähnlich. Gut, kommen Sie. Gehen wir hinein. Anscheinend sind Ihre Kollegen auch auf dem Weg hierher, wir sollten sie sehen können, bevor sie uns entdecken.«

Sofia mochte diese zupackende Britin von Minute zu Minute mehr.

Sie folgten ihr durch ein Gewirr von Gängen und Treppenhäusern, bis sie in der dritten Etage ein großes Büro erreichten, das angenehm klimatisiert war. Es gab einen Schreibtisch und eine offene Tür in einer Glaswand, die in ein noch größeres Büro führte. Dort arbeiteten Uniformierte an ihren Computern. Dorothee Galveston schloss die Tür und konnte von ihrem Schreibtisch aus dennoch alles überblicken.

»Sieht sehr modern und transparent aus hier.«

»Ja, offiziell lieben wir hier die Teamarbeit. Ich würde gern öfter meine Tür schließen, weil ich es durchaus schätze, mal meine Ruhe zu haben – aber dann heißt es, ich sei nicht teamfähig. Keine Ahnung, wann das modern geworden sein soll, alles zusammen machen zu wollen – aber gut, nur noch acht Jahre, dann bin ich in Rente.«

»Ehrlich gesagt ist das hier besser als bei der zyprischen Polizei«, erwiderte Sofia. »Da mauern sich die Bosse immer hinter dicken Wänden ein. Das ist nun wirklich nicht sehr modern.«

»Außer Sie sind Boss. Und Sie, junge Frau, werden bestimmt einmal Boss.«

»Danke.« Sofia strahlte. Ein Kompliment dieser gestandenen Polizistin war wirklich was wert. »Wir haben so wenig Platz in Kato Koutrafas, wir sitzen alle im selben Raum.«

»Wie viele Kollegen sind Sie denn?«

Kostas sah Sofia an. »Na ja, wir beide eben.«

»Da ist Teamarbeit allerdings Voraussetzung«, sagte die Britin und lachte. »Also, warum sind Sie so heiß auf den Fall? Sie könnten doch auch einfach eine ruhige Kugel schieben?«

»Na, der Tod des Mannes wirft einige Fragen auf.«

»Das finde ich allerdings auch. Blöd, dass ich nicht auf der Insel ermitteln kann, sondern nur hier, wo das Opfer gefunden wurde.«

»Sie könnten uns Amtshilfe leisten. Dann dürften wir Sie mitnehmen.«

»Bei einer nicht autorisierten Ermittlung? Das hätte das Zeug, einen schweren diplomatischen Zwischenfall auszulösen. Und ich würde gern mit voller Pension in Rente gehen.«

»Haben Sie denn etwas rausfinden können?«

Sie blickte auf die Uhr. »Ich erwarte Doctor Livorne jede Minute. Er bringt den Obduktionsbericht – ging wohl doch schneller als erwartet.«

»Haben Ihre Taucher etwas gefunden?«

»Leider nicht.«

»Und war der Mann in der SBA vorher auffällig geworden?«

»Wie meinen Sie das?«

»Na, wir haben Grund zu der Annahme, dass er schon vorher Probleme hatte mit … sagen wir, mit Leuten, die mit der Natur nicht besonders respektvoll umgehen.«

»Okay«, Dorothee Galveston schob ihren Stuhl zurück und stand auf. »Sie wissen viel mehr als ich, wie mir scheint, also raus mit der Sprache. Wer ist der Tote, und was hatte er hier zu suchen? Am besten erzählen Sie mir jetzt einfach so schnell wie möglich alles, was Sie wissen, bevor der – wie nannten Sie ihn? – der Idiot aus Limassol kommt.«

Die britische Polizistin blieb am Fenster stehen, während Kostas mit wenigen Sätzen umriss, was sie bis hierhin erfahren hatten. Dass Karl Schiller vor vielen Jahren als Mitarbeiter des Sanatoriums nach Zypern gekommen, später zurück in die DDR gegangen und nach der Wende wieder auf die Insel gekommen war, diesmal aber für immer – zumindest bis zu seinem unseligen Ende. Dass er sich des Öfteren mit Wilderern angelegt hatte – und nun zuletzt hinter denjenigen her gewesen war, die Vögel fingen. Und dass Sofia und Kostas vermuteten, dass sie den Täter in dieser Ecke suchen mussten.

»Puh«, sagte die Britin, als er geendet hatte. »Da waren Sie aber fleißig. Es klingt, als könnte hinter alledem tatsächlich ein echtes Motiv liegen – und als wären Sie da was Großem auf der Spur.«

»Gibt es denn hier Probleme mit Vogelfängern?«, fragte Kostas.

Dorothee Galveston hob die Hände in die Höhe und wies aus dem Fenster. »Na klar gibt es die. Hier haben wir sogar wahrscheinlich die größten Probleme der ganzen Insel damit, erst recht seitdem die Zone nicht mehr kontrolliert wird. Besonders an den Randgebieten gibt es sehr viele Felder und Grünflächen. Und da nicht so richtig klar ist, wo die Grenzen verlaufen, weiß keine Polizeieinheit, wer da nun eigentlich wo genau zuständig ist – die Zyprioten oder wir. Und ich habe sowieso viel zu wenig Kräfte für mein riesiges Gebiet. Dazu kommt, dass Ihre Leute … na ja, sagen wir mal so, nicht wahnsinnig erpicht darauf sind, Vogelfänger einzubuchten.«

»Was Sie aus leidiger Erfahrung wissen?«, erkundigte sich Sofia.

»Die Polizisten aus der Region Larnaca sind oft alte Männer, die den Traditionen ihrer Heimat sehr stark verpflichtet sind – so ist zumindest mein Eindruck. Wenn wir Leute aufgreifen, dann sind das zyprische Staatsbürger – und die dürfen wir ja nicht einfach bei uns in den Knast stecken, auch wenn es eine Schweinerei ist, was die mit den Vögeln machen. Nein, wir müssen sie der zyprischen Polizei übergeben. Und ich habe schon zigmal erlebt, dass wir dieselben Leute am nächsten Tag wieder auf der Straße treffen, wo sie uns ein fröhliches Liedchen trällern, um am Abend vor Lachen kaum in den Schlaf zu kommen. Und das ist so frustrierend, dafür wird sich keiner meiner Leute dreimal krummmachen. Stattdessen …«

»Ja?«

Die Polizistin seufzte. »Stattdessen gibt es Probleme mit den Tierschützern, die sich auf die Lauer legen, um die Fänger auf frischer Tat zu ertappen. Oder die ihre Fallen zerstören. Es gab und gibt zig Anzeigen von Bauern.«

»Gegen die Tierschützer?«, fragte Sofia überrascht.

»Was denken Sie denn? Das seien alles Ökoterroristen, die sich an fremdem Eigentum zu schaffen machen. Und da müssen wir dann ermitteln – und auch Tierschützer an die Zyprioten ausliefern. Ist nicht nur einmal passiert.«

»Krass. Haben Sie Unterlagen, in denen Sie schauen könnten, ob Karl Schiller hier schon mal auffällig wurde?«

»Ich hab alle Akten durchgesehen, auch die von vor meiner Zeit. Ein Karl Schiller ist in der SBA nicht auffällig geworden, außer als Leiche am Strand.«

»Auffälliger geht es kaum«, murmelte Kostas.

»Da haben Sie auch wieder recht, DCI.«

Ein Funkgerät plärrte etwas in diesem perfekten Oxford-Englisch, das Sofia zu gerne hörte – und das sie in ihrer Zeit in England ziemlich erfolglos zu imitieren versucht hatte. Doch sie verstand nur zu gut, was der Officer seiner Chefin mitteilte.

»Hier ist Charlie 3-21, wir sehen einen zivilen Wagen der Zypern-Cops an der Einfahrt zur Zone. Die sind in fünf Minuten am Start.«

Dorothee Galveston ging zu ihrem Schreibtisch und sprach in das Funkgerät.

»Verstanden. Danke, Charlie 3-21. Ihr könnt dann Pause machen.«

»Na, der Geheimdienst funktioniert aber in England«, murmelte Kostas.

»Wir haben ja in James Bond auch ein gutes Vorbild.« Sie wandte sich wieder den beiden zyprischen Kollegen zu. »So, damit endet dann wohl unser inoffizielles Stelldichein. Jetzt haben Sie den wunderbaren Doctor Livorne verpasst. Ich werde Sie anrufen, wenn er etwas rausgekriegt hat. Und Sie halten mich auf dem Laufenden, was es mit den Vogelfängern auf sich hat. Ach, und wenn Sie sich hier in meiner Zone rumtreiben, dann …«, sie sah sie beide nacheinander ernst an, »dann rufen Sie mich an. Und zwar bevor Sie dieses Gebiet erreichen. Ich will keinen Krieg mit Bullen, die hier eigentlich nichts zu sagen haben – und ich hasse Überraschungen. Also, dienstlich, meine ich.«

Ihr Blick ruhte einen Moment zu lange auf Kostas, der es nicht schaffte, ihr länger in die Augen zu sehen. Sie lächelte kurz, dann setzte sie sich hinter ihren Schreibtisch.

»Also raus mit Ihnen. Nicht, dass die noch Ihren Wagen sehen.«

Sofia und Kostas rasten hinaus, nahmen zwei Treppenstufen auf einmal und stiegen in ihren Pick-up, um mit quietschenden Reifen in Richtung Ausgang zu fahren. Doch in dem Moment, in dem sie den Soldaten am Schlagbaum erreichten, hielt auf der anderen Seite der dunkle Wagen, den sie vom Tatort kannten.

»Verdammt«, flüsterte Sofia.

Der Soldat ließ sie passieren, und gerade, als sie an dem zivilen Fahrzeug vorbeifuhren, sahen sie am Steuer Christina Charalambous, die grinsend den Kopf schüttelte, während neben ihr Toby Dukas mit hochrotem und wütendem Gesicht zu ihnen herübersah.

Kostas ließ die Reifen nochmals quietschen und bog auf die Hauptstraße ein.

»Vielleicht ist das gar nicht schlecht, dass die wissen, sie sind nicht alleine an der Sache dran. So ist ein bisschen Feuer unterm Dach.«

»Du bist echt ein Problemmagnet, DCI Karamanlis.«

»Na, das sagt ja die Richtige.«

# Dódeka – 12

»Puuh«, sagte Sofia und fuhr den Sitz zurück. »So langsam spüre ich, dass ich das britische Klima mehr hätte schätzen sollen. Man geht wirklich kaputt bei der Hitze.«

»Und der Sommer hat noch gar nicht richtig angefangen«, sagte Kostas. »Aber morgen soll es abkühlen.«

»Regen wäre schön.«

»Ja, verrückt, oder? Alle kommen her, weil es nie regnet – und wir wünschen uns nichts mehr als das.«

Im Wagen kehrte Schweigen ein. Sofia spürte, dass sie auch nicht recht weiterwusste. Wo sollten sie ansetzen? Klar, sie könnten den Tierschützern Druck machen – aber würden die wirklich reden? Und war alles so gewesen, wie Kostas und Sofia glaubten? So ganz sicher war sie sich da gar nicht. Andererseits: Es war ihre einzige Spur.

Kurz hinter Larnaca fielen ihr die Augen zu, und sie träumte irgendeinen Quatsch von Schildkröten, die Vögel aus der Luft fingen und fraßen. Sie erwachte erst, als ein altbekanntes Rumpeln einsetzte, und als sie die Augen aufschlug, sah sie die Dorfstraße von Kato Koutrafas.

»Komm doch noch auf einen Sprung zu uns«, schlug sie Kostas vor. »Christos hat gekocht – und du weißt: Das sollte man sich nicht entgehen lassen.«

»Alles klar. Ich spring schnell unter die Dusche, ich fühle mich wie ein Staubwedel. Dann komm ich.«

Sie war überrascht, normalerweise sagte Kostas bei ihren Einladungen nie zu. Aber heute schien auch er ein bisschen Gesellschaft zu brauchen.

Eine Dusche war eine gute Idee, befand auch Sofia. Zwar war der Tisch vorm Kafenion schon gedeckt, aber noch war niemand zu sehen. Also ging sie durch die Seitentür die Treppe hinauf in Christos' und ihre gemeinsame Wohnung. Für den Anfang war es das perfekte gemeinsame Zuhause – ein Wohnzimmer, ein Schlafzimmer, ein Bad, sie hatten es in Windeseile nach ihrer spontanen Hochzeit hergerichtet. Eine Küche brauchten sie nicht, schließlich konnten sie Frühstück und Dinner immer unten an der langen Tafel vorm Kaffeehaus einnehmen, und das meist in bester Gesellschaft. Sie stellte sich unter die Dusche und drehte das Wasser erst mal kalt auf. So kalt, dass sie kurz schreien musste, aber es tat gut – und vor allem: Es machte sie wieder wach und klar im Kopf. Sie hatte ihn nicht kommen hören, deshalb zuckte sie kurz zusammen, als Christos sich von hinten an sie schmiegte.

»Hilfe, das ist ja eiskalt«, fuhr er zusammen. Sie drehte schnell den Hahn nach links, das Wasser wurde sogleich wärmer, und er trat wieder hinter sie, sie spürte seinen Körper an ihrem, sein muskulöser Arm legte sich auf ihren Bauch und er zog sie näher zu sich.

»Ich hab dich wirklich sehr vermisst«, flüsterte er ihr ins Ohr.

»Das spüre ich«, erwiderte sie lächelnd.

Und in diesem Augenblick war Sofia klar, dass sie ein wenig zu spät sein würden zum Abendessen *en famille*.

»Ich hab dich gar nicht gefragt, was es gibt«, sagte sie, als sie eine halbe Stunde später Hand in Hand die Treppe hinuntergingen. Sie hatte aus den Tiefen ihres Kleiderschranks ein weißes Sommerkleid hervorgeholt und sich übergeworfen. Wenn sie daran dachte, dass sie ihre Kleider in London immer nur von Juli bis August hatte tragen können …

»War ja auch erst mal wichtiger, dass wir uns angemessen begrüßen«, erwiderte er und zwinkerte ihr zu. Dann drückte er ihre Hand fester und sagte: »Es gibt Tage, da kann ich immer noch nicht glauben, dass ich jetzt für immer und jeden Tag mit der Frau meiner Träume zusammen sein darf.«

Sie erwiderte nichts, sondern nahm seinen Kopf, zog ihn zu sich heran und küsste ihn sanft und lange.

»Äh ja«, stammelte er schließlich, »und übrigens gibt es Wolfsbarsch vom Grill mit gefüllten Paprikaschoten.«

»Das sind ja gleich zwei Hauptgerichte auf einmal – ach, Christos, du bist eben der Traummann zu deiner Traumfrau.«

»Wieso werde ich eigentlich immer aufs Essen reduziert?«, fragte er, als sie heraustraten. Die Familie saß schon an der langen Tafel, und sie sah Kostas über die Hauptstraße zu ihnen kommen. Seine Dusche hatte wohl auch etwas länger gedauert.

»Ich hole alles aus der Küche, Adonis, hilfst du mir?«, bat Christos seinen Bruder. Sofort verschwanden die beiden ungleichen Zwillinge im Haus, während Sofia und Kostas die anderen Familienmitglieder an der Tafel begrüßten. Da waren Efigenia und Adonis senior, die Eltern von Christos und Adonis, Constantina, Adonis' Frau und damit Sofias Schwägerin, und Urgroßvater Giorgios, der wohl rüstigste 99-drei-viertel-Jährige, den Sofia jemals kennengelernt hatte. Im Sommer würden sie seinen hundertsten Geburtstag mit einem riesigen Fest begehen, wobei sie sich mittlerweile sicher war, dass sich Giorgios aus Eitelkeit jünger machte, als er war. Er war bestimmt schon hundertdrei – obwohl er fitter war als der siebzig Jahre jüngere Adonis junior.

Alle Familienmitglieder begrüßten Kostas überschwänglich. »So schön, dass unser Chief Inspector mal wieder mit uns isst«, sagte Efigenia. »Und da kommt ja auch noch der letzte fehlende Baustein unserer Tafel.« Denn auch Lady Gladstone war natürlich mit von der Partie. Sie hatte drei Flaschen unter dem Arm, die sie prompt auf den Tisch stellte. Es war eiskalter Weißwein. »Eine neue Entdeckung von mir, ein unglaublicher Wein ist das. Er ist aus Pafo und wird aus der Vasilissa-Traube gewonnen. Er passt sicher ganz ausgezeichnet zum Fisch – und natürlich einfach zu unserem Beisammensein, Fisch hin oder her.« Sie grinste. Weil Lady Gladstone einen sehr einträglichen Versandhandel für zyprische Spezialitäten betrieb, kannte sie die neuesten Winzer und angesagten Weingüter, das beste Olivenöl und überhaupt stets alles, was in Zyperns florierender Lebensmittelindustrie angesagt und auch qualitativ brauchbar war.

Schnell öffnete sie die erste Flasche und schenkte ihnen allen einen guten Schluck ein. Da ging auch schon die Tür des Kafenions auf. Die beiden Brüder brachten dampfende Platten nach draußen und stellten sie auf den Tisch. Dann verschwand Christos noch einmal nach drinnen und kam mit einem Choriatiki wieder, dem griechischen Bauernsalat aus Gurken, Tomaten, reichlich roten Zwiebeln und Feta sowie jeder Menge Olivenöl und Oregano. Ohne diesen Salat begann hier kein Abendessen.

»So, den Fisch habe ich vorhin aus Pissouri geholt«, sagte Christos. »Und ihr kriegt ihn zuerst serviert – erst morgen dürfen unsere Gäste die übrigen Wolfsbarsche essen. *Kali orexi.*«

Sofort senkte sich eine leichte Stille über den Tisch, da war nur noch das Geräusch von klappernden Tellern, aneinanderschlagendem Besteck und klirrenden Gläsern. Christos filetierte den Fisch und tat ihnen nacheinander auf. Sofia gab er ein besonders großes Stück und zwinkerte ihr dabei zu. Als alle versorgt waren, aßen sie in Stille, nur hin und wieder gaben einzelne Familienmitglieder Laute des Glücks von sich.

Es war aber auch zu gut: Den Fisch hatte Christos auf dem Grill hinterm Haus über offenem Feuer zubereitet, er trug feine Röstnoten auf der silbrig glänzenden Haut. Sein Fleisch war saftig und zart, und er schmeckte so würzig und gleichzeitig frisch, dass Sofia schon fürchtete, sie bekäme keine zweite Portion, wenn sie sich nicht beeilte. Doch da füllte Christos ihren Teller bereits nach. Die roten Paprika hatte er nach altem Familienrezept mit Risottoreis, Zwiebeln, Knoblauch, getrockneten Tomaten und frischen Kräutern aus dem eigenen Garten gefüllt, und das volle Aroma dieses Gerichtes war für den Fisch eine ganz wunderbare Begleitung. Und Lady Gladstone hatte mal wieder recht behalten: Der Weißwein aus Paphos passte perfekt, er schmeckte fast cremig, ein wenig nach Zitrone, und er war eiskalt, genau das Richtige nach diesem heißen Tag. Der zyprische Wein war wirklich viel besser geworden in den letzten Jahren, dachte Sofia. Sie erinnerte sich mit Schrecken an die Kopfschmerzen, die sie als Teenager hatte, wenn sie und ihre Freunde die billigen Weine der Heimat auf Ex getrunken hatten – sie war am nächsten Tag immer viel zu erledigt gewesen, um in die Schule zu gehen.

»Es war so gut«, sagte sie stöhnend, als sie fertig war. Auch die anderen sahen überglücklich aus.

»So, und nun ein Zivania?« Adonis senior sah seinen Sohn herausfordernd an. »Oder darf ich keinen Digestif, meine liebe Efigenia?«

»Du weißt, was der Arzt sagt«, erwiderte seine Frau streng, aber dennoch liebevoll.

»Ja, er sagt, ich soll glücklich sein. Und Zivania macht mich glücklich.«

»Ein kleiner, in Ordnung?«

Adonis verschwand im Kafenion, um die zyprische Version des Grappa zu holen, ein Schnaps, der es in sich hatte.

Als er wiederkam, wandte sich Lady Gladstone an Sofia.

»Und? Seid ihr weitergekommen in eurem Fall?«

»Hmm, eigentlich nicht so richtig«, erwiderte Sofia. »Immerhin wissen wir jetzt, mit welchen Tierschützern der Deutsche zusammengearbeitet hat. Und wir wissen, dass er tatsächlich als Mitarbeiter des Sanatoriums nach Zypern gekommen ist. Ihre Erinnerung war mal wieder Gold wert, Lady.«

»Wusste ich es doch«, sagte sie stolz. »Vielleicht kriege ich ja noch den großen Verdienstorden der Republik.«

»Ich bedaure, aber das wird eher nichts. Unsere Dienste sind gerade nicht wirklich gut gelitten«, sagte Kostas knapp.

»Wollen sie euch wirklich von dem Fall abziehen?«

»Sie *haben* uns abgezogen. Dabei müssen wir unbedingt noch einiges rauskriegen.«

In diesem Moment hatte Sofia einen Einfall. »Sag mal, Adonis, hast du eine Ahnung, welches Lokal in der Gegend heute noch *Ambelopoulia* serviert?«

»Hmm, das ist schwierig«, sagte er. »Es ist schon so lange verboten – bei uns gab es das jedenfalls noch nie. Papa, hast du eine Idee?«

»Also, zu dieser Jahreszeit geht es gerade erst wieder los«, sagte Adonis senior und roch an seinem Glas mit dem scharfen Schnaps, der bei der Weinherstellung als Abfallprodukt übrig blieb und dann gebrannt wurde. »Weil die Zugvögel ja jetzt wieder nach Norden fliegen. Ich denke, es gibt noch einige Läden, die das machen. Aber man kann nicht anrufen und danach fragen. Da würden alle sagen: Nein, das bieten wir nicht an. Die Einheimischen, ja, die wissen, wo es das gibt. Und gehen dann ganz gezielt da hin.«

»Kennt ihr die Taverne in Kyperounda?«

»In dem Bergdorf? So ein altes Haus im Stadtzentrum?«

Sofia nickte.

»Ich kannte die alten Wirte, aber ihre Kinder haben den Laden vor bestimmt vierzig Jahren übernommen. Ich glaube, sie führen ihn noch, oder? Ich war nie wieder drinnen.«

»Ja, es ist ein Ehepaar – aber den Mann haben wir noch nicht zu Gesicht bekommen.«

Adonis nickte. »Mich würde es wundern, wenn es dort kein *Ambelopoulia* gibt. Die sind ja sehr traditionell in dem Dorf – die wollen dieses Gericht essen. Kein Zweifel.«

»Wir müssten wissen, ob sie es wirklich servieren – und woher sie die Vögel bekommen. Das würde bestimmt so einiges ins Rollen bringen. Andererseits können Kostas und ich dort nicht einfach auftauchen und ein paar Amseln bestellen. Die kennen uns.«

Es war Urgroßvater Giorgios, der nach ein paar Sekunden seine Stimme fand – und hinter dem, was Sofia zunächst für einen Husten gehalten hatte, erkannte sie belustigt die entschlossenen Worte: »Wir machen das. Oder, Christos?«

Erstaunt sah Sofia ihn an. »Na, Christos und ich«, begann er zu erklären, »wir gehen dort zusammen hin und geben uns als Opa und Enkel aus – na ja, das sind wir ja quasi, wenn man eine Generation unterschlägt. Und dann bestellen wir *Ambelopoulia*. Ich weiß ehrlich gesagt nicht, was die Menschen da heute für ein Gewese drum machen. Früher haben wir alles gegessen, was uns in die Finger geflogen ist. Aber gut, du brauchst das für deine Ermittlungen – und ihr seid ja auch zur Stelle, wenn ich Hilfe brauche.«

»Das würdet ihr wirklich tun?«, fragte Sofia gerührt. Sie sah Christos an. »Aber du musst aufpassen – die Wirtin ist echt ein alter Besen – und ich möchte nicht, dass dir was passiert.«

»Was soll sie schon machen? Uns mit der Kaffeemaschine bewerfen?«

»Nicht mal das droht euch. Sie hat nämlich keine, sie serviert den Kaffee zyprisch.«

»Oh Mann, armes Kyperounda.«

»Gut, dann ist es abgemacht.« Urgroßvater Giorgios schien richtig Spaß bei der Sache zu haben.

»Aber wann ist wohl der beste Tag dafür, damit wir sicher sein können, dass sie ihre Spezialität auch anbieten?«

Der Alte sah sie scheel an. »Es ist ein Festessen für die alten Leute. Das gibt es nur am Wochenende. Das wir morgen haben. Also essen wir morgen Abend Vögel.«

»Ich weiß ja nicht«, sagte Christos. »Vielleicht bestelle ich einen Salat dazu.«

»Und wir legen uns auf die Lauer. Wenn die tatsächlich Vögel servieren, dann können wir sie drankriegen – und dann werden sie vielleicht auch reden.«

»Dein Wort in Gottes Ohr«, sagte Kostas. Zusammen lauschten sie noch eine Weile den Zikaden. Der Mond stand genau über der Dorfstraße hell am Himmel und ließ die Wände der neuen Polizeiwache in seinem silbrigen Licht erstrahlen.

# Dekatriá – 13

Sie erwachten im goldenen Licht der Morgensonne, deren Strahlen auf ihr Bett fielen. Wie stets lagen sie irgendwie ineinander verkeilt, heute hatte sie ihren Kopf in Christos Armkuhle liegen. Sie mochte den Duft seiner Haut so sehr. Und sie mochte ihn jetzt direkt nach dem Aufwachen küssen – na, wenn das keine Liebe war. Wenn Christos ganz verschlafen war, sah er aus wie ein kleiner Junge. Herrje, Sofia konnte sich nicht erinnern, jemals im Leben so für jemanden gefühlt zu haben. In ihrem Leben, das ihr bis hierher manchmal wie ein ganz erstaunliches Chaos vorkam. Einschließlich ihrer holprigen Ankunft auf Zypern, der Versetzung hierher ins Nirgendwo und des Moments, in dem dieser Traummann vor ihr stand und sie schüchtern anlächelte. Und dann verlobte sie sich trotzdem mit einem anderen, mit dem Falschen – und ließ die Hochzeit im wirklich allerletzten Moment platzen. Um jetzt überglückliche Ehefrau von Christos zu sein. Ihr Leben war echt zum Roman geworden.

Carl. Mit schlechtem Gewissen fiel ihr Carl wieder ein. Seine Anrufe, die sie allesamt ignoriert hatte. Wenn denn nun doch irgendwas passiert war? Sie beschloss, ihn später am Tage anzurufen, doch just in diesem Moment vibrierte ihr Handy. Vorsichtig, um Christos nicht zu wecken, wand sie sich aus der Zweisamkeit und griff nach ihrem Telefon, das auf dem Nachttisch stets griffbereit lag.

Da war sie. +49 … Die deutsche Handynummer, auf die sie gestern gewartet hatte.

Jetzt gab es nur zwei Möglichkeiten: Entweder es war der junge Professor, dem sie vor drei Jahren an der Uni in Berlin eine Liebesmail geschrieben hatte und der diese nun entweder im Spam-Ordner gefunden oder entschieden hatte, doch etwas von ihr zu wollen – oder …

Sie drückte auf den grünen Button und flüsterte:

»Sofia Perikles, Polizei der Republik Zypern?«

»Hallo, hier ist Annika Schmidt.«

Sofia hatte das Mädchen am Lara Beach am Vortag ja nur ein Wort sagen hören, dennoch hatte sie keinen Zweifel, dass das sie am anderen Ende war.

»Hallo, Annika«, erwiderte sie deshalb freundlich. »Moment, ich muss mal kurz aus dem … aus dem Büro raus.« Sie konnte ja schlecht sagen, dass sie noch nackt im Bett lag. Als sie auf dem Flur der Wohnung stand, sagte sie: »Jetzt ist besser. Was ist los? Alles okay?«

»Sie haben gesagt …«, sie stammelte etwas, und Sofia war kurz verblüfft, dass dieses Mädchen, das wahrscheinlich ungefähr so alt war wie sie, sie dennoch siezte – was eine Uniformmütze so ausmachte. »… na ja, dass wir uns melden sollen, wenn wir Ihnen was sagen wollen – und ich glaube, es ist besser, wenn wir hier nicht alleine weitermachen. Wir sind alle sehr geschockt davon, was passiert ist – aber es … es gab einen Streit in der Gruppe. Aris will keine Polizei – weil er ihr nicht traut. Ich verstehe ihn, er hat schon viel Mist erlebt. Aber Sie waren so freundlich, deshalb rufe ich Sie jetzt an.«

»Und Aris weiß davon?«

»Ja, am Ende war er auch einverstanden.«

»Gut. Also haben Sie versucht, den Vogeljägern das Handwerk zu legen?«

»Deswegen sind wir alle noch auf der Insel. Normalerweise wäre ich schon letzte Woche abgereist.« Sie stockte. »Vielleicht wäre das besser gewesen. Na ja, jetzt ist es so.«

»Können wir uns treffen, und Sie erzählen mir, was mit Karl Schiller passiert ist?«

»Das wissen wir nicht. Und wir verstehen es auch nicht. Aber ja. Wir müssen uns treffen.«

»Am Lara Beach?«

»Nein. Aris will Ihnen zeigen, warum wir all das machen. Wie schrecklich das ist, was diese Folterer den Vögeln antun. Heute Nacht müssten Fallen ausgelegt worden sein. So sehen Sie es hautnah. Können Sie in die britische Zone kommen, möglichst bald?«

»In die SBA? Von Dekelia?«

»Genau. Dort sind die meisten Fallen. Weil es dort nur wenige Kontrollen gibt und das Gebiet riesig ist.«

»Sie kennen sich sehr gut aus, Frau Schmidt. Ja, in Ordnung. Wir kommen dorthin. Wir müssen uns aber bei der britischen Polizei absichern. Sonst dürfen wir dort nicht ermitteln.«

»Aris sagt, es dürfen nur Sie kommen. Wenn Sie sich nicht trauen, dann lassen wir es. Er redet nur mit Ihnen.«

»In Ordnung. Aber ich brauche Verstärkung, falls wir auf Vogeljäger treffen. Also wird mein Kollege in der Nähe sein.«

Sie hörte, wie Annika mit leiser Stimme etwas besprach. Dann war sie wieder deutlicher zu hören. »Aris sagt, das geht in Ordnung. Wir treffen uns an der Autobahnausfahrt von Dekelia, sagen wir, in zwei Stunden? Sonst wird es zu heiß. Aber in zwei Stunden können wir vielleicht noch ein paar arme Tiere retten.«

»Wir werden da sein. Bis gleich.«

Es piepte in der Leitung, und Sofia sah noch eine Weile ihr Handy an. Sie spürte, wie das wohlbekannte Adrenalin Besitz von ihr ergriff. Bei der Ermittlung am Aphroditefelsen hatte sie dieses Gefühl zum ersten Mal gehabt – und nun kam es immer wieder, wenn es in einem neuen Fall ernst wurde. So wie jetzt. Sie konnte es nicht anders sagen: Sie liebte den Nervenkitzel. Sie liebte es, Polizistin zu sein.

Sie ging ins Schlafzimmer und streifte sich die Uniform über. Besser, sie wäre klar als Cop zu erkennen. Christos schlug verschlafen die Augen auf.

»Musst du schon los?«

»Ja, wir treffen Umweltschützer in Dekelia.«

»Wegen der Vögel?«

»Ja.«

»Sei bloß vorsichtig. Ich will dich heile zurück, mit zwei Armen und zwei Beinen und allem anderen, was ich so liebe.«

»Ich geb mein Bestes. Wir sehen uns am frühen Abend. Dann treffen wir uns in der Nähe der Taverne, wo du als mein schöner Geheimagent arbeiten wirst.«

»Uropa ist dein schöner Geheimagent. Ich bin nur das Anhängsel.«

»Hast du auch wieder recht. Bis später, Christos.«

Sie küsste ihn auf den Mund, dann ging sie aus der Wohnung, stieg die Treppen hinunter und ging zum Safe im Hinterzimmer des Kafenions. Solange die Polizeiwache umgebaut wurde, hatten sie keinen verschließbaren Schrank. Also musste sie ihre Dienstwaffe hier lagern. Sie nahm sie, prüfte, ob Munition drinnen war, dann steckte sie sie ins Holster. Sie hatte ganz vergessen, wie schwer das Ding war. Wenn sie Verkehrskontrollen auf der Dorfstraße machte, ließ sie die Waffe üblicherweise daheim, weil zumeist eh keine Autos durchfuhren. Diesmal aber musste sie auf Nummer sicher gehen.

Dann ging sie aus dem Haus und überquerte die Straße. Kostas saß vor seinem Haus und trank aus einem großen Pott schwarzen Kaffee.

»Tausendschön, schon in Schale geworfen?«

»Das wirst du auch gleich sein. Die Tierschützer haben angerufen. Sie wollen uns treffen. Und uns erzählen, was sie wissen. Aber vor Ort, in der britischen Zone.«

Sofort schnellte Kostas von seinem Stuhl hoch.

»Okay, ich gehe schnell duschen.«

»Na, da musste ich aber nicht viel Überzeugungsarbeit leisten.«

»Setz dich hin und trink einen Kaffee. Du siehst aus, als hättest du nicht viel geschlafen.«

»Die Liebe, die Liebe, mein Freund.«

# Dekatéssera – 14

»So langsam kenne ich den Weg«, sagte Sofia, als sie die britische Sonderverwaltungszone fast erreicht hatten.

»Wir müssen jetzt unser Versprechen wahrmachen«, sagte Kostas.

Sofia sah ihn fragend an. Doch der Chief Inspector griff schon zum Telefon und wählte eine Nummer, bei der nach wenigen Augenblicken abgenommen wurde. Durch die Freisprecheinrichtung hörte sie die weibliche Stimme mit dem angenehm britischen Akzent.

»Superintendent Galveston, *Sovereign Base Areas Police.*«

»Hier ist DCI Karamanlis.«

»Ich habe Sie schon an Ihrer Nummer erkannt, Kostas. *Kalimera.*«

»Oh …«, Kostas schien für einen Moment aus dem Konzept gebracht. Sofia musste grinsen.

»Wir wollen Ihnen nur sagen, Superintendent, dass wir uns gleich in Ihrem Gebiet rumtreiben werden.«

»Schon wieder.«

»Ja, die Tierschützer haben uns offenbart, dass sie mehr wissen, als sie bisher zugeben wollten – und ja, es geht um die Vogelfänger.«

»Cheers, Kostas. Sie machen einen guten Job. Aber ich muss Sie warnen: Dass Sie gestern bei mir vorbeigeschaut haben – und sich dann erwischen ließen –, war nun nicht die beste Entscheidung. Ich konnte die Wogen etwas glätten, weil die DCI aus Limassol sehr nett war. Aber der junge Kollege, der hat gewirkt, als sei er der Vesuv kurz vor Pompeji.«

»Ach, Toby Dukas ist höchstens ein Vulkan aus Lego.«

»Nehmen Sie das nicht auf die leichte Schulter. Die sind hier schon wieder irgendwo unterwegs. Also seien Sie vorsichtig.«

»Okay, vielen Dank, Mrs Superintendent.«

»Miss.«

»Wie bitte?«

»Miss. Ich bin nicht verheiratet.«

»Das ist … ähm …«

Sofia wollte ihm etwas Rettendes zuflüstern, aber dann ließ sie es sein wegen der Freisprechanlage. Das wäre zu peinlich gewesen. Also machte sie ihm ein Zeichen, indem sie erst mit dem Finger auf ihn zeigte und dann den Finger schüttelte. Kostas verstand, wenn auch erst nach Sekunden, die ihr endlos vorkamen.

»Äh, ich auch nicht.«

»Good to know, Mister Karamanlis. Ach so … und wo wir gerade dabei sind: Doctor Livorne war bei mir. Mit dem Ergebnis der pathologischen Untersuchung.«

»Und?«

»Todesursache ist eindeutig die Schussverletzung. Ein Schuss, beinahe direkt ins Herz, wirklich nur haarscharf dran vorbei, aber die Blutung war so heftig, dass er sofort bewusstlos geworden sein muss. Allerdings …«

Sie zögerte. »Wenn ich Ihnen das jetzt sage, mache ich mich eigentlich strafbar, weil die Polizei von Zypern mir klar gesagt hat, dass es nicht mehr Ihr Fall ist. Da ich aber keine Zypriotin bin, sondern Britin auf britischem Grund und Boden, riskiere ich es mal: Der Tote hatte eine gebrochene Nase und ein Schädeltrauma von einem Sturz.«

»Von dem Sturz nach dem Schuss?«

»Nein, er muss sich das vorher zugezogen haben. Das glaubt jedenfalls Doctor Livorne. Fragen Sie mich nicht, wieso, ich habe es auch nicht verstanden. Der alte Kerl spricht manchmal so hochtrabend, da würden Sie es nicht verstehen, wenn er bei Ihnen einen Schnupfen diagnostiziert.«

»Okay, also gab es einen Kampf?«

»Gut möglich. Ach – und noch was.«

»Mann, Sie sind ja ein sprudelnder Quell von Informationen.«

»Aber nur, weil ich Sie so gernhabe.« Wieder gab es eine kurze Pause. Also, wenn da mal keine Spannung in der Luft lag, dann wusste Sofia auch nicht …

»Wir haben zwei Taucher mit Metalldetektoren rausgeschickt. Anscheinend hat das Gerät angeschlagen. Aber es ist dort auch unter Wasser sehr felsig. Ich musste jetzt eine besondere Navy-Einheit anfordern. Die kommen aus Akrotiri – also geben Sie mir noch etwas Zeit.«

»Das machen wir. Danke, Miss Superintendent.«

»Sehr gern, Kostas. Und grüßen Sie Ihre junge Kollegin. Ihr Lippenstift hat mir gefallen, fragen Sie sie beizeiten, von welcher Marke der ist, ja?«

»Mach ich. Danke und bis später.«

Kostas beendete den Anruf.

»Von Mac.«

»Was?«

»Der Lippenstift. Er ist von Mac.«

»Werde ich ihr sagen.«

»Schenk ihn ihr lieber.«

»Du bist verrückt geworden, Tausendschön.«

»Kann schon sein. Sie klingt aber auch, als sei sie tatsächlich ein bisschen verrückt nach …«

»Ich setze meine *Schweig jetzt*-Karte ein, okay?«

»Du hast keine *Schweig-jetzt*-Karte.«

»Dann nehme ich die *Ich setze meine Kollegin an der Autobahn aus*-Karte.«

»Okay, ich bin ja schon ruhig.«

Fünf Minuten später verließen sie die A3 wie verabredet an der Ausfahrt 61. Die Autobahn führte teilweise durch die Sovereign Base Area und war mit ihren Gebirgsausläufern, den Feldern und kleinen Weilern genau so ein Gebiet, von dem Dorothee Galveston am Vortag gesprochen hatte – mitten auf der Grenze der Sonderverwaltungszone, sehr schlecht kontrolliert und schlecht kontrollierbar und damit ein wunderbarer Platz, um gesetzlosen Aktivitäten nachzugehen.

Gerade, als sie die Landstraße erreichten, wies Sofia zum Himmel. »Schau mal, es stimmt. Hier ist echt was los.« Über ihnen waren Hunderte, nein, es mussten Tausende Vögel sein, die den Himmel verdunkelten. Sie warfen schnelle Schatten auf das Feld neben der Autobahn, während sie zielstrebig gen Norden unterwegs waren. Sie schienen nicht in festen Formationen zu fliegen, sondern wechselten ihre Anordnung so schnell, dass es Sofia wie ein Tanz vorkam. »Das sieht …«, murmelte sie. »Wenn man bedenkt, wie weit die Reise ist, die all diese Vögel machen … «

»Und dann machen sie hier Rast – und schwups, landen sie auf dem Grill.«

»Kostas, du bist sowas von unmöglich.«

»Ich sag ja nur, wie es ist.«

»Da vorne, das müssten sie sein.«

Tatsächlich stand neben der Ausfahrt unter einem großen Baum ein alter Jeep mit abgefahrenen Reifen und dreckverschmierter Karosserie. So klein die Karre war, sie war voll besetzt – am Steuer erkannte Sofia Aris, den wortkargen Zyprioten vom Vortag. Kostas machte Lichthupe, Aris antwortete mit einem Lichtblitz. Als sie sich auf vielleicht fünfzig Meter genähert hatten, setzte sich der Jeep in Bewegung.

»Verfolgung aufnehmen!«, scherzte Sofia. Sie fuhren nun in Kolonne, etwa einen Kilometer blieben sie auf der Landstraße, dann bogen sie nach links auf einen Feldweg ab, der buckelig war. Der Staub, den der Jeep aufwirbelte, blies ihnen in den Wagen und verdreckte die Scheibe so sehr, dass Kostas die Wischer anschalten musste. Sofia hustete. Nach einem weiteren Kilometer hielt der Jeep, und Kostas tat es ihm nach.

»Das ist ja echt eine ziemliche Einöde hier«, sagte Sofia.

»Aber nicht für die Vögel«, erwiderte Kostas und wies auf die Schar von kleinen Tieren, die auf einem nahen Feld saßen. Es waren so viele, dass der sonst grüne Acker an dieser Stelle tiefschwarz war.

»Krass«, murmelte Sofia, als sie genauer hinsah.

»Scheint ein offizieller Rastplatz zu sein.«

»Und wo es Rastplätze gibt, sind auch die Vogeljäger nicht weit.« Sofia prüfte noch mal, ob ihre Waffe richtig im Holster steckte, dann stiegen die beiden aus und gingen auf den Jeep zu. Aris und Annika standen schon neben dem Wagen.

»Guten Morgen«, sagte Sofia freundlich.

»Für Sie vielleicht. Aber nicht für die Vögel.«

Die beiden Polizisten traten nahe an den finster dreinblickenden Aris heran.

»Okay, können Sie Ihren Zynismus jetzt mal stecken lassen? Sie wollten, dass wir kommen – und jetzt sind wir hier.« Kostas' Stimme klang nicht so, als würde er sich mit dem jungen Mann anfreunden wollen.

»Los«, Aris schlug einmal aufs Autodach, »alle aussteigen, wir gehen los!« Dann sah er Sofia und Kostas nacheinander an. »Wir haben auf Sie gewartet. Aber jetzt ist es höchste Eisenbahn. Wir müssen schnell sein, weil es sonst bald zu heiß ist.«

»Für wen?«

»Na, für die Vögel.« Der junge Mann schüttelte den Kopf, als hielte er Sofias Frage für absolut dumm. »Kommen Sie. Und ihr auch. Wir schwärmen aus. Annika, Carla, Stephan, ihr kommt mit mir. Die anderen nehmen die Südroute. Seht nach oben – ganz genau. Es kann sein, dass sie sich nicht mehr bewegen.«

Sofia fand Aris' Worte einigermaßen kryptisch, aber der Ton in seiner Stimme sagte ihr, dass er voller Adrenalin war – das hier war ihm wirklich wichtig. Sie gingen voran, doch so schön flach das Feld vor ihnen auch aussah, der Schein trog. Hier gab es keinen ausgetretenen Weg, und der Boden war dicht bewachsen mit Kräutern und Stechpflanzen, die sogar durch die Hosenbeine stachen. Sofia versuchte, ganz genau hinzusehen. Sie hasste Schlangen – und Skorpione hasste sie auch. Von der Flora und Fauna her war ihr das Leben in London deutlich lieber gewesen. Immer wieder flatterten die Vögel vor ihnen auf, wenn sie ihnen zu nah kamen. Obwohl es noch Vormittag war, brannte die Sonne schon unerbittlich auf sie herab, und hier war nichts, absolut nichts, um Schatten zu spenden.

»Im Winter jagen sie gezielt Drosseln, weil die hier die kalte Jahreszeit verbringen«, fing Aris unvermittelt an zu erklären. »Aber im Frühling und im Herbst nehmen sie schlicht jeden Vogel, den man grillen kann – so schrecklich das ist. Und hier landen jede Menge Vögel, wie Sie sehen.«

»Es ist barbarisch«, sagte Annika, und Stephan, der neben ihr ging, nickte.

»Wonach schauen wir? Nach Netzen?« Kostas sah sich um, konnte aber nichts erkennen, was einem Fangnetz ähnlich sah.

»Netze haben die größte Ausbeute – aber die Beute wird dann von den Folterern gleich in der Nacht eingesammelt, und die Netze werden direkt wieder abgebaut. Die wissen schließlich, dass wir ihnen auf den Fersen sind – und neue Netze sind teuer. Nein, tagsüber müssen wir nach anderen Dingen suchen.«

Nun waren in einiger Entfernung ein paar kleine Bäume zu sehen, und Aris und die Gruppe gingen zielstrebig darauf zu. Sofia kratzte sich am Unterschenkel, wo sie etwas gestochen hatte, bemühte sich aber mitzuhalten.

»Okay, ich glaube, hier sind wir richtig«, sagte Aris, doch immer noch wusste Sofia nicht so recht, worauf er wies. Sie kniff die Augen zusammen, doch die Sonne blendete sie zu sehr, als dass sie viel hätte erkennen können. »Dort drüben im Baum«, sagte der junge Mann, »sehen Sie das?«

Kostas und sie schauten angestrengt hinüber. Aris hatte ein gutes Auge, musste sie zugeben – denn da war tatsächlich eine kaum merkliche Bewegung, ein leises Flattern, aber es war so schwach, dass sie es ohne ihn ganz sicher übersehen hätte.

»Wir müssen uns beeilen«, sagte Aris, »es sind viele. Los, Stephan, Räuberleiter.«

Der junge Deutsche trat zu ihm und hielt ihm seine geöffnete Hand hin, auf die Aris seinen Fuß setzte. Dann zog er sich hoch. Es war ein Olivenbaum von etwa drei Metern Höhe, und ganz oben im Blätterdach lag ein Ast quer, den Sofia zunächst einfach für abgebrochen gehalten hatte. Aber nein, auch sie erkannte jetzt, dass dieser Ast mit einem ganz klaren Zweck in den Baum gelegt worden war.

Ohne zu zögern, hob Aris den Ast vorsichtig an, hielt ihn ganz fest und ließ sich dann auf den Boden gleiten.

»Seht – diese Schweine …« Seine Stimme bebte vor Zorn. Auch Annika war ganz rot im Gesicht. »Ihr Armen …«, flüsterte sie auf Deutsch.

Entsetzt sahen auch Sofia und Kostas auf den Ast. Auf ihm

saßen drei kleine, wunderschöne Vögel, die sich fast nicht mehr bewegten. Die Augen des einen waren schon geschlossen, er und der Leidensgenosse neben ihm atmeten nur noch schwach, der dritte versuchte angestrengt, sich zu bewegen, die Füße vom Ast zu lösen, aber es gelang ihm nicht.

»Sind sie …«, begann Sofia, konnte die Frage aber nicht beenden, weil es einfach zu schlimm war. Sie spürte, wie auch in ihrem Herzen die Wut zu rasen begann.

»Ja, sie sind festgeklebt«, erwiderte Aris. »Und wir müssen deshalb so früh hier sein, weil sie einfach sterben, wenn es zu warm wird.« Er blickte Annika an. »Hol mir den Leimlöser.«

Er wies auf einen der Vögel. »Es ist eine Klappergrasmücke. Sie hängt sogar mit dem Schnabel fest. Sehen sie?«

Sofia spürte den inneren Willen, den Blick abzuwenden. Aber dann sah sie doch hin. Der kleine Vogel mit dem braunen Gefieder steckte mit beiden Füßen und seinem kleinen Schnabel in einer zähen Masse fest. Seine braunen Augen waren nur noch ganz wenig geöffnet.

»Das ist ja furchtbar«, sagte Kostas mit tiefer Stimme, die klang, als würde sie gleich brechen.

»Es ist total furchtbar. Überall sonst fängt kaum noch wer mit Leim, in der Provence, in der Türkei – nur hier auf Zypern machen die das noch.«

»Was ist das? Dieser Kleber?« Sofia sah zu, wie Annika, die sich dünne Einmalhandschuhe übergestreift hatte, behutsam versuchte, ihre Finger zwischen die gelbe Masse und die Füße des Vögelchens zu bekommen.

»Den Leim rühren die Wilderer selbst an. Sie stellen ihn aus den Beeren des syrischen Pflaumenbaumes her. Und dann schmieren sie ihn auf diese Ruten, die sie dann in die Wipfel der Bäume legen. Die Vögel sehen den Ast und halten ihn für den perfekten Sitz zum Ausruhen. Und wenn sich einer daraufsetzt, dann kommen auch die anderen. So ist es eine überaus ertragreiche Art, die Vögel zu fangen.«

»Barbarisch.«

»Die Vögel bleiben beim ersten Kontakt mit dem Leim kleben, zuerst mit ihren Füßen. Und dann kippen sie kopfüber, so wie dieser hier. Dann flattern sie immer weiter und brechen sich dabei die kleinen Knochen – und sie verfangen sich auch immer mehr mit dem Gefieder und dem Schnabel. Und dann beginnt die eigentliche Qual.«

Sofia sah bewundernd zu, wie vorsichtig die junge Deutsche zu Werke ging. Ganz behutsam hatte sie die Füße des ersten Vögelchens gelöst, Kralle für Kralle, und hielt nun die Beine des Vogels zusammen, damit er nicht flatterte oder fiel, er schien bewusstlos zu sein. Dann machte sie sich daran, mithilfe von Wasser den Schnabel vom Leim zu befreien.

»Der Vogel kann nicht mehr vor und zurück, aber er stirbt auch nicht sofort – und wenn die Sonne immer heißer wird, dann dehydriert er und verendet irgendwann nach vielen Stunden qualvoll. So bleibt das Fleisch der Vögel lange frisch, und die Fänger können den Schutz der Nacht abwarten, um ihre Beute zu holen.«

Annika setzte den Vogel in eine kleine Box, die sie zu diesem Zweck mitgebracht hatte und die mit weichem Stoff ausgekleidet war. Sie träufelte dem Tier etwas Wasser auf den Schnabel, der sich daraufhin leicht öffnete, sodass sie dem Vogel noch mehr zu trinken geben konnte.

»So, der nächste«, sagte Aris und wies auf den kleinen Vogel mit dem roten Schwanz, dessen Augen gänzlich geschlossen waren. »Ich glaube, er hat sich beim Kampf gegen den Leim was gebrochen.«

»Was macht ihr dann jetzt mit ihm?«

»Wir schaffen ihn auf eine Rettungsstation für Zugvögel – aber meistens …«, Aris hielt inne und schüttelte traurig den

Kopf. »Die meisten von ihnen sind doch zu schwer verletzt und gehen ein.«

Er wies in die Bäume.

»Die Fänger haben es eigentlich nur auf die Mönchsgrasmücken abgesehen. Sie sind die Delikatesse, die sie hier als *Ambelopoulia* in den Restaurants servieren. Aber dem Leim ist es natürlich vollkommen egal, welcher Vogel sich auf ihn setzt. Er hält sie alle fest. Egal ob den Gartenrotschwanz hier oder Nachtigallen, Rotkehlchen oder die Drosseln, die im Winter hierbleiben. Oder große Vögel, Pirole, Ortolane. Mit denen können sie nichts anfangen – sie töten sie und lassen sie hier unter den Bäumen liegen. Es ist so … so verdammt sinnlos.«

Die Verachtung in seiner Stimme war nicht zu überhören – und Sofia begann, den jungen Mann mit dem rauen Charakter zu mögen.

»Die meisten dieser Vögel stehen sogar unter Naturschutz, weil sie immer seltener werden – und hier fangen sie die völlig ohne Skrupel.«

Mittlerweile hatte Stephan den kleinen Gartenrotschwanz befreit und legte ihn zu seinem Leidensgenossen in die Box.

»Es sind eine Million Vögel pro Jahr, die hier von gerade mal dreitausend Wilderern gefangen werden – und die Aufklärungsquote Ihrer Kollegen ist … ist ein Witz. Die nehmen vielleicht ein Dutzend Fänger pro Jahr fest – aber die kommen nach ein paar Stunden oder einer Nacht wieder aus dem Knast raus, und dann wird ihnen einmal freundschaftlich auf die Finger geklopft. Und dann können sie ihr lukratives Geschäft direkt wieder aufnehmen. Die Leimruten sind ja nur die halbe Geschichte, die werden meist von Privatleuten benutzt. In der Nacht kommen die professionellen Fänger wieder, und die haben dann Netze dabei – Netze und Lockgeräte. Mit denen fangen sie vielleicht hundert oder zweihundert

Vögel pro Nacht – und kriegen pro Stück vier Euro von den Wirten – unglaublich, oder?«

»Diese Straftat lohnt sich auf jeden Fall, wenn man nicht auf der Sonnenseite des Lebens steht«, sagte Kostas bitter.

»Und die Polizei hier macht nichts.« Aris klang wütend und verzweifelt zugleich.

»Die Kollegin von der britischen Polizei macht einen sehr beherzten Eindruck«, sagte Kostas, und Sofia konnte sich gerade noch ein Grinsen verkneifen.

»Ach, die SBA-Police ist machtlos, viel zu wenige Beamte – außerdem verschwinden die Fänger gleich wieder auf zyprischen Boden.«

»Da gibt es auch Polizei«, erwiderte Sofia.

»Pah!« Aris redete sich richtig in Rage. »Wissen Sie, was die machen, Ihre Kollegen? Die verhaften uns – wegen Sachbeschädigung. Und dann klatschen sie einander ab. Die stecken alle unter einer Decke. Die Bullen hier, das sind alte Säcke, Nationalisten, die fressen doch selbst alle Vögel.«

»Ich glaube nicht, dass wir alle so sind«, erwiderte Kostas.

»Ich habe schon zu viel dergleichen erlebt, glauben Sie mir.«

»Wie kamen Sie auf die Idee, sich neben den Schildkröten auch um Vögel zu kümmern?«

»Ich habe das schon einige Male gemacht, in früheren Jahren. Und jetzt ist Karl Schiller auf uns zugekommen. Er bat uns um unsere Hilfe – damit wir es ein für alle Mal schaffen, so viele Netze abzubauen, dass sich die Fänger nicht mehr sicher fühlen. Wir wollten den großen Wurf – den großen Knall.«

»Na, das hat ja geklappt«, murmelte Sofia, »nur nicht so, wie Schiller sich das vorgestellt hat.«

»Sie machen das hier jetzt jeden Tag?«, erkundigte sich Kostas.

Aris nickte. »Wir streifen hier tagsüber herum und versuchen, die Leimfallen abzubauen, bevor sich Vögel draufsetzen. Aber meist kommen wir zu spät und können nur noch versuchen, die Tiere abzulösen und die Ruten zu zerbrechen, damit sie kein weiteres Unheil anrichten. Keine Ruten, keine Beute – so wollen wir die Fänger abschrecken. Aber die eigentlichen großen Fische kann man nachts fangen – wenn sie mit den Netzen kommen. Nur ist es dann eben auch viel gefährlicher.«

»Für Sie?«

Aris nickte. »Die Fänger schrecken nicht vor Gewalt zurück.«

»So wie in jener Nacht, als Ihr Freund umkam?«

Aris, Annika und die anderen Tierschützer hatten die Veränderung in Kostas' Tonlage gespürt, sie alle blickten nun von ihrer jeweiligen Tätigkeit auf.

»Ehrlich, wir wissen nicht, was da passiert ist.«

»Erzählen Sie uns von jener Nacht.«

»Irgendwie war ich unruhig, den ganzen Tag schon. Irgendwas stimmte nicht. Wir sind dann aber trotzdem los – und es war wie immer in der Nacht.«

»Was heißt das?«

»Wir sind dann extrem vorsichtig und teilen uns in Gruppen aus, klein genug, um nicht aufzufallen, aber groß genug, um uns im Notfall wehren zu können. Die Fänger sind bewaffnet.«

Sofia sah auf. »Mit Schusswaffen?«

»Klar. Das sind immer auch Jäger, manchmal fangen sie im Frühling Vögel und wildern im Sommer. Das sind harte Typen.«

»Wer war mit Karl Schiller in der Gruppe?«

»Wir waren zu sechst.«

»Wo war das?«

»Ungefähr hier, vielleicht fünfhundert Meter näher am Meer.«

»Okay.« Kostas sah Sofia an. »Der Tatort ist etwa zwei Kilometer westlich von hier.«

»Wir haben Netze abgebaut, wir haben sogar eine dieser Anlagen gefunden, die Lockgeräusche machen.«

»Um die Vögel anzulocken?«

»Genau.«

»Wie geht das?«

»Sie müssen uns mal nachts begleiten. Dann sehen und hören Sie es. Es ist teuflisch.«

»Machen wir«, sagte Sofia, bevor Kostas etwas erwidern konnte. Sie verspürte eine riesige Wut auf diese Vogelfänger – und wünschte sich in diesem Augenblick nichts sehnlicher, als einem jeden von ihnen Handschellen anzulegen.

»Irgendwie herrschte in dieser Nacht Hochbetrieb. In einem Moment standen wir auf dem Feld und sahen ein Auto von links kommen, einen Jeep. Und an einem anderen Baum hatte Karl auch zwei Fänger ausgemacht. Also haben wir uns aufgeteilt.«

»Wer ist mit Karl gegangen?«

Aris legte den Kopf schief. Die Frage schien ihm unangenehm.

»Wer war bei Karl Schiller?«

»Er wollte es alleine machen. Er wusste, dass ich nichts von Gewalt halte. Ich will diese Schweine der Polizei übergeben – und so viele Netze und Leimruten abbauen wie möglich. Aber ich will mich nicht prügeln. Er hat das gewusst. Aber er war auch ein harter Kerl – ich glaube, er hatte eine bewegte Vergangenheit. Und er hatte keine Angst. Deshalb sagte er, er würde denen eine Abreibung verpassen.«

»Und Sie?«

»Wir sind alle den Fängern hinterher, die neu angekommen waren.«

»Was ist dann passiert?«

»Ich dachte, Karl würde denen nur die Reifen zerstechen oder so.«

»Aber dabei blieb es nicht.«

»Als er zu uns zurückkam, hatte er Blut im Gesicht.«

»Ich war total erschrocken«, sagte Annika.

»Aber er hat nur gelacht und gesagt, die beiden Fänger sähen viel schlimmer aus. Die würden sich hier erst mal nicht mehr rumtreiben.«

»Haben Sie die Fänger erkannt?«

»Nein, leider nicht. Ich glaube aber, dass Karl sie kannte. Er murmelte immer wieder einen Namen.«

»Welchen Namen?«

»Lefteris. Das hat er mehrfach wiederholt. ›Dieser Lefteris. Kann's einfach nicht lassen.‹ Ich habe ihn gefragt, wer Lefteris ist. Aber er hat nur gelacht. Dann sind wir zurück und haben die Netze abgebaut, die die Fänger dagelassen hatten. Sie waren einfach verschwunden.«

»Und sie kamen nicht zurück?«

»Keine Ahnung …« Die Antwort hing in der Luft. »Es war viel zu viel los. Es kamen auch schon wieder neue Fänger an. Als sie unser Auto entdeckten, haben wir uns aufgeteilt. Wir konnten nicht zu dem Wagen zurück.«

»Und was dann?«

»Wir haben unsere privaten Mietwagen immer ein Stück von den Fanggebieten entfernt geparkt. Damit wir im Notfall von hier wegkommen, wenn wir gejagt werden.« Annika klang ernst. Sie war wirklich nicht das süße Mädchen, für das Sofia sie anfangs gehalten hatte. Eine gute Erinnerung – auch sie selbst war ja ständig falsch eingeschätzt worden.

»Und an dem Abend war das so?«

»Ja. Sie waren echt überall. Und wir müssen dann abwägen. Sind wir alleine gefährdet, wenn sie uns kriegen – oder können wir uns dann besser verstecken?«

»An dem Abend sind Sie einzeln los?«

»Ja.«

»Und Sie wissen nicht, ob die Fänger, denen Karl Schiller – nun ja – eine Abreibung verpasst hat, zurückkamen?«

»Nein.« Annika, Aris und die anderen schüttelten die Köpfe.

»Haben Sie Karl Schiller später noch mal gesehen?«

»Nein.« Aris wies zum dunkelblauen Himmel. »Es ist hier nachts vollständig dunkel. Und in der Nacht hat nicht mal der Mond geschienen. Wenn es so dunkel ist, kämpft wirklich jeder für sich.«

»Haben Sie sich hinterher alle wieder im Camp auf Akamas getroffen?«

»Ja. Aber zusammengekommen sind wir erst nach dem Aufwachen spät am nächsten Vormittag.«

»In Ordnung«, sagte Kostas. »Ich werde dies als Aussage aufnehmen, gleichzeitig aber dafür sorgen, dass Sie erst mal anonym bleiben können.«

»Werden Sie ohne Karl Schiller weitermachen mit der Vogelrettung?«, fragte Sofia.

»Wir bleiben noch zwei Wochen«, erwiderte Annika. »So lange machen wir weiter. Klar.«

»Gut. Dann sollten wir einmal zusammen rausgehen – in der Nacht, meine ich.«

Aris kniff die Augen zusammen. »Sie glauben, die Vogelfänger haben Karl ermordet? Aus Rache?«

»Es ist die wahrscheinlichste Theorie«, erwiderte Kostas.

»Ah«, sagte Sofia, »eine Frage noch: Hatte Karl Schiller eine Waffe?«

Aris zögerte, und es war Annika, die nickte. »Ja. Eine alte Pistole. Er hat sie uns einmal gezeigt. Und gesagt, dass er im Notfall für uns da wäre. Er war …«

Sie machte eine Pause, und Sofia fürchtete, sie würde nicht weitersprechen. Sie nickte ihr freundlich zu.

»Er war ein merkwürdiger Mann. Ich … ich hätte ihn nicht gemocht, wenn ich ihn so kennengelernt hätte. Er hat … er hat uns Mädchen immer so komisch angesehen. Und ab und zu auch einen sexistischen Spruch rausgehauen. Dass er uns früher, als er jünger gewesen war, auch gerne vernascht hätte, und so, und dass er auf jeden Fall auf uns aufpassen würde, wir wären ja seine Schätze. Es war übel – aber er war eben aus einer anderen Generation. Und die Arbeit, die er machte, na ja, die stand für sich. Das hier …«, sie wies in die Bäume und auf die Rettungsbox, »das ist wirklich wichtig.«

Sofia betrachtete die vielen Vögel, die mittlerweile in der Box waren und zu schlafen schienen. Sie bewegten sich kaum, sie schienen gänzlich erschöpft zu sein.

»Gut. Bringen Sie die Kleinen in Sicherheit«, sagte sie sanft. »Wir bleiben in Kontakt. Und werden in einer der nächsten Nächte mit Ihnen auf die Jagd gehen. Bis dahin – passen Sie auf sich auf.«

»Danke«, sagte Annika, und auch Aris murmelte: *»Efcharistó.«*

Sie hörten die Sirene erst, als es schon fast zu spät war, dann sahen sie die Staubwolke, die sich näherte, und das einsame Blaulicht auf dem Dach.

»Scheiße«, murmelte Sofia

»Wer ist das? Ihre Kollegen?« Sofort war Aris wieder in Habachtstellung.

»Die haben wir ganz sicher nicht bestellt«, erwiderte Kostas. »Aber sie kleben an uns, als wären sie verliebt. Los«, er sah die jungen Leute an, »hauen Sie ab von hier. Die Kollegen sind wegen uns da, nicht wegen Ihnen.«

Sofort waren Aris und die Vogelschützer auf den Beinen und entfernten sich rasch in Richtung des nächsten Olivenhaines. Eine Minute später hielt der zivile Polizeiwagen genau vor Sofia und Kostas. Und es war tatsächlich Toby Dukas, der mit finsterer Miene auf der Beifahrerseite ausstieg. Und als die Fahrertür aufging, lächelte Sofia.

»Christina«, murmelte sie.

»Ganz recht«, erwiderte die Chief Inspector.

»Was macht ihr hier?«, fragte Toby Dukas. »Das ist weder euer Ermittlungsgebiet noch eure Zuständigkeit. Und es ist vor allem nicht mehr euer Fall.«

»Hach, wir sind einfach hier entlanggekommen und wollten ...«, Sofia grinste, »wollten ein bisschen laufen. Wir haben so viel Freizeit, seitdem du immerzu unsere Fälle übernimmst.«

»Sehr witzig, Sofia. Ihr wisst, dass die Anweisung von ganz oben kam. Das ist unser Fall. Ihr müsst euch da raushalten.«

»Okay, Chef«, erwiderte Sofia. Kostas und die Charalambous schienen von dem Austausch belustigt zu sein.

»Wen habt ihr hier getroffen?«

»Niemanden.«

»Wir haben euch durchs Fernglas mit jungen Leuten gesehen.«

»Ach, das – das waren Wanderer, die nach dem Weg gefragt haben.«

»Ihr seid doch hier wegen der Vogelfänger.«

»Hmm?« Sofia zuckte die Schultern.

»Hört mal, wir wissen, dass ihr bei der Britin wart. Aber noch mal: Das ist nicht mehr euer Fall. Und das weiß auch die britische Polizei. Wenn ihr so weitermacht, dann werdet nicht nur ihr Probleme kriegen, sondern auch die Superintendent.«

Nun war es Kostas, der einen Schritt auf Toby zu machte.

»Pass mal auf, du kleiner Scheißer. Du kannst dich mit uns anlegen – aber du lässt andere Leute raus aus deiner miesen Egonummer, verstanden?«

Er tippte ihm auf die Brust.

»Fassen Sie mich nicht an, DCI«, rief Toby und schien für einen Moment verunsichert. »Sie sagen mir jetzt, wen Sie hier getroffen haben.«

»Wir sagten doch …«

Es war Christina, die sich räusperte und mit ruhiger Stimme sagte: »Vielleicht wäre es besser, wenn ihr wirklich mitkommt. Dann könnt ihr uns ganz in Ruhe erzählen, was ihr wisst.«

»Wir wissen gar …«, begann Sofia, aber dann sah sie, wie Christina ihr zuzwinkerte. Deshalb unterbrach sie sich und lenkte ein: »Ach, ich wollte eh mal wieder nach Limassol. Los, Kostas, fahren wir.«

»Was? Aber wir haben doch gar nicht …«

»Fahren wir.«

# Dekapénte – 15

»So, dann packt mal aus, was habt ihr rausgekriegt über diesen Karl Schiller?« Toby ging im engen Büro des Polizeipräsidiums auf und ab wie ein Tiger im Käfig.

»Du kommst dir tatsächlich vor wie James Bond, was?«, fragte Sofia und fing sich einen ärgerlichen Blick des Kollegen ein.

»Sagt mir jetzt, was ihr habt. Es ist unser Fall – und wenn ihr Informationen zurückhaltet, dann lasse ich die Innenrevision ran, wegen Strafvereitelung im Amt.«

»Toby, atme mal durch, sonst platzt du. Wir haben nichts. Wir wurden ja so früh von dem Fall abgezogen …«

»Ihr wart aber in diesem Kype… Kype…«, Toby hatte sich verhakt.

»Kyperounda«, half Christina und schüttelte unmerklich den Kopf.

»Genau. Was habt ihr in dem Kaff rausgekriegt?«

»Toby, niemand hat mit uns gesprochen.«

»Das glaub ich dir nicht.«

»Weil ich so gut aussehe, oder was? Ehrlich …«, Sofia sah Christina hilfesuchend an. »Niemand hat uns etwas gesagt. Aber was habt ihr denn rausgekriegt über den Mann? Er war doch kein unbeschriebenes Blatt.«

»Das geht euch nichts mehr an. Was wolltet ihr in der SBA? Wer waren die jungen Leute?«

»Wanderer, hab ich doch gesagt.«

»Die Superintendent hat so rumgedruckst – Sofia, ehrlich: Mach mich nicht sauer. Was wolltet ihr da?«

Sofia sah Kostas an, und der nickte. Also begann sie:

»Karl Schiller hat in jener Nacht mit den jungen Tierschützern gearbeitet, um Vogelfänger zu überführen.«

»Wusste ich's doch«, rief Toby Dukas triumphierend und sah seine Chefin beifallheischend an. »Ihr hattet also eine Spur. Und was sagen diese Tierschützer? Was ist in jener Nacht passiert?«

»Die haben nicht mit uns darüber reden wollen.«

»Gar nicht?«

»Die hassen die Polizei. Frag sie doch selber.«

»Der Innenminister«, Toby ließ das Wort lang werden, als würde jede gesprochene Sekunde seiner Persönlichkeit mehr Bedeutung verleihen, »möchte nicht, dass wir weiter im Umfeld der Vogelfänger ermitteln. Es ist sein persönlicher Befehl – an den wir uns hier halten werden.«

»Aber das ist … hast du mal gesehen, wie das da draußen zugeht? Und unsere Kollegen aus Larnaca machen gar nichts.«

»Dabei wird es in diesem Fall bleiben. Ich werde nun gehen, ich bin mit dem Polizeipräsidenten zum Mittagessen verabredet. Und ihr … seid raus aus dem Fall. Ein für alle Mal, ist das klar?«

»Jawohl. Und pass auf, dass der Polizeipräsident beim Aufstehen vom Tisch nicht auf deiner Schleimspur ausrutscht.«

»Sofia …« Toby wollte etwas erwidern, aber dann ließ er es doch bleiben, stand auf und verschwand.

Auch Kostas stand auf. »So dann sind wir hier fertig.«

»Bis später, DCI Karamanlis«, sagte Christina leise, »ich hab das Gefühl, wir sehen uns in diesem Fall noch mal wieder.«

»Wir sind doch raus«, erwiderte Kostas grinsend, tippte sich an die Stirn und empfahl sich fürs Erste.

»Sofia? Warte mal noch kurz.«

Als sie allein waren, sagte Christina: »Ich glaube, dass ihr näher dran seid als wir. Aber ich kann dir nichts über den Fall sagen. Also frag bitte nicht.«

»Warum wolltest du dann, dass ich bleibe?«

Christina Charalambous stand auf.

»Ich gehe jetzt mal raus. Ich habe viel zu viel Wasser getrunken. Und das hier lasse ich zufällig obenauf liegen. In fünf Minuten bin ich zurück. Bis gleich.«

Christina zwinkerte Sofia zu, dann verließ sie das Büro. Die Polizistin ging zu der Akte auf dem Schreibtisch und öffnete sie, dann nahm sie ihr Handy und fotografierte jede der engbedruckten acht Seiten. Es dauerte nicht mal zwei Minuten.

Als Christina wieder hereinkam, hatte alles wieder seine Ordnung. Toby kam hinter ihr her.

»Du bist ja immer noch da, Sofia.«

»Und du? Wolltest doch essen.«

»Portemonnaie vergessen.«

»Oh. Lädt dich der Präsident nicht ein?«

»Warum bist du noch hier?«

»Ist so schön hier. Außerdem bin ich doch so gern in deiner Nähe.«

»Und tschüss, Sofia. Wir müssen jetzt ermitteln. In dem Fall, den du fast versaut hast.«

»Ich glaube, du bist da einer großen Sache auf der Spur.«

Toby funkelte sie finster an, doch die DCI unterbrach die beiden:

»Eigentlich sagt man ja, was sich liebt, das neckt sich – aber das ist in euerm Fall dann wohl doch etwas zu weit hergeholt. Also, Schluss jetzt mit dem Kindergarten. Raus mit dir, Sofia.« Dann zwinkerte die Charalambous ihr noch einmal verschwörerisch zu, und Sofia antwortete mit einem freundlichen Nicken, während sie Toby keines Blickes würdigte.

# Dekaéxi – 16

»So. Seid ihr bereit? Und habt ihr Hunger mitgebracht?«

Sofia sah ihren Ehemann und seinen Großvater mit einem Grinsen an. Kostas befestigte gerade das Abhörgerät im Hemd von Opa Giorgios. »Aber bei Christos mach ich das selbst, okay?«

»Ich glaube, eines reicht«, erwiderte Kostas. »Das ist doch hier nicht Watergate.«

»Nee, sondern Vogelgate«, sagte Sofia schulterzuckend. »Na, schade. Aber ich zieh dich auf jeden Fall nachher aus.«

»Sofia!«, flüsterte Christos leise und wurde leicht rot um die Wangenpartie.

»Na, hör mal«, sagte Großvater Giorgios. »Ich war auch mal jung, ist auch erst fünfzig Jahre her.«

Sie mussten alle lachen, dann machte Sofia ein ernstes Gesicht. »Also, wir haben da heute eine echte Schweinerei zu sehen gekriegt. Ich will es mir wirklich zu meiner Aufgabe machen, diese Bastarde zu kriegen. Und zu erreichen, dass sich die Vogelfänger nicht mehr sicher fühlen. Nie wieder. Kostas und ich glauben, dass die Wirte da mindestens mit drinstecken. Was wollen wir also heute Abend erreichen? Wir müssen beweisen, dass sie in Kyperounda *Ambelopoulia* servieren – und idealerweise finden wir auch noch raus, woher sie ihre Vögel beziehen. Ihr solltet die Wirte also in ein Gespräch verwickeln. Wir werden nicht eingreifen, bevor ihr nicht beide Informationen habt. Aber wenn es so weit ist, dann beenden wir die Veranstaltung – und alle kriegen ein saftiges Bußgeld. Alles klar?«

»Alles klar«, erwiderte Großvater Giorgios.

»Puuh«, sagte Christos, »du bist ja eine richtig kaltblütige Polizistin.«

»Überrascht dich das etwa?«

»Ich denke, es ist angeraten, jetzt *nein* zu sagen, mein lieber Enkel«, sagte Großvater Giorgios, und Sofia musste mal wieder darüber staunen, wie verschmitzt dieser knapp Hundertjährige doch war.

»Wir bleiben hier im Wagen und greifen ein, wenn ihr alles habt. Alles toi, toi, toi.«

»Und *kali orexí*«, wünschte Kostas ihnen guten Appetit.

»Sehr witzig«, murmelte Christos, dann setzten sich Enkel und Großvater in Bewegung, und Sofia sah ihnen nach, bis sie hinter der nächsten Hausecke verschwanden.

»Mit dem hast du echt einen guten Fang gemacht«, sagte Kostas.

»Mit Christos?« Sofia sah verzückt drein. »Ja, er ist wirklich …«

»Nein, ich meinte Opa Giorgios. Den als Verwandten zu haben – da kann einem nichts mehr passieren. Gar nichts mehr. Er ist unsterblich.«

Sofia knuffte Kostas in die Seite. »Nun schalt mal das Gerät an und lass uns sehen, ob wir … was hören.« Sie grinste, während der Chief Inspector das alte Abhörgerät einschaltete, das sie im Polizeicontainer gelagert hatten – es wirkte, als sei es schon in der Zeit des zyprischen Krieges in Dienst gewesen. Doch das Rauschen war minimal, die Stimmen von Christos und Großvater Giorgios waren bestens zu hören. Sie unterhielten sich ausgezeichnet und wirkten dabei wie zwei eng verbundene Männer, die sich sehr auf ihr Dinner freuten. Sofia wurde ganz warm ums Herz, als sie die tiefe, angenehme Stimme ihres Mannes hörte.

»Du zuerst, Großvater«, sagte er, dann knarzte eine Tür. Sofort schlug Sofia und Kostas großer Lärm entgegen, die Polizistin kniff die Augen zusammen. Der Geräuschpegel in dem Lokal schien immens zu sein. Mehrere Männerstimmen waren zu hören – und Schritte auf dem Fliesenboden, klirrende Gläser, es musste sehr voll sein in der Taverne. Ihr Herz schlug schneller, vielleicht hatten sie tatsächlich Glück. Dann war da eine Frauenstimme, die lauter wurde, wahrscheinlich näherte sie sich den Neuankömmlingen.

»*Kalispera*, die Herren.«

Sofia nickte Kostas zu. Die Wirtin.

»*Kalispera*«, war Großvater Giorgios zu vernehmen.

»Haben Sie reserviert?«

»Nein. Wir sind Wirte aus Kato Koutrafas – und wir hatten gehofft, dass …«

»Aus Kato Koutrafas.« Sie zögerte, und Sofia vermochte nicht einzuschätzen, ob sie es freundlich oder misstrauisch gesagt hatte. Doch dann klapperte es, sie schien Teller in die Hand zu nehmen. »Wie schön, Kollegenbesuch. Haben Sie wohl mal Sehnsucht nach etwas Anständigem, hm? Wir haben noch einen freien Tisch, kommen Sie, dort hinten.«

Sofia riss die Augen auf und jubelte im Stillen, dann klatschte sie mit Kostas ab. Sie waren drin. Am Blick des Chief Inspectors sah sie, dass auch er vor Anspannung zerfloss.

Die beiden Männer gingen durch die Taverne, eine Männerstimme im Hintergrund kam Sofia merkwürdig bekannt vor. Sie runzelte die Stirn. Das konnte nicht sein, es war nicht möglich.

»Hier, ein schöner Tisch am Fenster. Wir haben heute nur ein Menü – Sie wissen ja, warum Sie hier sind, oder?«

»Genau. Wir freuen uns sehr darauf. Ich habe meinem Enkel schon so viel davon erzählt – aber man kriegt das Gericht ja heutzutage einfach nicht mehr ordentlich serviert. Von Ihnen allerdings hört man nur Gutes.«

»Zu Recht«, erwiderte die Wirtin mit hörbarem Stolz. »Lehnen Sie sich zurück. Ich bringe gleich Wein und Salat.« Sie stockte. »Sie können ruhig trinken. Die Polizei wird heute ein Auge zudrücken, Sie sehen es ja.«

Sofia blickte Kostas fragend an, doch der schüttelte den Kopf. Keine Ahnung, was die Wirtin da andeutete.

»Komm, nimm *den* Platz«, sagte Christos, und sie hörten, wie Stühle gerückt wurden.

»Salat und Wein für unsere Gäste von der Grenze. Die anderen sind schon weiter – gleich kommt das Hauptmahl.«

Teller wurden geschoben und Besteck klirrte. Dann hörten Sofia und Kostas dabei zu, wie am Tisch angestoßen wurde. Gleich darauf erklang das typische Geräusch, das auch immer an der Meze-Tafel vorm Kafenion ertönte: kauende Stille. Sie aßen. Nach ein paar Minuten war es Christos, der die Ruhe störte.

»Sag mal, Giorgios, ich dachte erst, ich seh nicht recht. Ich dachte, ich verwechsele ihn. Aber das ist er, oder?«

Sofia richtete sich auf, ihr ganzer Körper war in Alarmstimmung.

»Du meinst den da? Ja, das ist er.«

»Sag das ins Funkgerät«, flüsterte Christos. »Aber leise.«

Dann hörten sie, wie Großvater Giorgios an seinem Kragen nestelte.

»Kostas, Sofia, hört ihr mich?«

»Opa, sie können nur zuhören«, flüsterte Christos, »du musst sprechen.«

Sofia kniff die Augen zusammen. Was war da los? Wer war zu Gast?

»Hier ist euer Boss und wartet auf sein Essen.«

»Unser Boss?« Sofia fuhr auf. Dann sprach Giorgios weiter.

»Petros Matriopoulos sitzt mit Bodyguards und seiner Frau am Tisch. Sie haben offensichtlich schon ordentlich Wein intus und sind bester Laune.«

Sofia und Kostas rissen die Köpfe hoch und begannen laut zu lachen. Der Innenminister. In einer Taverne im Nirgendwo. Wie wahrscheinlich war das? So wahrscheinlich wie die Möglichkeit, dass Sofia doch noch mal Carl heiraten würde.

»Na, auch ein Politiker hat doch das Recht auf ein traditionelles Mahl, oder?« Die Wirtin war an den Tisch getreten. Irgendwas lag da in ihrer Stimme. War es nun doch Misstrauen?

»Hier habe ich Brot für Sie. Und gleich geht's weiter. Wir servieren unsere *Ambelopoulia* gegrillt. Das dauert etwas länger. Aber mein Mann ist gleich so weit.«

»Wir freuen uns schon seit Wochen darauf«, sagte Giorgios. »Opa hat mir so viel davon erzählt. Er war mal hier, vor vielen Jahren, wenn nicht Jahrzehnten. Haben Sie die Vögel da noch selbst gefangen?«

»Na, aber wer wird denn von solchen verbotenen Praktiken sprechen?«, fragte die Wirtin und klang wieder freundlich. »Wir dürfen das doch nicht mehr.« Sie senkte die Stimme: »Unter Wirten kann ich Ihnen aber doch sagen: Was wir hier kaufen, das ist auch von uns. Mein Mann hat jedenfalls ein paar Nächte sehr harter Arbeit hinter sich.«

Sofia hob ihre Hand, und Kostas klatschte sie wieder ab. Beide grinsten.

»Dein Mann sollte bei uns als verdeckter Ermittler arbeiten. Meine Güte, genialer Schachzug, Chapeau.«

»Er ist ja auch durch meine Schule gegangen.«

»Welche Schule? Ich dachte, du warst nur auf der Schminkschule.«

»Du böser Kerl.«

»Sag mal, was haben eigentlich die Papiere ergeben, die du in Christinas Büro fotografiert hast?«

»Es ging um die Tatwaffe: Es war der alte Revolver, der Karl Schiller gehörte.«

»Er wurde mit seiner eigenen Waffe erschossen?«

Sofia nickte. »Sie stammt aus der ehemaligen DDR. Er hatte eine Besitzkarte dafür und wohl auch einen deutschen Waffenschein, der aber schon mehrere Jahrzehnte alt ist. Aber du kennst ja unsere Behörden – die verlangen da nichts neues. Gerade, weil er ja nie mit der Waffe auffällig geworden ist.«

»Hm, bringt uns das weiter?«

»Nein. Das nicht. Aber es gab zwei Straftaten, in die Karl Schiller involviert war. Einmal eine Körperverletzung mit … nun ja … offensichtlich wütenden Wilderern, da gab es eine handfeste Prügelei. Das war vor knapp einem Jahr. Und dann noch ein sehr alter Akteneintrag, eine Körperverletzung an Karl Schiller in Kyperounda. Er hatte Anzeige erstattet, aber es gab keine Festnahmen, weil niemand im Dorf irgendjemanden belastet hat.«

»Merkwürdig. Wann war das?«

»Ist schon achtundzwanzig Jahre her. Oder neunundzwanzig. Merkwürdig ist auch, dass es überhaupt noch in den Akten war.«

»Stand da irgendwas zum Hintergrund?«

»Da niemand ausgesagt hat: leider nein.«

Kostas schüttelte den Kopf: »In Kyperounda ist es wirklich wie in einem sizilianischen Cosa-Nostra-Dorf, Schweigepflicht inklusive. Aber nun«, er wies auf den Lautsprecher, aus dem der Geräuschteppich des Kafenions, von Plaudern und Gläserklirren, zu ihnen drang, »greifen wir sie uns.«

»Nein. Sie müssen es erst servieren. Sonst haben wir nichts. Und stell dir vor, der Innenminister mit einer Amsel im Mund …«

»Du hast recht«, sagte Kostas. »Aber wir können zumindest schon mal um die Ecke gehen.«

Er prüfte seine Waffe im Holster, dann stiegen sie aus und gingen auf die Taverne zu, das Abhörgerät nahmen sie mit. Sein knarzender Ton lärmte über die Dorfstraße. Doch im Restaurant schien Ruhe eingekehrt zu sein. Nur aus der Ferne war Tellerlärmen zu hören. Wahrscheinlich die Küche. Sofia und Kostas setzten sich auf die Treppenstufe eines Hauses und lauschten. Nach Minuten ertönte die Stimme der Wirtin.

»Nun, darauf haben wir alle gewartet: *Ambelopoulia* nach Art des Troodos. Wir servieren Ihnen direkt an die Tische – und es gibt besonders viele Vögel pro Portion – schließlich wollen wir ein Mahl, das alle zufrieden macht. Auf Zypern, auf die Tradition!«

Wieder erklangen Schritte, und Teller wurden platziert. Die beiden standen auf.

»Besser wird's nicht mehr, oder?« Sofia sah ihn an.

»Los geht's.« Kostas wies zur Taverne.

Sie gingen die paar Schritte bis zum Eingang, dann riss Kostas die Tür auf, und sie traten ein. Es war, als habe jemand einen Schuss abgegeben. Alle ließen die Bestecke sinken, eine Frau ließ sogar ihr Messer auf den Boden fallen. Es war eine gespenstische Stille. Sie standen mitten im Raum, die Wirtin hatte noch eine Servierplatte in der Hand und starrte die beiden Polizisten an. Der Raum wirkte schöner als an dem Tag, an dem sie hier gewesen waren: Kerzen erhellten die Szenerie, die hölzernen Tische waren festlich gedeckt. Und auf allen stand zwischen Salatschüsseln, Flaschen, Tellern und Gläsern die Hauptattraktion: eine große Servierplatte mit kleinen Vögeln, vollkommen verdreht und kross gegrillt – aber sogar die Köpfe waren noch zu erkennen. Sofia konnte kaum hinsehen. Sie tauschte einen Blick mit Christos, der auch angewidert aussah.

Der Chief Inspector stellte sich an den Tresen und sagte laut und deutlich:

»Polizei der Republik Zypern – Sie bleiben alle an den Tischen sitzen. Sie sind allesamt angeklagt wegen des Verstoßes gegen Tierschutzgesetze – wir werden Ihre Personalien aufnehmen und Sie verhören. Und Sie«, er blickte die Wirtin an, »holen Sie Ihren grillenden Mann nach vorne. Sie sind verhaftet wegen des Verstoßes gegen das Verbot, Vögel zu fangen und gewerblich anzubieten. Zudem müssen wir Ihr Restaurant bis auf weiteres schließen.«

»Sie spinnen doch total, Sie … Sie sind …«

»Ähem«, von einem der Tische in der Mitte vernahmen sie ein Räuspern. »Ich denke, Sie müssen sich bei der Dame entschuldigen.« Dann stand der gebückte Mann auf und hieb auf den Tisch. »Das ist doch unglaublich. Wieder Sie, DCI Karamanlis – und Ihre übereifrige Kollegin. Hören Sie, das hier ist eine private Veranstaltung – und was hier serviert wird, ist eine völlig private und diskrete …«

Kostas blieb genau da stehen, wo er stand, und sagte mit einem Lächeln: »Lieber Herr Minister – das hier ist ein Restaurant. Und da wir V-Leute in diesem Restaurant haben, wissen wir, dass es um ein gewerbliches Abendessen ging. Und deshalb handeln wir nach dem, was die Verfassung unserer Republik vorschreibt. Gegen die auch Sie heute verstoßen haben. Sofia …«

Die junge Polizistin verstand seine Geste. Sie holte ihr Handy raus, und noch bevor der Minister verstand, was geschah, und sich die Hände vors Gesicht reißen konnte, hatte sie ein Foto geschossen.

»Hören Sie, löschen Sie das augenblicklich, Sergeant«, fuhr er auf.

»Schauen Sie mal, Herr Minister«, sagte sie und wies auf das Display, »ein gutaussehender Mann mit Macht und eine

Servierplatte voller Vögel – das habe ich doch gut getroffen, oder?«

»Sie spielen mit Ihrer Zukunft, Sie beide.« Der Minister hatte den letzten Satz förmlich geschrien.

»Schauen wir mal, wie es um Ihre Zukunft bestellt ist, Herr Minister. Also – Sie …«, Kostas wies auf die Wirtin, »räumen alle Platten ab und bringen sie auf den Tresen. Dann zählen wir die Beute. Und danach kommt jeder Gast einzeln zu uns, und wir werden seine Personalien aufnehmen. Jeder. Verstanden?« Wieder ein Blick zum Minister.

»Ich genieße Immunität«, murrte der, doch seine Frau flüsterte ihm etwas zu. Augenblicklich wurde sein Blick sanfter. »In Ordnung. Aber es sollte schnell gehen.«

Die Wirtin ging auf die Tische zu, um die Platten einzusammeln, von allen Seiten wurde gemurrt und gezetert. Kostas trat an einen Tisch und nahm die kleine Tafel, die darauf stand.

»*Ambelopoulia* inklusive Bauernsalat: 120 Euro«, las er vor. »Kein übler Preis. Für so eine Kaschemme.«

»Deshalb gehen die wahrscheinlich dieses Risiko ein«, erwiderte Sofia.

»Oder sie lieben einfach die Tradition.« Kostas zog die Worte in die Länge, um seinen Spott zu unterstreichen.

Sie drehten sich um, als ein kleiner Mann aus der Küche trat.

»Was ihr hier macht, ist eine Schande«, zischte er.

»Oh, Sie sind dann wohl der sagenumwobene Chef hier«, erwiderte Kostas, ohne auf die Beschimpfung einzugehen. »Sehr angenehm.« Er stockte. »Was ist das da an Ihrem Kopf?«

Der Mann sah ihn schief an. »Kleiner Unfall am Herd.«

»Sieht nicht wirklich nach einer Dunstabzugshaube aus«, sagte Sofia. »Eher nach einer handfesten Prügelei.«

»Ich sagte doch … ein Unfall am …«

»Können Sie uns gleich alles erzählen. Sie sind verhaftet.«

»Warum?«, fuhr der Mann auf. »Weil ich ein paar Vögel gebraten habe?«

»Weil Sie verdächtig sind, Vögel zu fangen – und vielleicht noch etwas ganz anderes getan zu haben. Sie bleiben jetzt da stehen, bis wir hier fertig sind. Ansonsten lege ich Ihnen Handschellen an, verstanden?«

Der Mann kniff die Lippen zusammen, aber sein Blick funkelte boshaft.

Als die Wirtin die Platten mit den Vögeln auf dem Tresen platzierte, sah Sofia genauer hin.

Da waren wirklich noch die Schnäbel dran, und die Knochen schimmerten durch. Sie konnte die armen festgeklebten Vögel nicht vergessen, die gegen den Leim ankämpften. Sie sahen genauso aus wie diese hier. Und es gab Menschen, die das tatsächlich essen wollten. Es war unglaublich. Ekelerregend.

Allein beim Anblick dieser Kreaturen hätte sie nicht mal einen Bissen des Salates heruntergebracht, geschweige denn etwas von dem Fleisch. Sie begann, die Platten zu fotografieren, um genügend Beweise für die Vergehen zu haben, die hier stattgefunden hatten. Währenddessen nahm Kostas die Personalien der Leute im Saal auf.

Auch Opa Giorgios und Christos kamen zu ihnen. Als die beiden Männer, alt und jung, vor Sofia standen, sagte Christos leise: »Ihr wart keinen Moment zu früh, Großvater wollte sich gerade über ein Vögelchen hermachen.«

Der so Angesprochene grinste: »Ihr jungen Leute seid solche Weicheier. Früher haben wir das alle gegessen – ganz einfach weil wir nichts anderes hatten. Ich kann nichts dabei finden. Aber ich finde es trotzdem gut, dass ihr diese Kaschemme hier habt hochgehen lassen. Mehr Umsatz für unser Kafenion.«

Und trotz allem konnte Sofia nicht anders: Sie musste lachen. Man konnte über Großvater Giorgios sagen, was man wollte, oft genug war er ein komischer Kauz. Aber er war so rüstig wie geschäftstüchtig, das musste man ihm lassen.

Aus dem Augenwinkel sah sie, wie der Minister seinem Bodyguard etwas zuflüsterte.

»Bitte keine Absprachen, ja?«

Kostas hatte es wohl auch gesehen, seine Anweisung war unmissverständlich. Doch der Minister legte den Kopf schief und grinste. »Ich weiß nicht, in welchem Fall Sie hier ermitteln. Ich würde dann jetzt mal das Team aus Limassol hinzuziehen – was denken Sie?«

»Tun Sie, was Sie nicht lassen können«, erwiderte Kostas. »Aber Toby Dukas, Ihr Schoßhündchen, wird Ihnen hier auch nicht helfen.«

»Wir werden sehen«, erwiderte der Minister und klang fast amüsiert. Kostas ignorierte ihn und wandte sich stattdessen an den Wirt: »So, Sie kommen mit uns – und dann reden wir mal ganz in Ruhe – ich bin nämlich sehr gespannt auf Ihre Geschichte.«

# Dekaeptá – 17

»Also, Lefteris«, Kostas lehnte sich auf seinem Stuhl zurück. Sofia war klar, dass diese Verhörszene wohl eher ungewöhnlich war. Aber hey – sie hatten nun mal keinen Raum in der Herberge –, da gab es ja wohl prominentere Beispiele in der Weltgeschichte. »Dann tun wir mal Butter bei die Vögel, um auch sprachlich in deiner Welt zu bleiben.«

»Sie sind wohl ein richtiger Komiker, was?« Lefteris spuckte die Worte nur so hin.

»Du kannst mich auch schlecht gelaunt kriegen – aber dann geht das ganz und gar nicht gut aus für dich«, erwiderte Kostas grimmig.

Der Wirt verschränkte die Arme vor der Brust. »Was willst du denn? Du und dein Polizei-Püppchen. Hä? Meint ihr, ihr kriegt mich dran wegen so ein bisschen *Ambelopoulia*? Ihr habt doch gesehen, wer im Restaurant gegessen hat. Habt ihr etwa Lust, euch mit halb Zypern anzulegen? Und mit euerm direkten Chef? Echt mutig – aber nicht so richtig clever, glaube ich.«

»Sieh mal, Lefteris. Du bist hier. Und ich bin hier. Und meine wunderbare und sehr kluge Kollegin. Ich sehe hier niemanden von deiner einflussreichen Kundschaft – und wenn wir mit dir fertig sind, dann wird's nicht mehr darum gehen, ob du ein paar Vögel auf den Grill wirfst, was widerlich genug ist. Jetzt geht's um Mord.«

Immer noch sah der Wirt Kostas verächtlich an, aber Sofia konnte trotzdem feststellen, dass in ihm eine Veränderung vorgegangen war. Er wirkte ein wenig fahriger und schien um einen halben Kopf kleiner geworden zu sein.

»So, also, fangen wir an. Wir wollen ja nicht die ganze Nacht hier sitzen. Frage Nummer eins: Woher kommt die Wunde an deinem Kopf?«

»Kleiner Unfall im Haushalt.« Lefteris fing sich langsam wieder, so schien es. Als habe er mit mancher Fragen schon gerechnet.

»Na, so ein Zufall. Was ist denn passiert? Hat dir deine Frau eins übergebraten? Sie scheint mir ja bei euch die Hosen anzuhaben.«

»Jetzt pass mal auf«, fuhr der Wirt hoch, »meine Frau lässt du aus dem …«

»Setz dich wieder hin«, sagte Kostas und stand selbst auf. Er überragte den Wirt um einen Kopf und drückte ihn mit seiner Hand zurück auf den Stuhl.

»Gut. Frage Nummer zwei: Woher kriegt ihr die Vögel für euer *Ambelopoulia*?«

»Das ist Tiefkühlware aus dem ALDI.«

»Du machst echt immer noch Scherze?«

Lefteris' Blick glitt von Kostas zu Sofia und wieder zurück.

»Frage Nummer drei: Wie standest du zu Karl Schiller?«

»Ein Deutscher ist eben ein Deutscher. Er wird nie sein wie wir.«

»Was heißt das?«

»Dass er das Dorf gespalten hat.«

»Weil er nicht wollte, dass ihr Vögel ermordet?«

»Er hat sich an nichts beteiligt, er war nie am Start, er hat sich gegen uns gestellt. So was kann in so einer kleinen Gemeinde nicht gut ausgehen. Aber …«

»Aber was?«

»Schien ja schon damals so gewesen zu sein, als er noch in dem Krankenhaus gearbeitet hat. Da hat er nicht mal unter den Deutschen Freunde gehabt. Sag ich ja: Einmal Außenseiter, immer Außenseiter. Deshalb musste er ja auch früher zurück.«

»Ach so? Woher weißt du das?«

»Ich weiß gar nichts Genaues. Aber ich habe auch damals schon in Kyperounda gelebt. Meine Freude hielt sich in Grenzen, als sich der komische Kauz bei uns niedergelassen hat. Und meine Sorge hat sich ja auch bewahrheitet.«

»Frage Nummer vier: Fängst du Vögel?«

»Na, hören Sie mal, Chief Inspector. Das sind freche Mutmaßungen völlig ohne Beweise.«

»Frage Nummer vier: Fängst du Vögel?«

»Ich antworte darauf nicht.«

»Sofia, bestell uns beiden mal was zu trinken. Herr Lefteris hier ist sicher auch durstig. Aber vorher muss er Frage Nummer vier beantworten: Fängst du Vögel?«

»Ich werde euch anzeigen. Euch beide.«

»Ich sag dir mal, wie es war, Lefteris: Du fängst Vögel. Und Karl Schiller wusste das. Und er wollte, dass ihr damit aufhört. Habt ihr aber nicht – wegen der Tradition und so. Aber es gibt auch Traditionen, die sind scheiße. Und es gibt Wirte, die sind scheiße. Du zum Beispiel. Und deshalb hat Karl Schiller euch beim Vogelfang aufgelauert. Ihr habt euch geprügelt. Er hat dir richtig eine verpasst. Und dann ist er abgehauen und du hinterher. Du holst ihn am Strand von Dekelia ein, er holt seine Pistole raus, um sich zu wehren, es kommt zum Kampf und dann fällt ein Schuss. Bums, peng, Schiller fällt um, du kannst dein Glück nicht fassen. Und ab dafür. War es so?« Kostas schrie nun. »War es so?«

Den Wagen sah Kostas nur aus dem Augenwinkel. Aber er war der Erste, der ihn sah.

»Verdammte Scheiße!«, rief er und stand auf, Sofia wusste gar nicht recht, wie ihr geschah. Die Limousine bremste, und heraus stiegen Toby Dukas und ein älterer Mann in einem dunklen Anzug. Von Christina keine Spur. »Sie bleiben hier sitzen«, sagte Sofia drohend zu dem Wirt, dann stand sie auf und folgte Kostas, der es eilig hatte, die beiden Neuankömmlinge zu erreichen. Er rannte fast, seine Fäuste waren geballt.

Noch bevor er vor ihnen stand, hörte Sofia Tobys Stimme: »Ich freu mich schon, wenn du mir wieder eine verpasst, Kostas.« Da bremste der Chief Inspector genau vor ihm ab.

»Na los, komm, dann bist du deinen Job aber endgültig los.« Sie sah, wie Kostas bebte.

»Bleib ruhig«, flüsterte sie. »Ruhig.«

Der Mann im schwarzen Anzug hatte graumeliertes Haar und war insgesamt eine sehr adrette Erscheinung. Er schob sich zwischen die beiden Kontrahenten und sagte: »Ich bin Michalis Hadjipanayiotis, Staatsanwalt von Limassol. Und ich würde Ihnen beiden empfehlen, hier jetzt nicht so eine wahnsinnig große Welle zu machen. Sie wissen ja, wer mich schickt.«

»Etwa unser vogelfressender Innenminister?« Noch war Kostas nicht fertig. Toby antwortete anstelle des Staatsanwalts: »Da habt ihr euch ja richtig reingeritten. Meinst du wirklich, das war ein Sieg für dich? Ein privates Essen des Innenministers? Das wird dir gar nichts bringen, mein Lieber. Aber ihn hast du schön wütend gemacht. Und deshalb darf ich dir jetzt die frohe Kunde überbringen, dass ihr uns euren Mann schön herausrücken sollt. Dem Wirt ist außer Verstoß gegen die Lebensmittelgesetze nichts vorzuwerfen – und was das angeht, hat ihn der Innenminister schon begnadigt.«

Kostas schien wie vom Donner gerührt. »Stimmt das?«, fuhr er den Staatsanwalt an. Der Mann nickte. »Er ist unverzüglich freizulassen.«

»Das geht aber nicht. Er ist mindestens Zeuge in einem Mordfall …«

»Er wird als Zeuge aussagen, mehr nicht«, sagte der Staatsanwalt. »Außerdem ist der Mord in der SBA geschehen – und da sind Sie nicht zuständig, DCI Karamanlis. Das wissen Sie – und ignorieren es – wie Sie auch ignoriert haben, dass Ihnen der Fall entzogen wurde. Und das ist wirklich kein Kavaliersdelikt. Ich warne Sie«, er trat näher an Kostas heran, »noch eine Verwarnung, und Sie sind suspendiert, mit Abzug aller Rentenansprüche. Haben Sie mich verstanden?«

Kostas antwortete nicht, er ließ einige Sekunden verstreichen, dann aber senkte er den Kopf und nickte.

»Haben Sie das verstanden?«

Nun sah Kostas auf und direkt in die Augen des Staatsanwalts: »Ja, das habe ich.« Er wandte sich um. »Lefteris, dein Taxi ist da.«

Sofia und Kostas sahen dabei zu, wie der Wirt in Windeseile zu Toby Dukas ging und sich hinten in die Limousine setzte. Sein Lächeln war triumphierend.

»Danke für die gute Zusammenarbeit«, sagte der Polizist aus Limassol grinsend. »Und es war schön, mal wieder in die Einöde zu fahren – da stellt man dann fest, wie gut man es doch in der echten Welt hat.« Er stieg ein, der Staatsanwalt setzte sich neben ihn, dann fuhr der Wagen an, bremste aber noch einmal ab, genau neben Sofia und Kostas. Der Staatsanwalt ließ seine Scheibe herunterfahren.

»Hab ich ganz vergessen: Der Minister erwartet Sie. Morgen um zehn. In Limassol. Sie wissen, wo seine Wahlkampfzentrale ist? Seien Sie pünktlich.«

»Das wird bestimmt lustig«, hörten sie noch Toby Dukas' Stimme, während der Anzugträger seine Scheibe schon wieder hochfuhr.

»Eines Tages werde ich diesem kleinen Kacker schön die

Fresse polieren. Und dafür verzichte ich dann auch auf hundert Euro Rente.«

»Machen wir halbe-halbe«, erwiderte Sofia.

# Dekaoktó – 18

Sie waren in mieser Stimmung am nächsten Morgen, weil ihnen vollkommen klar war, dass sie schon wieder gegen eine Wand gelaufen waren. Klar, sie hatten die Wirte überführt, Vögel zu servieren, aber das alleine reichte nicht. Und da sie nun tatsächlich den Minister gegen sich hatten, war es schwierig bis unmöglich, in diesem Fall weiterzukommen. Was nur hatten sie sich gedacht? Hatten sie wirklich geglaubt, Lefteris würde kurzerhand einen Mord gestehen und damit Kostas' und Sofias Treiben in den Augen aller Welt rechtfertigen?

Die Fahrt nach Limassol verlief schweigend. Erst, als sie um die letzte Ecke vor der Parteizentrale bogen, sagte Kostas leise:

»Eieiei. Na, das hat ja aber doch Kreise gezogen.«

Es waren Dutzende Journalisten, die vor dem niedrigen Altbau warteten, an dem das Logo der kommunistischen Partei prangte – und deutlich größer das Foto von Petros Matriopoulos, unter dem sein Motto stand: *Vertrauen und Gerechtigkeit für Zypern*. Kostas musste unwillkürlich lachen.

»Was für ein fieser Lügner«, sagte er, und Sofia fügte hinzu: »Da müsste eigentlich draufstehen: ›Nur das Beste für mich selbst.‹«

»Gebratene Vögel inklusive.«

Gerade, als sie ausstiegen, kam der Minister aus der Tür seines Hauses. Er trug keinen Anzug wie sonst, er war auch nicht rasiert. Stattdessen hatte er eine Strickjacke aus Wolle an und eine leichte Leinenhose.

»Er spielt den Mann aus dem Volk«, sagte Sofia. »Das ist klug.«

»Na, dann wollen wir mal hören, was der Tribun zu seinem Volk spricht.«

Die Kameras surrten und die Blitzlichter klickten, als der Innenminister mit ernster Stimme sagte:

»Liebe Wählerinnen und Wähler, liebe Zypriotinnen und Zyprioten,

gestern sind Bilder aufgetaucht, die mich im Rahmen eines Abendessens in einer Taverne von Freunden zeigen. Ich habe dort mit meiner Frau an einem *Ambelopoulia*-Mahl teilgenommen. Ich kann Ihnen sagen: Es war sehr lecker.

Ich weiß: Es ist gegen das Gesetz, dieses Gericht zu essen. Und ich weiß, dass ich als Innenminister das Gesetz zu achten habe.

Ich bin aber auch ein Privatmann – und ich bin vor allem ein stolzer Zypriot. Ein Mann wie Sie selbst, ein Mann wie Ihr Ehemann, ein Mann, der auf unsere Ahnen und auf unsere Traditionen stolz ist.«

»Gleich muss ich kotzen«, sagte Kostas leise.

»Und deshalb muss ich in diesem besonderen Falle sagen: Das *Ambelopoulia*-Dinner war kein Fehler. Es war ein Hochhalten unserer Traditionen. Ein Tribut an unsere Vorfahren. Ein Stückchen Heimat in unruhigen Zeiten.«

»Boah, gleich beschwört er den nationalen Zusammenhalt«, raunte Sofia.

»Was ist daran falsch, zu essen, was mein Vater und mein Großvater gegessen haben? Was würden die Deutschen sagen, wenn man ihnen verbieten würde, die Beine von Schweinen zu essen? Was würden die Franzosen sagen, wenn die Frösche nur noch im Teich sein dürften – und nicht auf dem Teller?

Was würden die Spanier sagen, wenn man ihnen den Stierkampf verbieten würde?«

Sofia reckte den Arm hoch und rief laut, sodass sich alle Journalisten nach ihr umdrehten:

»Sofia Perikles von der *New York Times*«, sie sah, wie Kostas im Boden versinken wollte, doch sie fuhr fort: »Spanien hat den Stierkampf in vielen Regionen längst verboten, nur die Franzosen erlauben ihn noch – das Argument ist also reichlich schwach. Aber müsste ein Minister, der offen Gesetze bricht und auch noch stolz darauf ist, nicht eigentlich zurücktreten?«

»Ich … äh …«, die Ader auf der Stirn des Ministers trat so deutlich hervor, dass ein medizinischer Beobachter Sorge haben musste, er bekäme gleich einen Infarkt. »Das ist doch Unsinn – es war ein Essen mit Freunden – und die Vögel, sie … Also, ich bin jedenfalls stolz auf unsere Traditionen und auf …«

»Den nationalen Zusammenhalt«, rief Sofia. Der Minister kniff die Augenbrauen zusammen.

»Ja, genau, den nationalen Zusammenhalt. Ich danke Ihnen. Einen schönen Sonntag.«

Und damit ging er von der Bühne ab, oder vielmehr stolperte er herunter und war so schnell verschwunden, wie er gekommen war.

»Du bist nicht nur verrückt«, sagte Kostas leise, »sondern du bist irre. Irrer als ich in meinen irrsten Zeiten.«

»Und das sogar nüchtern«, gab sie knapp zurück.

»Du hast doch gekifft vorher, oder etwa nicht? War das eben wirklich Sofia pur?«

»Wie sie leibt und lebt.«

»Die Gnade des Herrn sei mit uns.«

»Kommt.«

»Hmm?« Sofia und Kostas drehten sich um. Sie hatten den

Sicherheitsmann nicht bemerkt, der aus der Tür der Zentrale gekommen war.

»Hast du mich geduzt? Wir waren aber noch nicht zusammen Kaffee trinken«, sagte Kostas brüsk.

»Kommt«, wiederholte der Mann, als habe er eben erst die Sprache gelernt.

Er führte sie zur Tür, die daraufhin aufging und den Blick in ein Chaos freigab. Von außen hatte es so ruhig ausgesehen, drinnen war die Hölle los: In der Wahlkampfzentrale standen Dutzende Tische, Plakate des Ministers hingen an den Wänden, junge Leute telefonierten, ihnen stand der Schweiß auf der Stirn. Die Worte *»Ambelopoulia«* und »Entschuldigung« drangen mehrfach zu ihnen.

»Hier brennt die Luft«, sagte Sofia.

»Dank uns«, erwiderte Kostas.

Der Gorilla wies auf ein fensterloses Büro. Sie traten ein. Drinnen saß der Minister auf einem Sessel und rauchte. Er wies nicht auf die Stühle, er sah nicht einmal auf. Seine Stimme war Eis, als er sagte:

»Dass Sie das getan haben, Frau Perikles, werde ich nicht vergessen. Ich glaube, Sie verstehen das alles nicht richtig, aber ich verstehe das, Sie sind jung und … nun ja … kannten bisher nur die Sonnenseiten im Leben. Aber diese Strähne, die wird enden. Ich werde noch lange hier sein. Als euer Minister. Macht euch keine Hoffnungen.« Er hustete einmal, dann zündete er sich eine neue Zigarette an. Als der Rauch das Zimmer erfüllte, fuhr er fort:

»Stellt das klar. Das mit den Vögeln. Und haltet euch an meine Ansage: Ihr seid raus aus dem Fall. Wenn das nicht klappt …«, nun sah er doch auf und sein Blick lag nur auf Sofia, »… dann komme ich mit einem Bagger vorbei und mache persönlich eure neue Wache wieder dem Erdboden gleich. Und euer beschissenes Dorf gleich mit. Und jetzt raus.«

Sofia sah Kostas an, weil sie es nicht fassen konnte. Sie musste versuchen, ihr Zittern in den Griff zu kriegen. Doch diesmal war es ihr Kollege, der ganz ruhig sagte:

»Ihren *Der Pate*-Scheiß können Sie steckenlassen, Petros. Ich geh auch gern in Rente, dann können Sie …«

»Raus!«, schrie der Mann nun, und sie zuckten die Schultern, drehten sich um und gingen.

»Er ist erledigt«, sagte Sofia.

»Meinst du?«

»Sonst wäre er nie so ausgeflippt.«

»Oder wir sind erledigt«, erwiderte Kostas.

»Ja. Oder so.«

# Dekaennéa – 19

Als sie im Auto saßen, vibrierte wieder Sofias Telefon, und es war wieder diese britische Nummer. Herrgott, war Carl immer noch verrückt nach ihr? Oder war das hier schon Stalking? Kurz überlegte sie, ihre britischen Kollegen um Amtshilfe zu bitten und ihren Ex-Verlobten festnehmen zu lassen. Bei der Vorstellung musste sie grinsen. Sie wartete, bis der Anruf auf die Mailbox geleitet worden war, dann wählte sie die Nummer von Aris, dem Tierschützer. Sie musste es sechs- oder siebenmal klingeln lassen, ehe er abhob.

»Hmm?«

»Hier ist Sofia.«

»Hab ich schon gesehen. Wart ihr erfolgreich gestern?«

»Sagen wir mal so: Ja und nein.«

»Was heißt das?«

»Das heißt, dass wir sie zwar auf frischer Tat ertappt haben, aber offenbar niemand ein Interesse daran hat, diese Schweinerei zu verhindern.«

»Sag ich doch.« Aris klang so desillusioniert, dass Sofia richtig wütend wurde.

»Aber das kann doch nicht alles sein«, fuhr sie ihn an. »Wir müssen noch einmal zusammen raus. Wir müssen sie beim Fang auf frischer Tat ertappen. Als Polizeibeamte. Und ihr müsst uns helfen.«

»Ihr wollt mit uns nachts auf die Jagd gehen?«

»So ist es.«

Es entstand ein Schweigen am anderen Ende, Sofia konnte nicht sagen, wie lang es währte.

Endlich sagte er: »Gut. Machen wir das.«

Sie spürte, wie sich die Enge in ihrer Kehle löste. »Puuh, ich bin froh, dass ihr dabei seid.«

»Am besten treffen wir uns heute Nacht um elf. Vorher werden die Fänger nicht unterwegs sein. Aber ihr müsst absolut unsichtbar sein, sonst rücken die wieder ab. Die können Bullen riechen – ähm, Polizisten, meine ich.«

»Ist schon in Ordnung«, sagte Sofia sanft. »Wo treffen wir uns?«

»Am Cape Pyla.«

»Auf britischem Grund?«

»Wenn wir eine reelle Chance haben, sie zu kriegen, dann dort. Da fühlen sie sich am sichersten, weil da kaum Polizei ist.«

»In Ordnung. Dann bis heute Nacht.«

»Bis dann.«

Nachdem sie aufgelegt hatten, sah Sofia auf die Uhr ihres Telefons.

»Es ist kurz nach eins. Und wir haben eine lange Nacht vor uns. Fahren wir noch mal nach Hause?«

»Gute Idee.« Kostas schlug den Weg in Richtung Berge ein.

»Werden wir auf britischem Gebiet operieren?«, fragte er nach einer Weile der Stille.

»Aris sagt, es ist der beste Ort, um Vogelfänger zu kriegen.«

»Hmm …«, murmelte Kostas, doch dann schwieg er wieder.

Nach einer Weile sagte Sofia: »Du glaubst, es ist besser, die Britin hinzuzuziehen?«

»Hmm …«, wiederholte Kostas, »zumindest ist es ihre Zone.«

Sofia sah ihn lächelnd von der Seite an. »Und ist das der einzige Grund, warum du mit ihr arbeiten willst?«

»Schweig still, Tausendschön«, knurrte er.

»Was ist, wenn sie es uns verbietet, dort zu operieren?«

»Hmm …«

»Kannst du auch noch was anderes sagen?«

Doch Kostas schwieg. Er wirkte angespannt.

»Rufst du sie an?«, fragte Sofia.

»Nein, mach du das.«

»Kostas ist verknallt«, flüsterte Sofia.

Mit einem Seitenblick hieß der Chief Inspector sie schweigen, aber Sofia hätte schwören können, dass da für einen winzigen Moment auch der Anflug eines Lächelns auf seinem Gesicht lag.

# Eíkosi – 20

»Sind wir nicht viel zu früh?«, fragte Sofia, als sie am Abend die Superintendent begrüßten.

»Ach, Detective Sergeant, mir ist es lieber, wir haben uns schon mal an den Ort gewöhnt, bevor es hier heiß hergeht«, erwiderte Dorothee Galveston und gab erst Sofia, dann Kostas die Hand.

»Der Ort« war in seiner Unwirtlichkeit in der Tat gewöhnungsbedürftig. Es war eines der ersten Male, dass Sofia überhaupt hier war. Cape Pyla war eine Halbinsel mit vielen schroffen Felsen, die vom Meer umspült wurden. Manchmal war die Kraft der Wellen so groß, dass es die Gischt bis zu ihnen hinaufschaffte. Weiter hinten auf der Landzunge waren bewaldete Flächen zu erkennen, und Sofia vermutete, dass irgendwo dort ihr Ziel lag. Und tatsächlich wies Dorothee Galveston nun in die Richtung.

»Dort hinten, bei den Olivenbäumen und den Plantagen, lassen sich die Zugvögel bevorzugt nieder. Dort treffen sie das allererste Mal auf Land, nachdem sie das Mittelmeer bis hierher überquert haben. Es ist sozusagen ihre erste Sitzgelegenheit nach mehreren Tagen in der Luft.«

»Und hier kommen entsprechend auch besonders viele Vogelfänger hin?«

»Wenn wir sie fassen, dann hier. Aber wie gesagt: Ich habe die ganze Base Area unter meiner Aufsicht, und ich habe –

erst recht seit dem Brexit – viel zu wenig Beamte für viel zu viel Fläche. Die Vogelfänger wissen das nur zu gut. Und offensichtlich ist die Chance auf reiche Beute hier so groß, dass sie mit dem Risiko, auf einen meiner wenigen Beamten zu treffen, bestens leben können.«

Kostas sah sich um. »Hier wird man leicht gesehen«, stellte er fest. Es stimmte. Es gab kaum Möglichkeiten, sich zu verstecken.

»Noch so ein Grund, warum wir jetzt schon hier sein sollten. Wir können uns ein wirklich gutes Versteck suchen, bevor alle hier anrücken.« Sie öffnete die Tür ihres Wagens. »Ich habe meine Assistentin ein Picknick für uns herrichten lassen. Sie wissen ja, wir Briten lieben Picknicks. Wir werden also nicht verhungern, während wir warten.« Sie grinste. »Ich bin ein wenig aufgeregt, muss ich zugeben. Ich fahre schon so lange keine aktiven Einsätze mehr – aber da ich Ihr Anliegen nicht an die große Glocke hängen wollte, habe ich mich entschieden, lieber selbst zu kommen, als meine halbe Truppe einzuweihen.« Ihr Blick ruhte auf Kostas, und Sofia fragte sich, ob das wirklich die ganze Wahrheit über die Gründe war, weshalb die Superintendent persönlich dabei sein wollte.

»Also, ich würde vorschlagen, dass wir als Erstes die Autos weiter vorne am Cape verstecken. Die Vogelfänger werden aus westlicher Richtung kommen – wenn sie denn kommen. Und dann entdecken sie die Wagen dort nicht. Und danach suchen wir uns ein Versteck nahe den Olivenhainen.«

»Einverstanden«, sagte Kostas.

»Folgen Sie mir.«

Gleich darauf fuhren sie die Hauptstraße der britischen Zone gen Osten, und Dorothee Galveston lenkte sie auf eine kleine Anhöhe, wo sie ihre Autos hinter einer alten Bunkeranlage parkten. Es war wirklich das perfekte Versteck. Ein

Mietwagen fuhr an ihnen vorbei in Richtung Ayia Napa. Sonst war hier zu dieser Zeit kein Verkehr mehr.

Als sie ausgestiegen waren, hielt Dorothee Galveston tatsächlich einen Polizeirucksack in ihrer linken und einen Picknickkorb in ihrer rechten Hand. Kostas musste lachen. »Das ist wirklich ein sehr schöner Anblick.«

»Tja, ich ziehe heute eben alle Register und bin auch mit Roastbeef bewaffnet – es wird also ein leckerer Abend. Gehen wir. Es sind vielleicht fünfhundert Meter querfeldein. Ich glaube, dort ist eine gute Stelle.«

Sie folgten der Superintendent, und Sofia konnte nicht umhin, diese Frau zu bewundern. Würde sie irgendwann auch einmal so selbstbewusst sein und so klar in ihren Entscheidungen? Oft genug fühlte sie sich wie ein Fähnchen im Winde und ziemlich dem Zufall ausgeliefert. Diese Britin taugte echt zum Vorbild.

Sie kamen auf einem Plateau mit mehreren Olivenhainen an. Im Schatten einiger kleinerer Bäume ließen sie sich nieder. Von hier hatten sie einen wunderschönen Ausblick auf das Meer. Die Sonne stand nur noch knapp über den Felsen, in zwanzig Minuten wäre sie gänzlich untergegangen. Die Superintendent öffnete den Picknickkorb und nahm eine Decke heraus, breitete sie aus und stellte die Leckereien darauf: Es gab tatsächlich dünn aufgeschnittenes Roastbeef, ganz rosa war es, als Begleitung hatte ihre Assistentin ein kleines Schälchen mit Meerrettich eingepackt, außerdem einen griechischen Salat mit Tomaten, Gurken und Feta – und frisches Brot, das bereits in dicke Scheiben geschnitten war. Sogar an eine kalte Flasche Weißwein hatte sie gedacht.

»Das ist zwar ein Einsatz – aber wir müssen ja nicht leben wie in der Prohibition«, sagte Dorothee Galveston und grinste. Sie schraubte die Flasche auf und füllte drei kleine Gläser. Es gab sogar veritables Geschirr, keine Papierteller.

»In England geht die Welt zwar auch unter – aber wenigstens in Würde«, sagte Kostas mit Bewunderung in der Stimme.

»Sie sagen es, Chief Inspector. Wir würden uns selbst vor dem Weltuntergang noch ordentlich in die Schlange einreihen. Also, auf den Einsatz. Auf diesen Abend. Und auf uns. *Yamas!*«

Sie stießen an, dann machten sie sich über das Essen her. Sofia saß am Rande der Decke, während sich die Britin und Kostas in die Mitte gesetzt hatten, die Gesichter dem Meer zugewandt. Die beiden aßen fast nichts, während Sofia das halbe Roastbeef allein schaffte, es war zu gut und die Kombination mit dem Meerrettich einfach hinreißend. Außerdem hatte Adonis heute im Kafenion nichts zu essen angeboten – die Vorbereitungen für das Osterfest nahmen ihn voll und ganz in Anspruch. Sie hatte also großen Hunger angehäuft. Und dennoch stand sie gleich nach dem Essen auf und sagte leise: »Ich mach mal einen Rundgang. Keine Sorge, ich bin so vorsichtig wie möglich. Ihr haltet hier die Stellung, ja?«

Die Britin und Kostas nickten ihr dankbar zu. Sofia entfernte sich in Richtung Meer und tat so, als würde sie wirklich die Gegend im Auge behalten wollen. Aber so war es gar nicht. Tatsächlich hatte sie den beiden Turteltauben ein wenig Zweisamkeit gönnen wollen. Denn daran, dass sie Turteltauben waren, gab es keinen Zweifel mehr. Sie hatte Kostas noch nie so wenig essen sehen, Kostas, der den Blick nicht von der Superintendent wenden konnte, die ihrerseits den Chief Inspector anschmachtete. Sie redeten ununterbrochen, mit sanftem Blick. Wären die Vogelfänger jetzt schon gekommen, hätten sie ungehindert ganze Vogelschwärme von den Bäumen holen können – niemand hätte sie daran gehindert. Aber es war ohnehin noch viel zu früh, dachte

Sofia, als die Sonne in diesem Augenblick in das Mittelmeer sank und seine kleinen Wellenkämme in ein goldenes Licht tauchte.

# Eíkosi éna – 21

Es war spät geworden, kurz vor elf. Sofia hatte sich auf einem Felsen in der Nähe niedergelassen, während die Superintendent vor Stunden die Decke und das Picknick weggeräumt hatte und sich mit Kostas hinter zwei Bäumen versteckt hielt.

Sofias Telefon vibrierte. Diesmal nahm sie den Anruf an.

»Carl, verdammt«, rief sie hinein, »es ist mitten in der Nacht, und ich habe einen Fall – wenn du nicht aufhörst, mich zu stalken, dann rufe ich die Polizei in London und lasse dich …«

»Sofia«, seine Stimme klang ganz anders, als sie es erwartet hatte, nicht schmachtend und verzweifelt, sondern alarmiert. »Sofia, bitte, hör mir zu, ich versuche seit Tagen, dich zu erreichen.«

»Das habe ich gemerkt. Los, sprich, was willst du?« Ihr schroffer Ton tat ihr beinahe leid, aber sie konnte nicht anders.

»Mum, sie ist verschwunden. Also …«

»Deine Mum?« Sofia riss die Augen weit auf vor Schreck. »Was heißt das, sie ist verschwunden?«

»Sie ist nicht klargekommen mit alldem. Mit der Demütigung. Weißt du, Sofia, ich habe das gar nicht so empfunden. Klar war das blöd, wie es gelaufen ist – und ich finde, du hast auch echt keinen Orden verdient für dein Verhalten – aber hey, wir haben einfach wirklich nicht zusammengepasst.

Aber Mum hat die Demütigung nicht verkraftet, dass jemand einem Evans so etwas antut – und damit der ganzen Familie. Sie … ich glaube, sie ist nach Zypern geflogen – und ich wollte dir das nur sagen, damit du es weißt.«

»Was? Deine Mum ist auf Zypern?«

»Jedenfalls hab ich die starke Vermutung. Die Buchungsbestätigung für ihren Flug liegt hier vor mir. Der ging vor drei Tagen.«

Ihre verrückte Ex-Fast-Schwiegermutter und sie auf einer Insel – das hatte ihr gerade noch gefehlt.

»Okay«, sagte Sofia atemlos, weil Kostas sie heranwinkte. »Danke, dass du mich gewarnt hast. Ich … weiß jetzt auch nicht, ich melde mich, wenn ich sie finde, einverstanden?«

»Ich glaube, es wäre besser, wenn sie dich nicht findet.«

»Na ja, deine Mutter ist ja nun nicht gerade gemeingefährlich. Pass auf, ich rufe dich wieder an. Ich habe jetzt einen Einsatz.«

»Pass auf dich auf, Sofia.«

»Danke. Ach – und, Carl?«

»Ja?«

»Sorry. Das war wirklich nicht nett von mir.«

»Ist schon gut. Ich hab 'ne neue Freundin, die ist eh viel netter als du.«

»Na, dann ist ja gut«, sagte sie und lachte, ehe sie auflegte. Kostas hielt sich den Finger vor den Mund und bedeutete ihr vehement, ruhig zu sein. Im Schatten der Bäume bewegte sie sich vorsichtig in die Richtung ihrer Kollegen, die dicht beieinandersaßen und in die Dunkelheit sahen.

»Mensch, Tausendschön, lauter ging's wohl nicht, oder?«

»Sorry, war wichtig.«

»Sieh mal …«

Er reichte ihr das Fernglas, und Sofia blickte hindurch zur Olivenplantage. Es dauerte einen Moment, bis sich ihre

Augen an die Dunkelheit gewöhnt hatten, aber dann wurde ihr klar, dass da wirklich Bewegung war, viel Bewegung, ein emsiges Schattenspiel.

»Das sind …«

»Netze«, ergänzte Kostas. »Sie bringen Netze an.«

»Und es sind viele Netze – und viele Vogelfänger.«

Sofia erschrak, als ihr Handy wieder vibrierte, weil sie so in die Beobachtung vertieft war. Sie kramte in ihrer Hosentasche, dann flüsterte sie: »Ja?«

»Hier ist Aris. Bei uns sind echt viele. Und bei euch?«

»Wir sehen sie auch. Von der anderen Seite.«

»Wir müssen zuschlagen. Nicht, dass sie abhauen.«

»Wartet noch. Wir müssen sicher sein, dass die Netze in den Bäumen hängen – wir brauchen klare Beweise.«

»Aber dann werden wieder Vögel dran glauben müssen.«

»Aris, ihr macht nichts, bevor wir euch nicht das Go geben, verstanden?«

Der Tierschützer schnaubte. »Wusste ich doch, dass wir nicht mit den Bullen hätten arbeiten sollen.«

»Hast du mich verstanden, Aris?«

Sie hörte das Zögern in seiner Stimme. Verdammt. Hatte sie wirklich aufs falsche Pferd gesetzt?

»Ja, okay, wir warten noch.«

Wieder sah Sofia durchs Fernglas. Da waren tatsächlich Vögel am Himmel, die sich über dem Hain niederlassen wollten. Sie mussten wirklich schnell sein.

»Wie viele sind es?«, fragte sie Kostas.

»Zwei haben wir dort vorne gesehen. Und es gab andere Wagen, weiter westlich.«

»Konntet ihr erkennen, ob es alte Bekannte von uns sind?«

»Zu dunkel und zu weit weg«, sagte Kostas kopfschüttelnd.

»Wir müssen sie auf frischer Tat ertappen, am besten wenn sie die Beute einsamm…«

Auf einmal gingen Lichter im Hain an, Scheinwerfer, so hell, dass Sofia die Augen zusammenkneifen musste.

»Scheiße!«, riefen sie alle drei im Chor. Dann hallte ein ohrenbetäubendes Hupen über das Plateau. Es waren die Tierschützer.

»Los, wir müssen zugreifen!«, rief Sofia.

»Diese Idioten«, erwiderte Kostas, und schon sprangen sie auf und rannten los.

»Polizei!«, riefen sie, Kostas stürmte vorneweg, Sofia und die Superintendent hinterher. Sofia war überrascht, was für ein Tempo die Polizistin aufnehmen konnte, sie war sicher dreißig Jahre älter als sie selbst.

»UK Police!«, rief sie, doch die beiden Vogelfänger, die ihre Netze angebracht hatten, hatten bereits einen guten Vorsprung hergestellt. Sie sahen, wie links vor ihnen ein Handgemenge im Gange war, offenbar prügelten sich dort zwei der Tierschützer mit Vogelfängern, die Fäuste flogen, und es ging alles wahnsinnig schnell, dunkle Schatten mit hektischen Bewegungen. Die Superintendent rief ihnen zu: »Das übernehm ich!« Und so hasteten Kostas und Sofia den beiden Flüchtigen nach. Sie waren noch ein ganzes Stück von ihnen entfernt, als sie sahen, wie der Größere der beiden etwas vom Boden aufhob, während der Wagen der Tierschützer auf die beiden Männer zuraste. Dann krachte es plötzlich, und sie hörten das Splittern von Glas, der Wagen geriet ins Schlingern und konnte so gerade eben noch einem Olivenbaum ausweichen.

»Verdammt!«, rief Sofia. Hatte dieser Vogelfänger eben wirklich einen Stein auf ein fahrendes Auto und seine Insassen geworfen? Sie rannte auf den Wagen zu. »Alles okay?«, rief sie. Aris saß am Steuer, er schien unverletzt zu sein, aber sein Gesicht kam ihr selbst in der Dunkelheit jenseits des scheinwerferbeleuchteten Hains kreidebleich vor. Die Windschutzscheibe war komplett zerstört. »Ja, alles gut«, sagte er mit matter Stimme.

»Weiter!«, rief Kostas und verfolgte die Männer. »Bleiben Sie stehen!«

Die beiden schienen um ihr Leben zu rennen, dann bremsten sie ab, aber ihre Schemen waren hier, wo es nun stockdunkel war, nur undeutlich zu erkennen. Doch dann leuchteten zwei Scheinwerfer auf. Die Männer hatten ihr Auto gefunden.

»Komm«, forderte Kostas Sofia auf, und sie hastete ihm hinterher, bis zu ihrem eigenen Wagen waren es nur noch hundert Meter. Fünfzig. Zwanzig.

Sie drückte auf den Schlüssel, der Pick-up öffnete sich, sie rutschte hinters Steuer, Kostas auf den Beifahrersitz, dann ließ sie den Motor an und nahm die Verfolgung auf. Die Männer waren noch nicht weit gekommen.

»Hast du jemanden erkannt?«, fragte sie.

»Nein. Aber ich würde mein Haupthaar verwetten, dass es der Wirt aus Kyperounda ist. Irgendwas an seinem Gang …«

»Das habe ich auch gedacht«, erwiderte Sofia fest, während sie den Rücklichtern des anderen Pick-ups folgte, der dreihundert Meter vor ihnen gerade die Straße erreichte.

Der Funk piepte, es war Dorothee Galveston auf der zyprischen Frequenz. Es knarzte, doch Kostas verstand sie doch.

»Die Briten bauen eine Straßensperre auf«, rief Kostas über den Motorenlärm hinweg Sofia zu.

»Ich will die Schweine aber vorher kriegen!«, rief sie zurück und riss das Lenkrad in einer scharfen Kurve nach rechts. Sie kamen dem Pick-up vor ihnen immer näher.

»Die wollen sich tatsächlich umbringen – für ein paar beschissene Vögel, das ist doch nicht zu glauben!«, rief Sofia.

»Na ja, noch wahrscheinlicher wollen sie nicht wegen Mordes hinter Gitter landen.«

Das Licht auf ihrem Dach flackerte und tauchte die Straße in ein gespenstisches Blau, während die Sirene gellend die Nacht durchschnitt. Kostas hielt sich am Handgriff oberhalb der Tür fest, um Sofias wilden Fahrstil wenigstens ein bisschen abfedern zu können.

»Die sollen verdammt noch mal anhalten!«, rief sie.

»Fahr etwas ruhiger, und ich versuche, ihnen ein, zwei Reifen zu zerschießen, okay?«

Sofia sah ihn fragend an, dann erblickte sie sein Gesicht und verstand: Das war kein Scherz.

Er kurbelte das Fenster herunter und versuchte, den Kopf aus dem Wagen zu stecken, aber der Fahrtwind war offenbar zu stark. Er zog seine Waffe aus dem Holster, dann zielte er aus dem Fenster.

»Wenn die bei dem Tempo ins Wasser rasen …« Sie brachte den Gedanken nicht zu Ende. Sofia erkannte die Stelle wieder, die nun vor ihnen lag. Da war das Meer zu sehen, eine langgezogene Rechtskurve führte dort vorbei, wo sie die Leiche von Karl Schiller gefunden hatten.

»Los, gleich haben wir sie.« Kostas zielte wieder. Der Pick-up bremste, um die Kurve nehmen zu können, und Sofia ließ sich heranrollen, dann trat auch sie aufs Bremspedal. Doch nichts passierte.

»Scheiße«, murmelte sie, dann trat sie noch mal. Wieder nichts.

»Was denn?« Kostas sah sie an, setzte die Waffe aber nicht ab. »Was ist Scheiße?«

»Die Bremse.«

»Was?«

Sie rasten auf die Haarnadelkurve zu, und jetzt erst verstand er die Dringlichkeit ihrer Worte. Der Pick-up vor ihnen lag schon in der Kurve, aber er fuhr nur noch 50, während ihr eigener Tacho locker 100 zeigte.

»Die Bremse streikt«, rief sie und gleich darauf: »Halt dich fest!«

»Das ist nicht dein Ernst«, fauchte er.

Sie trat das Pedal nun bis zum Bodenblech durch, aber ohne Wirkung. Es war Kostas, der die Handbremse anzog, doch der Wagen war zu schnell, es gab ein fauchendes Geräusch und sie rochen etwas wie glühenden Stahl. Nur langsamer wurde der Wagen nicht.

Sie kamen der Kurve rasch näher, Sofia zog auf die Überholspur und versuchte, den schweren Pick-up so in die Kurve zu zwingen, sie sah panisch auf den Tacho, nahm am Rande die weißen Knöchel ihrer Hände wahr, die ums Lenkrad krampften, dann hörte sie den gesamten Fahrzeugunterbau quietschen und ächzen, sah, wie die Straße unter ihnen verschwand und der Wagen aus der Spur getragen wurde, über die Randsteine hinweg und über den felsigen Boden dahinter. War Sofia bisher wie erstarrt gewesen, schrie sie nun und krallte sich am Lenkrad fest, während ihr Pick-up über das letzte Stückchen Land segelte. Und dann war unter ihnen nur noch Schwarz, das Schwarz des Meeres, und es konnte nur eine Sekunde gedauert haben, aber es kam ihr viel länger vor, als sich der Wagen vornüberneigte und mit Anlauf und frontal auf die Wasseroberfläche knallte. Sie wurde nach vorne geschleudert, doch der Gurt hielt sie auf. Sofort drang das eiskalte Wasser durch das offene Fenster hinein, sie wandte den Blick nach rechts, Kostas schien bewusstlos, der Kopf auf dem Armaturenbrett, da war Blut, viel Blut auf seiner Stirn, er war nicht angeschnallt gewesen, sie sah außer ihm nur noch Dunkel, das Wasser um sie herum stieg viel zu schnell, hastig atmete sie so viel Luft ein wie möglich, bevor der Wagen in den Wellen versank, schnallte sich ab, geistesgegenwärtig oder schon im Schockzustand, dann griff sie nach Kostas, zog ihn am Arm, musste aber feststellen, dass er mit einem Bein festklemmte, sie schluckte kaltes, salziges Wasser, musste husten, aber konnte es doch nicht, da nun der ganze Wagen unter Wasser war bis zum Dach. Sie mussten schleunigst raus hier. Sofia ruckelte panisch an Kostas Bein, schaffte schließlich, es zu lösen und ihn aus dem Fenster hinauszuschieben, eine willenlose Puppe, herrje, hoffentlich war er nicht … sie konnte den Gedanken nicht zu Ende denken, sie spürte, wie ihre Luft knapp wurde, sie schob sich ihm hinterher durch das schmale Fenster nach draußen, versuchte, oben und unten zu unterscheiden, alles war dunkel, nein, nicht alles, da war blaues, flackerndes Licht, in dessen Richtung sie sich vom Wagen abstieß, und es dauerte vielleicht zehn, vielleicht zwanzig Sekunden, dann waren sie oben, Kostas wurde förmlich von ihr mitgerissen, und als sie endlich den Mond wiedersah, waren da auch Kollegen, zwei oder drei Polizisten, die schon ins Meer sprangen, und endlich ließ sich Sofia in die Ohnmacht hinabgleiten.

# Eíkosi dío – 22

Das Gebäude des Larnaca General Hospital war ein ziemlich heruntergekommenes Hochhaus. Es erinnerte Sofia daran, dass das hier eben doch vor nicht allzu langer Zeit eine arme Insel gewesen war, das Land von Bauern und Schafshirten, das so gar nichts mit dem Reichtum von heute zu tun gehabt hatte. Heute war Zypern ein Sehnsuchtsziel, für Sonnensuchende, aber auch für reiche Russen und Araber, die mit ihren Millioneninvestitionen dafür sorgen konnten, einen europäischen Pass zu erhalten. Auch wenn es dieses Geschäft offiziell nicht mehr gab, die Möglichkeiten waren immer noch da.

Doch die Infrastruktur des Landes hinkte der neuen Wirklichkeit an vielen Stellen deutlich hinterher. Klar, es gab mittlerweile Privatkliniken, die neu und perfekt ausgestattet waren und die ihre Ärzte nach europäischen Standards bezahlten. Aber für den normalen Bürger blieben nur die schlechtausgestatteten staatlichen Kliniken. Und somit leider auch für Kostas, der als Beamter der Republik natürlich in ein öffentliches Krankenhaus gebracht worden war.

Sie betrat den Betonblock und fragte sich unwillkürlich, wie man in so einem Ambiente gesund werden sollte. Ihr liefen kalte Schauer über den Rücken, weil es hier so sehr nach Krankenhaus roch – und sie hasste Krankenhäuser. Aber vielleicht musste sie zugestehen, dass sie auch einfach noch nicht wieder die Alte war und so schnell wohl auch nicht sein würde. Der Schock des Unfalls saß tief, die Bilder hatten die ganze Nacht an ihr genagt.

Sie erkundigte sich bei dem Mann am Empfang nach der Zimmernummer ihres Kollegen, und er wies ihr den Weg. Sie besah sich kurz den Fahrstuhl, der aus einem anderen Jahrhundert zu stammen schien, und entschied sich für die Treppen in die dritte Etage. Vor Kostas' Zimmer atmete sie einmal tief durch, schloss die Augen und drückte dann erst die Klinke herunter.

Als sie die Augen wieder aufschlug, sah sie Kostas in seinem Bett sitzen. Er war blass, sein Bart trat auf der hellen Haut noch deutlicher hervor, aber immerhin war er wach und lächelte sie zaghaft an.

»Tausendschön«, murmelte er und musste husten. »Mein erster Besuch – und das bist ausgerechnet du.«

»Und ich habe nicht mal Blumen mit.«

Kostas versuchte es mit einem Grinsen, verzog dabei aber ganz schnell das Gesicht.

»Hast du Schmerzen?«

»Der Aufprall war eher unsanft. Herrgott, da lasse ich mal eine Frau ans Steuer, und dann entscheidet die sich direkt, einfach mal nicht zu bremsen.«

Sofia setzte sich neben ihn ans Bett.

»Die Spurensicherung hat festgestellt, dass die Bremsschläuche des Wagens durchtrennt worden waren.«

»Wirklich?« Kostas hustete wieder und schüttelte sich dabei vor Schmerzen. »Ich glaube, ich hab noch Wasser in der Lunge«, sagte er, als er wieder zu Atem kam.

»Der Arzt gestern hat gesagt, dass es sehr knapp war …«

»Du hast mich rausgeholt, Sofia. Ohne dich wäre ich jetzt eine sehr hässliche Wasserleiche. Und das im Distrikt Larnaca! Da wollte ich nie sterben.«

»Hast ja jetzt noch eine zweite Chance.«

»Im Ernst«, Kostas sah sie mit festem Blick an. »Danke, Sofia. Die Ärzte hier würden das bestätigen: Eine Minute später – und es wäre aus gewesen.«

»Du hättest dasselbe für mich getan.«

»Das kann sein«, erwiderte Kostas leise, »aber ich würde es nicht beschwören. Außerdem kann ich nicht so gut schwimmen wie du.« Sie legte ihre Hand auf die seine.

»Ich werde rauskriegen, wer das war.«

»Na, wer soll es schon gewesen sein? Derjenige, der den Tierschützern die Reifen zerstochen hat, oder? Hast du den Drecksack von einem Wirt schon vernommen?«

»Ich wollte ihn eine Weile schmoren lassen. Diesmal sitzt er in einer echten Arrestzelle, in Limassol nämlich. Christina hat ihn auf Wasser und Brot gesetzt – vielleicht macht er sich jetzt mal ernste Gedanken über seine Zukunft.«

»Wird die Charalambous ihn verhören?«

»Nur mit mir zusammen. Ich fahre gleich rüber, und dann heizen wir ihm ordentlich ein.«

»Da habe ich keinen Zweifel.«

»Hast du irgendjemanden an unserem Wagen gesehen?«

Kostas schüttelte den Kopf. »Da war so viel los.«

»Genau. Aber wir haben doch die Vogelfänger immer im Blick gehabt – wie sollen die sich angeschlichen haben?«

»Ehrlich gesagt habe ich keine Ahnung.«

»Ich habe bei Dorothee Galveston die Daten der Videoüberwachung aus dem britischen Sektor angefordert. Zur Sicherheit.«

Kostas nickte. »Sehr gut. Und sieh mal, das geht schon den ganzen Morgen so.«

Er wies auf den Fernseher, der oben an der Zimmerwand hing, und nahm die Fernbedienung, um den Ton anzustellen. Der Moderator machte ein ernstes Gesicht, während hinter ihm Bilder zeigten, wie ihr lädierter Pick-up aus dem Wasser gezogen wurde. Sofia lief es kalt den Rücken hinunter. Das hätte ihr Grab sein können.

Die Stimme des Ansagers war schneidend.

*»Die Polizisten wurden offenbar Opfer jener Leute, die gegen die Gesetze des Staates handeln, indem sie unschuldige Tiere quälen und töten. Und ausgerechnet der Chef dieser Polizisten macht auch noch gemeinsame Sache mit diesen Verbrechern. Aus Sicht unserer Redaktion ist es unmöglich, dass Petros Matriopoulos Innenminister bleiben kann – und nun kommen auch erste Rücktrittsforderungen aus seiner eigenen Partei. Allerdings ist der Minister bislang für eine Anfrage nicht …«*

Kostas schaltete den Ton wieder ab, und einen Moment starrten sie auf das nun stumme und absolut unvorteilhafte Bild des Ministers.

»Nun, war zumindest für etwas gut«, sagte Sofia.

»Das kannst du wohl laut sagen.« Kostas grinste. »Da bin ich ein Mal verknallt – und dann will mich Gott gleich abberufen. Ganz so dramatisch hätte es wirklich nicht sein müssen.«

»Du und verknallt?« Sofia traute ihren Ohren nicht. Dieses Wort aus Kostas' Mund!

»Raus jetzt, hol dir dein Geständnis. Und dann buchte Karl Schillers Mörder ein.«

»Das werd' ich«, erwiderte Sofia.

Gerade, als sie sich herunterbeugte, um Kostas zu drücken, öffnete sich die Tür. Sie wandte sich um, und da stand … die britische Polizistin. Mit einem riesigen Blumenstrauß.

»Oh, ich störe wohl«, sagte sie.

»Nein, überhaupt nicht«, erwiderte Sofia lächelnd. »Wir haben gerade von Ihnen gesprochen.«

»Die Daten der Videoüberwachung habe ich Ihnen schon zukommen lassen. Es sind einige Stunden an Material. Aber Sie wissen ja, bei welcher Uhrzeit Sie suchen müssen, DS Perikles. Und jetzt wollte ich erst mal nach unserem Patienten sehen.«

Sofia trat zur Seite, und Dorothee Galveston nickte ihr freundlich zu, dann setzte sie sich zu Kostas ans Bett, der sofort nach ihrer Hand griff.

»Schön, dass du lebst.«

»Ich freue mich auch«, sagte Kostas und lächelte. »Du bist echt gekommen …«

»Na, nach so einem romantischen Abend mit so einem … nun ja … spannenden Ende …«

»Ich lass euch mal allein.«

»Viel Glück, Sofia«, erwiderte Kostas. »Und danke.«

Sofia nickte Kostas zu, verließ das Zimmer und schloss leise die Tür. Dann begann sie zu lächeln und hörte erst wieder auf, als sie auf dem Parkplatz in ihr Mietauto stieg.

# Eíkosi tría – 23

Die Fahrt nach Limassol war wie im Flug vergangen, und als Sofia durch die Straßen ihrer Heimatstadt fuhr, merkte sie, dass sie Lemesos, wie die Zyprioten es nannten, eigentlich doch ganz schön vermisste. Sie nahm sich vor, bald mal mit Christos durch die Gassen der Altstadt zu bummeln, ihm die Orte ihrer Kindheit zu zeigen, den Spielplatz auf der Strandpromenade etwa, den Famagusta Nautical Club, der das Lieblingsrestaurant ihres Vaters war, und die Villa, in der sie die ersten Jahre ihres Lebens verbracht hatte.

Jetzt aber bog sie auf der Leontiou Street ins Polizeihauptquartier ab und zeigte dem wachhabenden Polizisten ihren Ausweis, der sofort salutierte und den Schlagbaum öffnete. Sie kannte das Quartier der Hafenstadt schon von ihrem ersten Fall auf der Insel und ging zielstrebig durch das Treppenhaus direkt ins Büro von Christina Charalambous. Die saß an ihrem Schreibtisch, genau wie Toby Dukas an seinem, und sie schwiegen sich eisig an, so kam es Sofia zumindest vor. Und auch nachdem sie Christina mit einer Umarmung begrüßt hatte, bemühte sich Toby eisern, sie zu ignorieren.

»Wie geht es Kostas?«, fragte Christina.

»Besser. Aber es war echt knapp. Ich soll dich grüßen.«

»Das bezweifle ich.«

»Verdammt. Du kennst ihn viel besser, als ich immer glaube.«

»Das stimmt wohl. Aber du holst auf. So, nehmen wir uns unsere Kunden vor?«

»Mit dem größten Vergnügen.«

»Sie sind recht schweigsam, aber nicht mehr so aufmüpfig wie gestern Nacht, als sie hier ankamen. Ich glaube, die Nacht in Einzelhaft hat sie weichgekocht. Ich habe übrigens auch Lefteris' Frau herholen lassen. So ein Doppelverhör unter Eheleuten kann sehr aufschlussreich sein.«

»Du bist eine Teufelin«, erwiderte Sofia.

»Da könnten wir einen Club gründen. Ich schlage vor, wir vernehmen erst Lefteris und seine Frau gemeinsam – und dann wechseln wir uns bei dem anderen Lefteris ab. Ich glaube, so können wir sie besser unter Druck setzen. Und zwischendurch lassen wir ihnen immer wieder Zeit, über die Konsequenzen nachzudenken.« Christina Charalambous räusperte sich. »Bist du dir sicher, dass sie es waren, die Karl Schiller getötet haben?«

»Es spricht zumindest viel dafür. Die Verletzungen, die Lefteris hatte. Und wir wissen, dass Karl schon früher gewalttätig war. Der Wirt ist ein Mann mit viel Wut im Bauch – und er ist Jäger. Klar könnte der jemanden erschießen – zumal, wenn er vielleicht selbst mit einer Waffe bedroht wird.«

»Na dann, packen wir es an.«

Christina Charalambous führte Sofia die Treppen hinunter in den Keller des Polizeihauptquartiers. Hier war die junge Polizistin noch nie gewesen – was sie aber auch gar nicht bedauerte. Es war definitiv kein Ort für Menschen mit Klaustrophobie. Die Flure waren schmal und die kahlen, grauen Betonwände zu ihren Seiten schienen sich förmlich auf Sofia zuzubewegen. Die Türen zu den Räumen waren aus Stahl und die einzelnen Trakte durch Gittertüren getrennt. Dieser Keller hatte den Charme eines Gefängnisses – und war damit vielleicht ein guter Vorgeschmack für jeden, der hier verhört wurde. So ein Ort konnte Wunder bewirken.

»Lefteris, der Große, sitzt hier in diesem Raum. Und das Ehepaar dort hinten.«

»Dann fangen wir da an, oder?«

Christina nickte. Sie klopfte an die Tür und ein junger Polizist öffnete ihr und ließ die beiden Frauen eintreten. »Sie können draußen warten, Officer, danke.« Der Mann verschwand. Christina wandte sich an das Ehepaar.

»Morgen zusammen.« Niemand sprach ein Wort, aber an den unsteten Blicken des Mannes und seiner Frau sah Sofia, dass sie beide in ganz anderer Verfassung waren als bei den vorherigen Treffen. Sie wirkten mehr als eingeschüchtert.

Christina drückte auf einen Knopf des Aufnahmegeräts, das auf dem Tisch stand, und sprach mit ihrer tiefen Stimme hinein.

»Verhör im Mordfall Karl Schiller und im Fall der Sachbeschädigung und des Verstoßes gegen Tierschutzgesetze in mehrfachem schwerem Fall, dazu kommen Widerstand gegen die Staatsgewalt und Körperverletzung sowie versuchter Mord an Polizeibeamten. Verdächtig sind Xenia und Lefteris Stranidou, von Beruf Gastronomen aus Kyperounda. Anwesende Polizeibeamte sind DCI Charalambous und DS Perikles. Es ist Montag, der 6. April, 10 Uhr 11. Die Verdächtigen sind mehrfach über ihre Rechte informiert worden. Die erste Vernehmung findet nach den Gesetzen der Republik Zypern in diesen schweren Fällen ohne Anwalt statt. Ein Anwalt wird nach der ersten Vernehmung hinzugezogen. Haben Sie das alles verstanden?«

Es dauerte ein paar Sekunden, dann nickte zuerst Lefteris, anschließend auch seine Frau.

»Gut. Dann übergebe ich an DS Sofia Perikles, die das Verhör leiten wird.«

Wirt und Wirtin betrachteten die junge Polizistin mit sichtlichem Unwillen. Doch es war wie so oft, dachte Sofia. Während die Frau im Angesicht der drohenden Katastrophe ganz ruhig und schicksalsergeben wirkte, lag da etwas im Gesicht des Mannes, das bei seinem letzten Verhör noch nicht da gewesen war. Es war … Angst.

Sofia wollte ansetzen, aber spürte den Kloß im Hals, den sie manchmal bekam, wenn sie die Last der Verantwortung auf ihren Schultern fühlte. Ein Mann war tot. Kostas lag im Krankenhaus. Und der Verursacher saß vor ihr. Vielleicht. Und wenn ja, musste sie es beweisen.

Sie räusperte sich, dann senkte sie ihre Stimme.

»Wir hätten beide tot sein können«, sagte sie leise. »Mein Kollege und ich.«

Lefteris blickte zu Boden, sie sah, wie sein Puls am Handgelenk schlug. Und an seinem Hals.

»Man untersucht gerade unseren Wagen«, fuhr sie fort. »Aber ich bin mir sicher, dass die Spurensicherung durchschnittene Bremsschläuche feststellen wird.« Noch ein Räuspern. »Das wäre dann zweimal versuchter Mord – an Polizeibeamten. Sie wissen, dass Sie Kyperounda nicht wiedersehen, wenn Sie dafür verurteilt werden?« Kurze Pause, dann die zwei Worte: »Nie mehr?«

Endlich blickte der Wirt auf.

»Wir haben damit nichts zu tun. Wir wollen doch keine Bullen … ähm …«

Seine Frau schüttelte leise den Kopf.

»Also alles nur ein großer Zufall? Der Wagen steht da, während wir mit den Vogelschützern unterwegs sind – und als wir wieder einsteigen, um Sie zu verfolgen, da sind auf einmal die Schläuche kaputt, und wir segeln dem Meer entgegen?«

»Ich sag doch …«, fuhr er auf, »ich hab damit nichts zu tun.«

»Aber Ihr Kollege? Lefteris der Dümmere?«

»Nein. Wir waren doch die ganze Zeit zusammen.«

Sofia stöhnte und warf ihren Kopf zurück. Sie fasste sich kurz in die Haare, dann beugte sie sich nach vorne über den Tisch. Unwillkürlich dachte sie, dass sie diese Rolle mochte. Sie hatte immer davon geträumt, Schauspielerin zu werden. Allerdings hatte sie sich in der Theater-AG ihrer Schule nicht gerade als großes Talent erwiesen. Nun konnte sie einfach spielen – und es ging dabei sogar um etwas.

»Gut. Dann stellen wir das erst mal hintenan. Dass Sie in dem Schutzgebiet waren, geben Sie aber zu? Oder haben Sie noch Zwillinge, die auch beide Lefteris heißen?«

Der Wirt senkte den Kopf. »Wir waren da«, sagte er leise.

»Und Sie haben die Scheibe des Autos der Tierschützer eingeworfen? Mit einem Stein?«

Der Wirt schwieg.

»Haben Sie das getan?«

»Nun red' schon«, zischte seine Frau. »Meinst du wirklich, du musst jetzt noch jemanden retten?«

Der Wirt sah sie erstaunt an, dann blickte er zu Sofia.

»Lefteris war das.«

»Lefteris hat den Stein genommen?«

Der Wirt nickte.

»Weil Sie sich rächen wollten?«

»Weil die uns immer mehr auf den Fersen waren. Dabei … dabei *müssen* wir das machen – das mit den Vögeln. Sonst hätte Kyperounda schon lange keine Taverne mehr. Wie sollen wir über die Runden kommen? Die Kosten steigen immer mehr – und es kommen immer weniger Gäste, weil der Ort stirbt. Meinen Sie, all die Neunzigjährigen kommen jeden Tag zu uns in die Taverne? Bei den niedrigen Renten?«

»Weshalb Sie beinahe jede Nacht im Frühling ans Cape Pyla fahren, um Vögel zu fangen?«

»Nicht jeden Tag«, antwortete der Wirt schnaubend. »Wir machen das ja nicht gewerbsmäßig – wir machen es nur für die Beute, die wir auch selbst servieren.«

Sofia kratzte sich am Kopf. »Und Sie meinen, das macht irgendwas an Ihrer Tat besser?«

»Ich … können Sie das nicht verstehen?«

»Ehrlich gesagt: Nein. Aber bleiben wir bei gestern Nacht. Sie haben also Netze gespannt, als wir Ihnen auf den Fersen waren?«

Wieder schwieg Lefteris, doch seine Frau trat ihm nachdrücklich gegen den Fuß. Er zuckte zusammen, und es wirkte, als bräuchte er einen Moment, um aus seinen Gedanken heraus- und in den Raum zurückzufinden, bis er sagte:

»Ja, wir haben Netze gespannt. Und wir wollten gerade die Vögel rausholen, als wir diese Tierschützer kommen sahen.«

»Nicht nur die Tierschützer«, korrigierte Sofia. »Auch uns.«

»Wir haben die Netze zurückgelassen, und auf der Flucht sind wir an dem Wagen dieser Bastarde vorbeigekommen. Da hat Lefteris den Stein genommen und …«

»Aber es war nicht das erste Mal, dass Sie aufeinandergetroffen sind, oder?«

Der Wirt wandte den Kopf ab.

»Reden wir über die Wunde, die wir vorgestern auf Ihrer Stirn gesehen haben. Die stammt nicht von der Dunstabzugshaube, richtig?«

Immer noch Schweigen.

»Hören Sie, Lefteris, Sie stecken richtig tief in der Scheiße. Wir können das jetzt einem Staatsanwalt vorlegen, der wird sich die Hände reiben, weil die Beweiskette so schön dicht ist und die Motivlage so klar. Und den Mordversuch an uns – den unterschreibt der sogar noch mit. Also, Ihre letzte Chance ist es, jetzt zu reden. Sonst stehe ich auf, gehe raus, und Sie lernen den Knast von Nikosia von innen kennen.«

»Ich …«, der Wirt sah sie mit unsicherem Blick an, »nein, die Abzugshaube ist nicht schuld.«

»Sie stammt aus der Nacht, in der Karl Schiller starb, oder?«

Lefteris nickte.

»Was ist da passiert? Herrgott, reden Sie doch endlich.«

»Es war wie gestern.« Seine Stimme war so leise, dass sie ganz genau hinhören musste. Und doch spürte Sofia, dass sie nun zum Kern der Geschichte kamen. »Wir hatten Druck, Lefteris und ich. Es ist bisher kein gutes Jahr gewesen, finanziell, meine ich. Und die Zugvögel ließen auf sich warten, weil es irgendwie zu kalt war in diesem Jahr, deshalb sind sie viel später losgeflogen. Wir hatten aber schon Reservierungen für die *Ambelopoulia*-Essen – und wir brauchten die Einnahmen dringend. Also mussten wir in dieser Nacht Erfolg haben. Aber dann …« Er schüttelte den Kopf, als müsse er die Bilder verscheuchen. »Wir hatten am Abend die Netze ausgehängt und wollten die Beute einsammeln. Da habe ich gesehen, dass zwei der Netze zerschnitten waren. Die Vögel waren alle befreit worden. Ich bin ausgerastet – und Lefteris auch. Er hat in der Ferne den Wagen der Bastarde gesehen. *Die schnapp ich mir*, hat er gesagt. Ich wollte aber erst die anderen Netze leeren, weil ich es mir nicht leisten konnte, mit leeren Händen nach Hause zu fahren. Also haben wir uns aufgeteilt. Lefteris ist in die Nacht gerannt und ich zum nächsten Baum. Und dann … auf einmal …«

»Auf einmal wartete Karl Schiller«, sagte Sofia, als der Wirt nicht weitersprach.

»Er stand da, unter dem Baum, als habe er auf mich gewartet.« Lefteris' Stimme war tonlos.

»Er hielt eine Drahtschere in der Hand, mit der er sicher die Netze zerschnitten hatte. Er lachte höhnisch: *Ein alter Bekannter*, sagte er. Als hätte er ganz genau gewusst, dass er mich da finden würde. *Deine Kneipe macht bald zu*, hat er gesagt, *und dann ist im Ort endlich Ruhe,* und dann nannte er mich einen Vogelmörder. Er sprach dieses fürchterliche Griechisch mit dem deutschen Akzent, und sein Ton war so hart und schrecklich – und ich kriegte eine riesige Wut. Ich hätte Lefteris zu Hilfe holen müssen, aber ich war so in Rage – ich bin auf ihn zugestürmt, und er … er war zwar alt, aber trotzdem furchtbar stark. Er hat meinen Angriff direkt abgewehrt und mich mit einem Boxhieb zu Boden geschickt, keine Ahnung, wie er das gemacht hat, und dann lag ich da und er hat immer weiter auf mich eingeschlagen, ich konnte nur noch um Hilfe schreien.«

»Hatte er eine Waffe?«

»Das weiß ich nicht.«

»Sie haben nicht seine Waffe an sich genommen und ihn …«

»Nein, natürlich nicht.« Lefteris schüttelte entsetzt den Kopf. »Ich war ihm völlig ausgeliefert, ich hatte gar keine Chance in diesem Kampf. Ich habe Karl Schiller nicht erschossen.«

»Und als Lefteris Ihnen zu Hilfe kam? Wo war Karl Schiller da?«

»Er ist weggerannt, aber ich kann es gar nicht genau sagen, ich war kurz davor, bewusstlos zu werden. Er hatte mich richtig vermöbelt. Es war … es war wirklich fürchterlich – und es war mir auch peinlich. Lefteris hat mir aufgeholfen und hat mich dann zum Auto gebracht, wir sind nach Kyperounda gefahren – und da haben sie uns am nächsten Tag gesagt, dass Karl Schiller … dass ihn jemand erschossen hat.«

»Sie haben mit dem Mord also nichts zu tun?«

»Ich sage Ihnen doch: Schiller war längst verschwunden.«

»Und als Sie zum Auto gegangen und in Richtung Kyperounda gefahren sind, haben Sie ihn auch nicht mehr gesehen?«

»Nein, das habe ich nicht. Und ich schwöre Ihnen – mit Ihrem Auto haben wir auch nichts zu tun.«

Sofia sah Christina an, die ihren Kopf schief legte und ihr zunickte.

»Gut, dann sind wir fertig. Wir müssen Sie bitten, Ihre Aussagen noch zu unterschreiben. Und dann … dann können Sie gehen.«

Als sie auf dem Flur standen, sagte Christina: »Glaubst du ihm?«

»Ich weiß es nicht. Was ist mit dir?«

»Er hatte alles: Kein Alibi, dafür ein gutes Motiv und die richtige Gelegenheit. Und doch …«

»So geht es mir auch.«

»Ich lasse Toby jetzt die Aussagen protokollieren. Ich muss leider noch mal ins Büro des Ministers. Ihr habt mit eurer Aktion gestern richtig viel Staub aufgewirbelt. Egal. Was hast du jetzt vor?«

»Wenn ich das wüsste«, sagte Sofia. »Wenn ich das nur wüsste.«

# Eíkosi téssera – 24

Die Leitung war besetzt, auch, als Sofia zum achten Mal anrief. Doch dann, endlich, beim neunten Versuch, wurde abgehoben.

»DS Dukas, Police of Limassol?«

Ausgerechnet.

»Toby? Hier ist Sofia.«

»Sofia, mein Augen…«

»Spar dir den Schrott. Wo ist Christina?«

»Leider in einer Besprechung.

»Wann erreiche ich sie?«

»Das kann ich dir nicht sagen.« Er dehnte den Satz wie einen Kaugummi.

»Meine Güte, Toby. Sagst du ihr bitte, sie soll mich zurückrufen? Es ist dringend.«

»Das mache ich ganz bestimmt.« Seine Stimme war so voller Ironie, dass Sofia nur noch »Du Scheißkerl!« rief und dann wutentbrannt auflegte.

Aber mehr noch als Wut empfand sie eine tiefe Machtlosigkeit. Sie brauchte jemanden, der ihr half, ihre Gedanken zu ordnen. Kostas lag im Krankenhaus. Nach Kato Koutrafas konnte sie nicht zurück, weil sie das Gefühl hatte, die Zeit würde zu sehr drängen. Christina war ihre letzte Hoffnung. Doch ausgerechnet jetzt war sie nicht erreichbar.

Sofia war am Hafen von Limassol entlanggelaufen, einfach weil sie ein wenig frische Luft gebraucht hatte nach dem Verhör in dem stickigen Keller. Sie hatte die großen Containerschiffe beobachtet, die auf das Einlaufen in den Hafen warteten. Von Minute zu Minute war ihr Kopf klarer geworden – und immer stärker war sie davon überzeugt, dass Lefteris, der Wirt, wohl tatsächlich unschuldig war. Na ja, nicht an den Vögeln, aber am Mord an Karl Schiller.

Klar, er hatte ein Motiv, und er hatte die nötige Wut im Bauch, sogar die Gelegenheit hätte er gehabt – in einem US-amerikanischen Prozess hätte eine Jury ihn sicher für schuldig befunden. Aber in seiner Aussage war ihr von Minute zu Minute klarer geworden, dass er es nicht getan hatte.

Genauso wenig wie seine Frau. Oder der andere Lefteris.

Sofia war gelaufen und gelaufen, ohne zu merken, wie weit sie eigentlich schon gekommen war. Erst der Durst hatte sie aus ihrer Trance geholt – und so war sie völlig überrascht gewesen, als sie vorm Famagusta Nautical Club stand, fünf Kilometer von ihrem Ausgangspunkt die Promenade runter entfernt. Fünf Kilometer. Sie war eingekehrt und hatte eilig eine große Flasche Wasser getrunken und anschließend noch ein kleines Bier, völlig untypisch für sie, aber sie hatte einfach etwas frische Energie im Kopf benötigt.

Und dann hatte sie einen Entschluss gefasst: Sie musste noch mal nach Kyperounda.

Was, wenn sie sich die ganze Zeit auf das völlig falsche Motiv gestürzt hatten? Es war aber auch allzu offensichtlich gewesen. Der Vogelmord und der Kampf der Tierschützer gegen die Jäger? Was, wenn Karl Schiller wegen etwas ganz anderem getötet worden war?

Auf einmal kamen ihr die fünf Kilometer Rückweg zu Fuß unmöglich vor, sie hatte doch absolut keine Zeit zu verlieren. Deshalb saß sie wenige Minuten später in einem blauen Linienbus, in dem es immer noch so roch wie in ihrer Kindheit:

eine Mischung aus Knoblauch und Gewürzen, Schweiß und Hitze. In Windeseile hatte sie der Bus zurück zur Marina gebracht. Dort war sie in ihren Mietwagen gestiegen und nach Kyperounda gerast.

Auf der Fahrt in die Berge hatten sich die Aussagen in ihrem Kopf überschlagen. Eigentlich waren es nur bestimmte Worte in den Aussagen gewesen, Satzpassagen, die sich ihr offensichtlich eingeprägt hatten, obwohl sie sie in dem Moment, da sie sie hörte, gar nicht besonders hatten aufmerken lassen.

Aber nun taten sie es – und es war, als würden die Sätze auf unheilvolle Ereignisse hinweisen, in ferner Vergangenheit – aber auch in einer Nacht vor vier Tagen.

Weil sie so in Gedanken war, verriss sie in einer Serpentine das Lenkrad und wäre um ein Haar schon wieder von der Straße abgekommen, aber sie konnte den Wagen gerade noch so einfangen.

Anschließend trat sie das Gaspedal noch heftiger durch, weil sie nun ganz genau wusste, wo sie hinwollte. Ihr Wagen hatte einen deutlich kleineren Motor als der Polizei-Pick-up, deshalb quälte er sich mühsam die Bergstraßen empor, und es kam Sofia wie eine halbe Ewigkeit vor, ehe sie endlich mit heißgelaufenem Motor und quietschenden Reifen in die kleine Hauptgasse des alten Dörfchens einfuhr. So, wie die Bremsen und der Motor rochen, hätte die Fahrt auch nicht länger dauern dürfen, dachte sie, als sie ausstieg.

Sie ging vorbei am Wirtshaus und zwei oder drei Häuser die Straße entlang, fand den Hauseingang, den sie suchte, und klingelte. Das Fenster im ersten Stock ging nach wenigen Sekunden auf wie beim ersten Mal, doch die alte Frau wollte den Kopf sofort wieder zurückziehen, als sie Sofia erkannte. »Bitte, können Sie mit mir reden?«, bat Sofia.

»Ich sag nichts zu dem Kerl!«

»Ich bin nicht hier, weil ich den Mörder suche, ich will mit

Ihnen über das sprechen, was Karl Schiller getan hat«, rief Sofia nach oben.

Es dauerte ein paar Sekunden, dann steckte die alte Frau den Kopf wieder aus dem Fenster. »Ich komme runter«, sagte sie heiser. Die Wände mussten sehr dünn sein, denn Sofia konnte von außen ihre langsamen Schritte auf einer Holztreppe hören. Endlich öffnete sich die Tür, die Frau trat in ihrer Schürze hinaus und sah sich erst einmal um, als würde hier auf der Straße eine unsichtbare Gefahr lauern.

»Was wollen Sie?«

»Hören Sie, als wir das erste Mal hier waren, folgten wir einer Spur, aber ich glaube, es war die ganz falsche. Als wir bei Ihnen klopften, da haben Sie uns gesagt, dass Sie seinen Namen nie wieder aussprechen wollen würden: *Der Deutsche hat unser Leben auf den Kopf gestellt.* Leider haben mein Kollege und ich gedacht, Sie würden über das Dorf sprechen – und über die heutige Zeit. Sie meinten das aber anders, oder?«

»Ich meinte *uns*«, sagte die Frau in ihrer Kittelschürze, deren Rücken so gebeugt war, wie es nur ein langes Leben voller Sorgen vermochte, »meine Familie. Dieser Deutsche … er hat …« Sie brach ab.

»Ich würde Ihnen gern Gerechtigkeit widerfahren lassen, auch wenn das wahrscheinlich nicht möglich ist – auch weil er tot ist. Aber Sie müssen mir sagen, was damals passiert ist.«

»Was passiert ist?« Sie fuhr so heftig auf, dass Sofia erschrak, auf einmal schien die Frau ganz gerade zu stehen, sie sprach so laut, als wäre ein tosender Sturm aufgezogen. »Dieser Typ … und ich sage es Ihnen nicht noch einmal, sprechen Sie bloß seinen Namen nicht aus … Dieser Typ hat hier allem nachgestellt, was sich bewegt hat, allen jungen Frauen des Dorfes. Als er wieder hergekommen war, war keine von unseren Töchtern mehr sicher – ich habe meine Tochter gewarnt, weil ich es in seinen Augen gesehen habe, dass er böse ist. Aber er war auch so charmant, und er war weit gereist und gebildet, er war exotisch, so einen wie ihn gab es hier sonst nicht, also hat sich Kyrenia auf ihn eingelassen und …«

Sofia sah, wie sich in den ohnehin glasigen Augen der Frau feuchte Spuren bildeten, und sie spürte, wie sie selbst bei dieser Hitze eine Gänsehaut bekam.

»Er hat sie vergewaltigt. Sie war … sie war gerade einmal achtzehn, und sie wollte nicht … sie wollte auf keinen Fall vor der Ehe … Ich kann nicht darüber sprechen.« Nun schluchzte sie, und Sofia konnte nicht anders, sie nahm die Frau in ihre Arme und spürte ihr bebendes Herz.

»Er hat nicht akzeptiert, dass sie nicht mit ihm schlafen wollte?«

»Er hat Frauen überhaupt nicht akzeptiert, nichts an ihnen. Er hat mit ihnen getan, was er wollte. Immer und immer wieder. Nur mit den jungen, den unerfahrenen, den schönen. Er hat sie …«

»Und das Dorf hat zugesehen?«

»Die Männer haben versucht, ihn zur Rede zu stellen. Sie haben ihm auch aufgelauert, aber er war trainiert – und ab der ersten Abreibung war er auch bewaffnet. Und bald …«, sie schüttelte den Kopf, »bald waren alle jungen Frauen aus dem Dorf verschwunden. Kyrenia ist ein Jahr nach der Tat nach Athen gegangen – das war vor zwanzig Jahren. Seitdem war sie nicht ein einziges Mal wieder hier. Nichts bringt sie an den Ort zurück, an dem all das passiert ist.«

»Er hat das mehreren Frauen angetan?«

Die alte Frau nickte mit Tränen im Gesicht. »Ich denke, dass dieser Mann allein dafür verantwortlich ist, dass unser Dorf in den letzten vierzig Jahren ausgestorben ist. Alle jungen Frauen sind weggegangen – und zwar nur wegen ihm.«

»Aber warum hat ihn denn niemand angezeigt?«

»Es war keine Straftat – also, es war nicht nachzuweisen.

Schließlich waren alle Frauen irgendwann einmal von diesem spannenden Mann fasziniert gewesen – und dann war es schwer nachzuweisen, dass sie ihre Meinung geändert hatten. Er war fies und unerträglich, aber er war nicht dumm.«

»Glauben Sie, dass jemand aus dem Dorf den Deutschen umgebracht hat – aus Rache für die jungen Frauen?«

»Wer sollte das gewesen sein?« Sie lachte bitter. »Wir Eltern, wir sind alle alt – und er war immer bewaffnet. Wie hätte ich ihn umbringen sollen? Auch wenn ich es gewollt hätte. Außerdem: Dann hätte ich es schon vor vielen, vielen Jahren getan.«

Sofia dachte kurz nach, erinnerte die Worte der alten Frau. »Sie haben gesagt, er sei zurückgekehrt. Also hatte er das Sanatorium irgendwann verlassen?«

»Ja. Er war in die DDR zurückgekehrt.«

»Wissen Sie, warum?«

Sie nickte. »Es gab Gerüchte. Gerüchte, dass es auch damals im Heim zu Problemen mit ihm gekommen ist. Aber da wurde nicht drüber gesprochen, nicht öffentlich jedenfalls. Es hieß, dass auch der Geheimdienst der DDR damals hier gewesen ist.«

»Die Stasi?«

»So sagte man, ja.« Sie nickte wieder, und ihr Blick war finster. »Sie haben ihn irgendwann zurückgeschickt, irgendwann im Herbst, ich weiß nicht mehr, in welchem Jahr. Aber …«, sie schüttelte traurig den Kopf, »dann kam er wieder und hat uns alle kaputtgemacht. Sie können sich nicht vorstellen, wie es für mich war, ihn auf seinem Balkon zu sehen. Wenn er da saß – während Kyrenia nicht mehr hier sein durfte … Dabei ist das ihre Heimat – und nicht seine.«

»Es tut mir sehr leid«, sagte Sofia und meinte es so. »Wissen Sie, wo ich mehr über Ka… über seine Zeit in der Klinik erfahren kann?«

»Es gibt ein Archiv in der Klinik. Dort gibt es sicher Akten. Aber ich weiß nicht, wie Sie dort hineinkommen.«

»Oh, da habe ich schon eine Idee«, erwiderte Sofia und nahm die Frau noch einmal in die Arme. »Richten Sie Kyrenia aus, dass sie wieder herkommen kann – denn jetzt ist die Gefahr vorüber.«

»Das werde ich«, nickte die alte Frau. »Ich bete seit drei Tagen, dass ich den Mut aufbringe, es ihr zu sagen – und dass sie dann den Mut hat, es zu tun.«

# Eíkosi pénte – 25

Im Sanatorium angekommen, ging sie sofort zum Tresen und atmete auf, als sie sah, wer da saß. Und der junge Mann begann sofort zu strahlen, als er sie erkannte.

»Oh, wie schön, Detective, dass Sie wiederkommen.«

»Sagen Sie«, begann sie, »Sie müssen mir helfen – ich bin auf der Zielgeraden meines Falles. Können Sie mir das Archiv zeigen? Und Sie müssen mir da unten zur Hand gehen – wirklich, es ist dringend.«

»Das Archiv?« Er sah sie belustigt an. »Das ist aber ein ziemlich verstaubter Raum. Ich weiß nicht, ob da in diesem Jahrhundert schon mal jemand drin war.«

»Na, dann wird es ja Zeit.«

»Wissen Sie was? Hier ist jetzt ohnehin niemand mehr, die Sprechstunde ist beendet. Ich begleite Sie nach unten. Was brauchen Sie denn?«

»Die Akten der deutschen Kurkinder und ihrer Betreuer.«

»Das ist kein Problem. Aber vieles davon ist auf Deutsch geschrieben.«

»Ich kann Deutsch.«

Er grinste sie an. »Sie sind echt die klügste Frau, die mir je begegnet ist.«

»Ich hoffe, auch die Bestaussehende«, erwiderte Sofia keck und lächelte den jungen Mann an. »Los, gehen wir.«

Und so stiegen sie nicht die Treppe hinauf zu den Sprechzimmern, wo sie vor drei Tagen gewesen waren, sondern hinab, wo sie eine große Stahltür erwartete, die der Sicherheitsmann mit einem Schlüssel aufschloss. Er musste sehr heftig daran ziehen, damit sie sich in den Angeln rührte. Hier war tatsächlich lange niemand mehr gewesen.

Er knipste einen Lichtschalter an, und die alten Neonröhren flackerten an der Decke. Aber wenigstens funktionierten sie. Vor ihnen reihten sich dicht an dicht viele Dutzend alte Stahlschränke, gefüllt mit Akten und Ordnern, die so staubbedeckt waren, dass sich Sofia fragte, ob hier überhaupt jemals jemand etwas nachgeschlagen hatte oder ob einfach immer nur neue Akten dazugestellt worden waren.

»Die Dokumente aus der Zeit, wo die Zusammenarbeit mit den Deutschen besonders eng war, sind dort weiter hinten«, sagte der junge Mann. Sie gingen die Reihen entlang und Sofia hielt an einem Schrank inne, in dem sie Papiere über Papiere sah, *GDR* stand über den Schränken, *German Democratic Republic.* Sie fasste sich kurz an den Kopf und lächelte ihn gequält an.

»Das sieht nach jeder Menge Arbeit aus«, sagte sie und wies auf einen Tisch, der in der Ecke stand.

»Na, dann hole ich uns mal Kaffee«, sagte der junge Mann und verschwand. »Viel mehr kann ich ja leider nicht tun, weil mein Deutsch …«

»Kaffee wäre toll«, erwiderte Sofia, *»efcharistó.«* Dann griff sie sich die erste Akte aus dem Schrank und fing an, darin herumzublättern. Es war eine von Dutzenden Krankenakten der Kinder der Kurklinik. Ein zehnjähriges Mädchen mit einer chronischen Bronchitis. Sie versuchte, die Zeilen schnell zu lesen, aber es waren so viele medizinische Fachbegriffe, dass sie immer wieder ins Stocken kam. Ihr Deutsch war nicht schlecht, aber um hier durchzusteigen, brauchte man doch recht spezielle Kenntnisse. Sofia blickte noch mal zu dem

Schrank. Es war die Suche nach der Nadel im Heuhaufen – und dann noch in einer fremden Sprache.

Zudem hatte sie eine große Sorge: Wenn das hier mit Kindern zu tun hatte und Karl Schiller immerhin der Betreuer der kleinen Patienten gewesen war, dann gab es noch Möglichkeiten, an die sie gar nicht denken mochte. Düstere Möglichkeiten, die ihr den Schlaf rauben würden.

Schnell nahm sie die nächste Akte, blätterte sich durch eine weitere Krankengeschichte und noch eine. Es waren tatsächlich alles Kinder mit Lungenkrankheiten oder chronischen Atemwegsinfekten gewesen, die wegen der schlechten Luft in der DDR hierhergeschickt worden waren – ihnen musste das gute Klima in den Bergen des Troodosgebirges wie das Paradies vorgekommen sein.

Mittlerweile war der junge Mann mit zwei Tassen und einer Thermoskanne wiedergekommen. Weil er nicht mitlesen konnte, schleppte er immer neue Aktenberge an. Schnell war Sofia dazu übergegangen, die Krankenberichte nur noch zu überfliegen. Als sie dann einen neuen Stapel aufschnürte und sich darüberbeugte, pfiff sie durch die Zähne. Nun waren sie auf die Personalakten der aus Deutschland entsandten Angestellten des Sanatoriums gestoßen.

Sie blätterte die Papiere durch und fand schließlich eine Akte, auf deren Deckblatt der Name stand, der ihr sofort eine Gänsehaut verursachte.

*Karl Schiller.*

Sie schlug die dünne Akte auf und blätterte die wenigen Seiten durch. Da war sein Sold aufgeführt, eine lächerlich kleine Summe in DDR-Mark. Es folgte ein Schulzeugnis. Und einige kurze Notizen zu seiner medizinischen Ausbildung. Kein weiteres Zeugnis. Das letzte Blatt erregte Sofias Aufmerksamkeit. Da stand in knappen Worten:

*Wegen der Vorkommnisse im Mai des Vorjahres wird Karl Schiller nach Leipzig zurückbeordert. Flug mit Interflug am 28. Juli. Über Ersatz wird kurzfristig entschieden. Untersuchungen sind nicht vorzunehmen, da sich die Vorkommnisse auf Zypern zugetragen haben.*

Unterschrieben hatte offenbar ein Sekretär, die Handschrift war unleserlich. Vorkommnisse? Was für Vorkommnisse? Sofia rieb sich die Hände. Zumindest hatte sie jetzt einen Anhaltspunkt, wonach sie suchen musste. Einen Zeitraum.

»Mai«, sagte sie, und der junge Mann sah sofort auf. »Wir suchen alle Angestellten, die im Mai dieses Jahres hier gearbeitet haben. Ich brauche alle verfügbaren Akten.«

»Kommen sofort«, erwiderte er, und machte sich auf die Suche.

Keine drei Minuten später war er mit vier Akten zurück.

»Hier, das sind die deutschen Angestellten, die im Mai im Sanatorium gearbeitet haben. Der Rest waren lokale Kräfte aus Zypern.«

»Danke.« Sofia spürte, wie ihr Herz schneller schlug. Sie kam des Rätsels Lösung näher. Allerdings wusste sie gar nicht, ob sie so ganz genau wissen wollte, was damals geschehen war.

# Eíkosi éxi – 26

Sofia raste die bucklige Piste entlang, doch diesmal störte es sie nicht, dass ihr Kopf ab und an gegen die Wagendecke geschleudert wurde. Sie spürte, wie das Adrenalin durch ihre Adern floss. Dies war der Augenblick, den sie nun schon zweimal bei Ermittlungen gehabt hatte – der Augenblick, in dem eigentlich nur eine einzige Frage zu stellen blieb. Und wenn diese letzte Frage beantwortet war, dann gab es nur noch die schreckliche Wahrheit.

Sie hatte eine Gänsehaut gehabt, als sie die Akte vollständig durchgelesen hatte. Sie hatte zwei Stunden dafür benötigt, aber sie hatte sich dazu gezwungen, alle Einzelheiten zu studieren. Weil sie nichts übersehen wollte. Sich ganz sicher sein wollte. Dass sie die Anschuldigung, die sich gegen den Toten aufgebaut hatte, auch wirklich beweisen konnte.

Denn den entscheidenden Namen hatte sie nicht gefunden. Den Namen, der sie zum Täter geführt hätte. Derjenige musste sich selbst offenbaren.

Einmal geriet sie in einer scharfen Kurve ins Schleudern und riss das Lenkrad herum, der Wagen brach aus, und sie drohte in einen Steinhaufen zu fahren, doch dann fing sie den Mietwagen wieder und schrie laut aus dem Fenster, weil die Anspannung zu groß war. Verdammt, sie musste aufpassen.

Sie bremste am Rande der Felsen, und der Wagen wurde

vom Staub verschluckt. Wurde echt Zeit, dass es einmal regnete. Das Land, sie alle konnten eine Abkühlung gebrauchen.

Sofia setzte ihre Polizeimütze nicht auf, diesmal würde es schnell gehen. Dafür schob sie ihre Waffe ins Holster. Dass sie diese Sache ganz allein machen musste, ängstigte sie nicht. Aber sie ging lieber auf Nummer sicher. Auch Kostas hätte es so gewollt.

Sie stieg vorsichtig den Berg herunter, dann ging sie über den Strand. Die jungen Leute saßen vor ihrer Hütte, wie beim allerersten Mal. Sofia zählte aus der Ferne durch. Einer fehlte. Doch als sie näher kam, trat Aris gerade aus dem Schatten der Hütte hervor. Er trug nur ein weißes Baumwollhemd und hielt seinen Autoschlüssel in der Hand. Seine Muskeln spannten sich, als er sie sah. Sofia sah ihn mit festem Blick an.

»Hi, Detective Sergeant«, sagte er, und es klang ironisch.

»Hallo zusammen«, erwiderte Sofia.

»Wie geht es Ihrem Kollegen?«

»Besser.«

»Hat der Scheißkerl gestanden?«

Sie hielt seinem bohrenden Blick stand.

»Hat er.« Sie spürte, wie alle, die da saßen, nickten und wütend dreinblickten. Keiner rührte sich. Keiner war erstaunt. So schien es. Auch wenn es nicht sein konnte. Sofia wartete noch einen kurzen Moment, dann sagte sie: »Aber nur das mit den Fallen. Und das mit euerm Wagen. Und Vogelmord in sehr vielen Fällen. Aber den Mord …« Sie schüttelte den Kopf.

»Was?«, fuhr Aris auf. »Wer soll es denn sonst gewesen sein?«

Sofia senkte ihre Stimme, dann sagte sie leise, langsam und auf Englisch, damit alle sie verstanden: »Sag mal, Aris, ganz am Anfang, warst du da Karl Schillers erster Kontakt zu euch? Du bist schließlich der Einheimische hier.«

Doch der Zypriot schüttelte den Kopf. »Nein. Ich kannte den Mann nicht.«

Sofia kniff die Augen zusammen. Sie hatte diese Antwort erwartet. »Wer von euch hat denn vorgeschlagen, mit ihm zusammenzuarbeiten?«

Aris verzog das Gesicht, als müsse er nachdenken, sah in die Runde und sagte: »Das warst doch du, oder, Stephan?«

Und dann ging alles ganz schnell. Der junge blonde Mann kam sofort auf die Beine, sein rechter Arm griff nach dem Autoschlüssel, und mit dem linken schubste er Aris von den Beinen, der ins Innere der Hütte fiel. Annika stieß einen Schrei aus, oder vielleicht war es auch das andere Mädchen gewesen, so genau wusste Sofia es hinterher nicht zu sagen. Weil Sofia sich ihm in den Weg stellte, drehte er sich um und rannte auf die Felsen zu.

»Halt, Stephan!«, rief Sofia und nahm die Verfolgung auf. Doch der junge Mann war schnell, und er schien ein geübter Kletterer zu sein. Er legte Meter um Meter an der steilen Felswand zurück, und Sofia war mehr als klar, dass dies hier ein guter Augenblick war, um sich das Genick zu brechen. Sie drehte also kurzerhand um und rannte über den Strand zum Felsenaufgang. Sie spürte, wie sehr sie das Atmen schmerzte. Es fühlte sich an, als brauchte sie endlos, dabei war es sicher nicht mehr als eine Minute. Immer wieder versanken ihre Füße im Sand, und als sie endlich oben angekommen war, musste sie sich kurz auf den Knien abstützen, weil sie fürchtete, sonst ohnmächtig zu werden. Die Pause tat aber nichts zur Sache, denn auch der junge Mann war eben erst beim Wagen der Gruppe angekommen, stieg ein und raste mit quietschenden Reifen los. Er hinterließ eine so gigantische Staubwolke, dass Sofia ihn auch mit einem Kilometer Abstand nicht verlieren würde. Sie setzte sich hinters Steuer, schaltete Blaulicht und Sirene ein und erschrak, weil der Ton ohrenbetäubend laut war, selbst hier im Auto. Sie ließ den Motor an und raste hinterher.

»Wohin will der Typ?«, fluchte sie. Verdammt, sie hätte gleich die Waffe ziehen sollen. Andererseits reagierte er auf Pistolen nicht gerade gelassen, das wusste sie. Auch Karl Schiller hatte eine bei sich gehabt.

Sie verfolgte ihn mehrere Minuten lang, mal holte sie auf, dann brachte er sie wieder auf Abstand. Er fuhr gut und schnell, aber hey, er war ja auch Deutscher.

Als sie schon glaubte, er würde in Richtung Paphos und damit in Richtung Autobahn flüchten, bremste er ab, genau am Eingang zur Avakas-Schlucht.

»Mist!«, rief sie. Sie bremste auch, aber er war schon aus seinem Auto gestiegen und rannte in Richtung der engen Schlucht und ihrer steilen Felsen.

Sofia schüttelte den Kopf. Was wollte er hier? Es gab keinen Ausweg aus dieser Sackgasse. Am Ende der Schlucht waren nur endlose Berge und sonst nichts. In ihr stieg eine dunkle Ahnung auf.

Nein, er durfte nicht springen. Er durfte nicht.

Sie schickte ein kurzes Stoßgebet zum Himmel, dann war auch sie auf dem Weg zur Schlucht.

# Eíkosi eptá – 27

»Ich würde es nicht tun«, sagte Sofia leise, aber ihre Stimme hallte trotzdem von den Felswänden wider.

Sie waren sicher einen Kilometer in die Schlucht hineingerannt, die immer enger wurde, schräge Felswände, die aufeinander zustrebten, spitze Formationen, wunderschöne Farben.

»Wieso denn nicht?«, rief der Junge, der mittlerweile schon in zwei Metern Höhe auf einem Felsvorsprung stand. »Es ist doch eh alles aus.«

»Meinst du wirklich, deine Mutter will, dass dieser Mann auch noch dein Leben vernichtet? Das kann sie nicht wollen. Diese Sinnlosigkeit.«

»Du weißt einen Scheiß, was meine Mutter will.«

»Das stimmt«, gab Sofia zu. »Aber ich weiß, dass ich dich nicht von diesem Gipfel springen lasse – und deshalb …«, sie brach ab und griff zu einem neuen Plan: Sie zog ihre Waffe und richtete sie auf den Unterschenkel des Jungen. »Ich werde schießen, dann fliegst du da runter und hast richtig Schmerzen – aber wenigstens fällst du dann nicht sechs Meter und zerschmetterst dir deinen Kopf. Glaub mir, Stephan«, sie sprach nun wieder leiser, »es ist gerade alles finster – aber das wird ganz sicher nicht so bleiben. Komm da jetzt runter.«

Sie streckte ihm die Hand hin, hielt die Pistole in der anderen Hand aber noch auf ihn gerichtet. Es musste ein merkwürdiges Bild abgeben. Der Junge stand mit seinen nackten Füßen auf der Felswand. Er zögerte, er rang mit sich.

»Komm schon«, sagte sie noch einmal. Da hielt er sich am Felsen fest, und für einen Moment fürchtete Sofia, wirklich schießen zu müssen, damit er nicht weiter emporkletterte. Aber er setzte den Fuß auf einen Stein weiter unten und ließ sich vorsichtig zu ihr herunter. Sie ließ die Waffe sinken und atmete leise, aber tief durch. Als er neben ihr stand, murmelte Stephan Gruber: »Er war ein Schwein.« Sofia schwieg einen Moment, ehe sie antwortete: »Ich weiß.«

»Ich dachte, ich hasse ihn einfach, weil er meiner Mutter das angetan hat – und ich rede mit ihm und versuche, ihn zu verstehen. Aber dann ... ihn kennenzulernen und diese Selbstgerechtigkeit und diese pure Bosheit in diesem Menschen zu finden, der deine DNA hat, oder wenigstens die Hälfte davon, das hat mich total fertiggemacht. Und dann ... dann ist es geschehen.«

»Komm, wir setzen uns«, sagte Sofia, und sie ließen sich auf einem kleinen Felsvorsprung nieder, von dem aus sie die ganze Schlucht einsehen konnten. Sofia steckte die Waffe wieder in ihr Holster und schloss es, sodass der Junge nicht drankommen konnte. Nicht, ohne sie zu überwinden. Und gerade machte er nicht den Anschein, als sei er besonders gefährlich.

»Du hast also den Kontakt zu Karl Schiller hergestellt und ihn davon überzeugt, dass ihr ihm helfen könntet bei seiner Jagd auf die Vogelfänger? Woher wusstest du überhaupt Bescheid?«

»Meine Mutter hat mir lange Zeit nicht erzählt, wer mein Vater ist. Erst zuletzt, als es ihr wirklich schlechtging, da hat sie sich mir anvertraut.« Er stockte. »Sie hatte Krebs. Sie ist letztes Jahr gestorben.«

»Das tut mir sehr leid«, sagte Sofia sanft.

»Sie hat mir erzählt, dass sie es nicht über sich gebracht hat, mir die Wahrheit zu sagen. *Welches Kind möchte schon wissen, dass sein Vater seine Mutter* … Sie hat es nicht geschafft, den Satz zu beenden. Ich habe …«, er schluckte, »ich habe den Schmerz in ihrem Gesicht gesehen. Es war so schlimm. Weil ich mich geschämt habe. Ich dachte kurz, das sei alles so lange her und vielleicht würde sie das heute ja etwas anders sehen als damals – aber der Schmerz in ihrem Gesicht war, als hätte der Missbrauch gestern stattgefunden.«

»Karl Schiller hat Ihre Mutter missbraucht.«

Stephan Gruber nickte. »Ich habe ihr Tagebuch gefunden, als ich ihre Sachen aufgeräumt habe. Es war am Tag ihrer Beerdigung. Ich habe die ganze Nacht darin gelesen. Ich musste mich übergeben. Aber ich musste auch weiterlesen. Immer weiter. Und am Ende der Nacht, als die Sonne aufging, habe ich entschieden, dass ich ihn suchen und finden würde, wenn er denn noch am Leben war.«

»Und haben Sie mit der Möglichkeit gerechnet, dass Sie ihn töten könnten?«

Stephan Gruber sah sie starr an, dann schüttelte er den Kopf.

»Daran hab ich nicht im Traum gedacht. Ehrlich gesagt hab ich da gar nichts weiter geplant oder so. Meine Gedanken reichten ausschließlich bis zu dem Moment, in dem ich ihm gegenüberstehen würde. Was ich dann tun oder erwarten oder schlicht sagen würde, das wusste ich nicht.«

»Sie haben ihn schnell gefunden.«

»Ja, es war nicht schwer. Er hatte Website, auf der er seine Initiative gegen Vogelfang vorstellte. Da stand sogar seine Telefonnummer dabei.«

»Und dann haben Sie sich einen Weg überlegt, wie Sie ihm begegnen könnten.«

»Genau. Ich habe gesehen, dass bei der Schildkrötenrettung Praktikanten gesucht werden – und dann, als ich schon auf Zypern war, habe ich ihn angerufen. Aber ich habe nur gesagt, dass ich Stephan heiße. Meinen Nachnamen habe ich verschwiegen, schließlich hieß meine Mutter genauso wie ich.«

»Und dann haben Sie Ihre Freunde überredet, neben Schildkröten auch noch Vögel zu retten.«

»Ich habe versucht, Aris zu überzeugen, ja. Erst war er zögerlich, weil er hier genug zu tun hat mit seiner Arbeit. Aber dann hab ich ihm gesagt, dass es um echt krasse Fänger ging – und dass wir diesem Deutschen helfen könnten, denen ein für alle Mal das Handwerk zu legen.«

»Woraufhin alle mit an Bord waren.«

»Genau. Und das war meine erste Begegnung mit Karl Schiller.«

»Wie viele Begegnungen gab es denn?«

»Drei. Beim dritten Mal habe ich ihm gesagt, dass ich weiß, wer er ist und was er getan hat.«

»Dabei waren Sie beide allein?«

»Ja. Das war, nachdem die Vogelfänger uns entdeckt hatten. Die anderen sind in alle Richtungen abgehauen, weil die Männer bewaffnet waren. Aber Karl wollte nicht. Ich bin hinter ihm her. Dann gab es die Schlägerei mit einem von den Typen. Den hat Karl richtig vermöbelt. Ich habe den Hass in seinem Gesicht gesehen. Er war wirklich ein böser Mann – das war zu spüren. Er wollte den Kerl verprügeln, vielleicht wollte er ihn sogar umbringen. Der hat das regelrecht genossen. Wer tritt denn auf jemanden ein, der schon am Boden liegt?« Stephan atmete schwer, die Bilder jener Nacht verfolgten ihn merklich. »Und in genau dem gleichen Maße ist mein Hass auf ihn gewachsen.«

»Sie sind ihm weiter gefolgt.«

»Genau. Als er von dem Fänger abließ, weil dessen Freund

zurückkam, bin ich ihm nachgegangen. Bis an den Strand. Er war überrascht, mich zu sehen. Ich habe nicht lange um den heißen Brei herumgeredet. *Du bist mein Vater*, habe ich gesagt. Er hat mich angeguckt, als sei ich verrückt. Aber dann machte es *klick*. Ich konnte es richtig sehen. Er kniff die Augen zusammen und sagte nur ein Wort. *Edith.*«

»Ihre Mutter?«

Stephan Gruber nickte. »Edith Gruber.«

»Er hat nach so vielen Jahren noch ihren Namen gewusst und sie in Ihnen wiedererkannt?«

»Das hat mich echt gekriegt«, erwiderte Stephan nickend. »Und er hat Sachen gesagt …«

»Was ist passiert?«, fragte Sofia nach einer Weile, als er nicht weitersprach.

»Wir standen da auf diesem Felsen im Mondlicht, und es war total bizarr. Da stehe ich zum ersten Mal in meinem Leben vor meinem Vater, mit dem Wissen, was er getan hat vor so vielen Jahren. Und es hätte ja alles passieren können. Sogar …«, er brach kurz ab und schloss die Augen, »herrje, sogar wenn er sich entschuldigt hätte, wenn er gesagt hätte, er war jung und dumm oder so – vielleicht hätten wir uns dann umarmt, und ich hätte ihm verziehen, auch wenn Mama ihm wahrscheinlich nie verziehen hätte.«

»Aber er hat sich nicht entschuldigt.«

»Er hat gesagt: *Ich erinnere mich richtig gut an Edith*. Seine Stimme war eiskalt, und da war so ein Unterton, es war widerlich.«

»Das glaube ich. Wie ging es dann weiter?«

»Wir standen uns gegenüber. Ich habe ihm gesagt: *Du hast meine Mama vergewaltigt. Du hast sie gezwungen, mit dir zu schlafen. Und dann ist sie schwanger geworden*. Und er stand einfach so da, mit seinem faltigen Gesicht, und auf seinen Zügen lag ein Lächeln. *Ach was, Vergewaltigung*, hat er gesagt, *du glaubst gar nicht, was manche damals in Kinderheimen in der DDR erlebt haben – und das waren Kinder. Das war Missbrauch.* Ich hätte ihn am liebsten da schon umgebracht. Aber es wurde noch schlimmer. *Deine Mama war doch schon erwachsen, die war wirklich … die war wirklich eine heiße Frau.* Das hat er so dahingesagt, als wäre er immer noch ein dummer Teenager. *Die hat mich verführt. Die hat mich um den kleinen Finger gewickelt. Ich habe ihr die geheimen Strände gezeigt und ihr dieses Land zu Füßen gelegt – doch als ich dann mehr wollte, da hat sie mir die kalte Schulter gezeigt.*

Ich habe ihn angeschrien. *Sie war sechzehn, verdammt. Und du warst dreißig. Und du warst ihr Chef. Sie dachte, du bist freundlich zu ihr und würdest ihr helfen, mit ihrem Heimweh klarzukommen. Aber du hast sie bedrängt und gedroht, dass du sie bei der Stasi melden würdest. Dass sie versuchen würde, sich auf Zypern abzusetzen. Du hast sie erpresst. Also ist sie noch mal mit dir an den Strand gefahren. Aus Angst. Sie hatte so große Angst, um sich und um ihre Familie. Aber dich, dich hat das nicht interessiert. Du hast sie vergewaltigt. Nicht nur einmal. Sondern mehrfach. Und erst als sie wieder in der DDR war, hat sie sich getraut, jemandem etwas zu sagen.* Er hat mich angesehen und ausgelacht. *Sie hat mich echt verpetzt. Erst macht sie mich scharf, und dann verpetzt sie mich, weil ich darauf eingehe? Aber ihr hat ja niemand geglaubt. Sie musste die Schwesternschule abbrechen. So war es doch, oder? Ich wurde zwar zurückbeordert, aber ich bin nicht belangt worden. Wer war also der Gewinner? Und nach der Wende bin ich ins gelobte Land zurückgekehrt – und was macht Edith jetzt gerade genau?*«
Stephan ballte die Fäuste, und Sofia merkte, dass auch ihre Hände verkrampft waren, so sehr nahm die Geschichte sie mit. »Das war zu viel. Ich habe ihn gepackt und ihm dann

eine mit der Faust verpasst. Das hat ihn zurückgeschleudert – er ist auf den Felsen geknallt. Als er wieder aufstand, habe ich die Wut in seinem Blick gesehen. Ich hatte Todesangst. Es war eine absolut blinde Wut. Ich habe gefühlt, was meine Mutter damals gesehen haben muss. Wenn er sie auch so angesehen hat … und dann war da die Pistole. Er richtete sie auf mich und rief: *Du kleiner Bastard, was willst du? Willst du Ärger?* Ich wusste nicht, was ich tat, ich warf mich auf ihn, ich stürzte mich regelrecht auf dieses Schwein, es ging so schnell, und dann …«, er senkte den Kopf, »ich höre den Knall noch, den Schuss, jede Nacht mehrmals, und dann schrecke ich hoch. Ich habe seitdem nicht mehr im Zelt geschlafen, weil ich nicht wollte, dass die anderen was merken. Ich schlafe jede Nacht unter freiem Himmel. Ich glaube … ich glaube, dass Annika weiß, dass ich es war. Aber sie hat mich nie darauf angesprochen.«

»Der Schuss hat sich gelöst?«

»Es war ein Gerangel. Ja. Aber …«

»Aber was?«

»Wenn ich ehrlich bin: Hätte ich die Waffe gehabt, hätte ich sogar zweimal abgedrückt.«

»Das solltest du vor Gericht vielleicht nicht sagen.«

Zaghaft lächelte er sie an. »Werde ich nicht.«

»Okay, dann verhafte ich dich im Namen der Republik Zypern wegen Totschlags. Deine Rechte stehen im Einklang mit der Verfassung der Republik. Das erste Verhör hat hiermit stattgefunden, ab sofort hast du das Recht auf einen Verteidiger. Wollen wir …?«

Sie wies auf den Ausgang der Schlucht. Er stand auf und ging voran.

»Es tat gut, darüber zu sprechen«, sagte er leise. Sofia antwortete nicht. Aber sie fühlte mit ihm. Als sie am Auto ankamen, fiel ihr noch etwas ein.

»Ach, Stephan?«

»Ja?«

»Du hast nicht zufällig unsere Bremskabel durchtrennt, oder?«

»Was? Wieso das denn? Wieso sollte ich das tun?«

»Keine Ahnung. Vielleicht hattest du Angst, dass wir rausfinden, was passiert ist – und wolltest uns aus dem Verkehr ziehen.«

Der Junge schüttelte den Kopf. »Nein, ehrlich, ich habe meinem Vater das angetan – und kann es selbst immer noch nicht glauben. Aber ich würde doch nicht zwei Polizisten … Niemals, nein.«

»Okay«, sagte sie und nickte. Dieses Rätsel würde sie vielleicht nie lösen. Als sie ihn zurück zum Parkplatz geführt hatte, ließ sie ihn in ihren Wagen einsteigen.

»Was wird jetzt mit mir passieren?«, fragte der junge Mann, als sie auf dem Holperweg in Richtung Limassol fuhren.

»Der Staatsanwalt wird entscheiden. Die Tat ist hier passiert, Karl Schiller war Zypriot. Aber du bist Deutscher. Kann sein, dass wir dich ausliefern. Ich hoffe für dich, dass der Prozess hier stattfindet. Wenn du da deine Geschichte erzählst, dann wirst du nicht lange in Haft sitzen, glaube ich. Bei solchen schrecklichen Familiendramen sind zyprische Richter sicher einfühlsamer als deutsche.«

# Eíkosi októ – 28

»Kostas!«, rief Sofia und sprang aus dem Wagen, mit dem sie eben aus Limassol angekommen war. Sie hatte den jungen Deutschen zum Polizei-Hauptquartier gebracht, wo schon ein Diplomat der Botschaft auf sie wartete. Christina Charalambous hatte mit Sofia das letzte Verhör im Beisein des Konsuls geführt, der Sohn von Karl Schiller hatte aber alles genau so wiederholt wie auf dem Felsen in der Schlucht. Danach hatte Sofia noch einige Formalitäten erledigt, bevor sie nach Kato Koutrafas aufgebrochen war.

Und nun saß ihr geliebter Chief Inspector schon auf dem Stuhl des Kafenions, umschwärmt von Constantina und Lady Gladstone, die sich offenbar bemühten, ihm jeden Wunsch von den Augen abzulesen.

»Na? Lässt du dich verwöhnen?«, neckte Sofia, als sie näher kam. Die Fassade des Cafés war schon geschmückt, die Feier stand in zwei Tagen bevor.

»Hör mal, Darling«, rief Lady Gladstone mit mütterlicher Stimme, »der arme Chief Inspector wäre doch fast gestorben – und nun ist er schon wieder auf den Beinen – da müssen wir uns doch um ihn kümmern. Also, darf es ein Glas Wasser sein? Oder doch ein Wein? Nun lass dich doch nicht ewig bitten, Kostas.«

»Wasser mit Limette wäre perfekt«, sagte Kostas und sah grinsend zwischen der Lady und Sofia hin und her. Es gab Zeiten, da wäre ihm ein solcher Rummel sehr peinlich gewesen, doch gerade schien er ihm gut zu gefallen.

»Kommt sofort«, rief Constantina und verschwand im Inneren des Kafenions.

»Nun erzählt aber mal – wie geht es? Habt ihr euren Täter?«, fragte Lady Gladstone. »Haben die Vogelräuber gestanden?«

»Das wollte ich auch gerade fragen«, ergänzte Kostas. »Ich bin eben erst entlassen worden und sofort hergekommen. Aber ich kam bisher noch nicht ein Mal zu Wort.«

»Das klingt ganz, als wären wir wirklich zu Hause«, lachte Sofia. »Na, wenn ich auch ein Wasser kriege, dann erzähle ich euch alles. Aber sag erst mal, geht's dir wieder richtig gut?«

»Der Kopf schmerzt noch ein bisschen – aber hey, ich bin schließlich ein Mann.«

»Ja, genau deswegen frag ich ja, du Wehleidiger.«

»Tausendschön«, sagte er drohend. »Erzähl schon – wer war es?«

»Du wirst es nicht glauben«, erwiderte sie, doch gerade als sie weiterreden wollte, klingelte Kostas' Telefon.

»Siehst du?«, sagte er lächelnd. »Man kommt hier zu nichts.« Er sah auf das Display und runzelte die Stirn, dann hob er ab.

»Chief Inspector Karamanlis?«

Sein Stirnrunzeln vertiefte sich, dann sagte er: »Warten Sie kurz, ich stelle Sie auf Lautsprecher.«

Sofia rückte näher an den Tisch heran und hinter ihr auch Lady Gladstone, der anzusehen war, dass sie vor Spannung fast zersprang.

»Sagen Sie das bitte noch mal.«

»Hier ist die Polizei der britischen Botschaft.« Die Stimme eines jungen Mannes mit ausgesucht mondänem britischen

Akzent. »Wir wollten Sie darüber informieren, dass wir seit anderthalb Tagen eine Person in unserer Obhut haben, die ausreisen wollte, aber überaus verwirrt wirkte. Bei unserer Durchsuchung kamen merkwürdige Dinge zutage. Und nun hat auch noch eine Verkehrsüberwachungskamera aus der Sovereign Base Area angeschlagen – auf genau den Mietwagen, den diese Person die letzten Tage gemietet hatte. Sie ist mit dem Wagen in die Zone gefahren am … ähm, vorgestern Nacht um 23.58 Uhr – und sie kam wieder heraus um kurz nach vier Uhr gestern Morgen. Wir haben von unserer Base-Police gehört, dass sich zu der Zeit ein Unfall ereignet hat und dass Sie die Leidtragenden waren. Deshalb melden wir uns. Wir haben, nun ja, wir haben natürlich sofort den Mietwagen durchsuchen lassen und haben darin ein Cuttermesser gefunden.«

»Ein Cuttermesser?«, entfuhr es Sofia, Kostas und Lady Gladstone gleichzeitig.

»Genau. Und als wir die Person eben damit konfrontiert haben, ist sie zusammengebrochen und hat alles gestanden.«

»Sie hat gestanden …«, begann Kostas, und der junge Mann beendete seinen Satz: »… dass sie die Bremsschläuche des Polizeiwagens in der SBA durchschnitten hat. Hinzugefügt hat sie nur noch dies: Sie wollte, dass Sie tot sind.«

»Sie?«

»Sie sagte: *Sofia*. Nur das.«

»Es war eine Frau?«

Sofia senkte den Kopf. Sie spürte, wie ihr die Tränen in die Augen stiegen.

»Ja. Eine britische Staatsbürgerin. Margret Evans. Wir haben sie mit ihrem Pass identifiziert.«

»Fuck«, sagte Sofia leise, stand auf und wollte loslaufen, doch dann spürte sie, wie ihre Beine streikten.

Margret Evans. Ihre Ex-Schwiegermutter. Carls Mutter.

Es waren ihre letzten Gedanken, bevor das Dunkel sie umfing.

# Eíkosi ennéa – 29

Sofia hatte noch nie so viele Menschen auf der Dorfstraße von Kato Koutrafas gesehen. Eigentlich, so musste sie zugeben, hatte sie nicht einmal gewusst, dass überhaupt so viele Menschen hier lebten. Es waren bestimmt fünf Dutzend, die sich fein zurechtgemacht hatten, um dem Spektakel beizuwohnen. Wann hatte es das zum letzten Mal gegeben, dass hier, am Ende der Welt, irgendetwas neu eröffnet wurde? Das letzte Mal, dachte Sofia, war sicher die Kirche gewesen – aber diese Feier musste vor ungefähr fünfhundert Jahren stattgefunden haben, schätzte sie.

Adonis und Christos hatten Stehtische vor das Kafenion gestellt, jetzt schwärmten sie mit Tabletts voller Gläser aus, in denen zyprischer Sekt für die Erwachsenen und Brause für die Kinder war. Es war wie ein richtiger Empfang, dachte sie unwillkürlich, nur dass er eben nicht in einem schicken Saal stattfand wie in London oder Berlin – sondern einfach mitten auf der staubigen Dorfstraße.

Sie beobachtete eine Weile, wie Christos sich hinhockte, um einem kleinen Mädchen ein Glas anzubieten, und kurz mit ihm herumalberte. Es rührte sie. Ob auch sie irgednwann einmal ein Kind haben würde? Bestimmt – mit diesem Mann vielleicht sogar acht Kinder, und Polizistin, die würde sie auch weiterhin sein.

»Na, Tausendschön? Wollen wir?« Sie hatte Kostas nicht

kommen hören, er war von hinten an sie herangetreten. Jetzt wandte sie sich um und konnte nichts dagegen tun, dass ihr der Mund offen stand.

»Halleluja«, sagte sie, »na, ist denn heut schon Weihnachten?«

»Nee. Aber Ostern«, erwiderte Kostas.

»Ich sag mal so – die neue Liebe steht dir gut.«

»Das ist reines Pflichtbewusstsein«, gab Kostas zurück. »Wenn sie uns hier schon so ein Château de Police hinstellen, dann kann ich mich ja noch ein Mal im Leben anständig kleiden.«

Der Chief Inspector hatte sich zur Feier des Tages glatt rasiert, die Haare waren ordentlich gekämmt, und er roch so gut, als habe er eine Stunde in einem Blumenladen verbracht. Das Auffallendste aber war die schwarze und glänzende Parade-Uniform der zyprischen Polizei – ein Relikt aus längst vergangenen Zeiten, aber – das musste sie zugeben – wahnsinnig schick: Sie bestand aus einer eng geschnittenen Uniformjacke und einer Hose mit glänzenden Seitenstreifen, dazu einer hohen Polizeimütze mit dem Emblem der Republik. Am Revers hatte Kostas sämtliche Orden hängen, die ihm in seiner Zeit als Beamter verliehen worden waren.

»Ich wusste nicht, dass du früher so tapfer warst«, sagte sie grinsend, als sie die beachtliche Anzahl der Auszeichnungen zählte.

»Nur kein Neid«, erwiderte er. »Wenn du dich anstrengst, kriegst du auch bald einen. Und nun vorwärts marsch. Ich möchte nicht zu spät kommen.«

Auch Sofia trug ihre Uniform, allerdings die ganz normale – und kam sich damit neben dem ausstaffierten Kostas ein wenig banal vor. Doch dann sah sie, wie der Chief Inspector immer wieder nervös auf die Uhr schaute, und wusste: Es lag sehr wohl an der Liebe und nicht an der Eröffnung, dass er sich so zurechtgeputzt hatte. Denn als drei Minuten später ein BMW-Jeep mit blauen und gelben Kacheln um die Ecke bog, verzog sich sein Gesicht zu einem Lächeln, wie sie es an ihm noch nie zuvor gesehen hatte.

Dorothee stieg aus, auch sie trug eine festliche Uniform und sah darin hinreißend aus. Die britische Polizistin ging auf sie beide zu, begrüßte erst mal Sofia und nahm dann Kostas in die Arme.

»Na, *sweetheart?*«, fragte sie. »Aufgeregt?«

»Jetzt nicht mehr«, antwortete er lächelnd.

Dann gab sie ihm einen Kuss, den er erwiderte. Sofia wusste nicht so recht, wo sie hinschauen sollte. Aber dann entschied sie, dass es besser wäre, sich ein wenig abzuwenden. Wodurch sie bemerkte, dass alle – aber wirklich alle – Besucher des Festes die Szene fest im Blick hatten. Lady Gladstone sprangen förmlich die Augen aus dem Kopf. Aber es war nicht die übliche Sensationslust in den Blicken, die den Bewohnern von Kato Koutrafas so zu eigen war – vielmehr sah Sofia, wie sie alle sehr sanft lächelten und sich freuten – sie hatten Kostas auch in dunkleren Zeiten gesehen und waren offensichtlich so froh wie Sofia, dass das Leid ihres Polizisten nun endlich der Vergangenheit angehörte.

Nun kamen zwei Polizeiwagen mit Rundumleuchten, und in der Mitte fuhr eine große schwarze Limousine rumpelnd über die Dorfstraße. Sie hielt genau vor der neuen Polizeiwache. Der Fahrer und der Beifahrer stiegen aus der Limousine aus, es waren Bodyguards, kein Zweifel. Sie trugen schwarze Sonnenbrillen und sprachen in unsichtbare Funkgeräte – es kam Sofia kurz vor, als wären in Kato Koutrafas die Aliens gelandet. Der Beifahrer trat an die hintere Tür und öffnete sie. Und heraus stieg … um ein Haar wäre sie umgefallen vor Schreck – aber vor schönem Schreck. Denn der Mann, der in einem Anzug mit weißem Hemd und dunkelblauer Krawatte ausstieg und den Applaus der Umstehenden lächelnd aufnahm, war niemand anderer als … »Papa!« Sofia rief es und rannte augenblicklich auf ihn zu. Die Bodyguards sahen sichtlich verwirrt aus, als die junge Polizistin auf sie zukam, doch dann öffnete der Mann im Anzug schon seine Arme und drückte Sofia an sein Herz.

»Papa!«, rief sie noch einmal und war irgendwo zwischen Lachen und Weinen. »Bist du extra aus Eriwan gekommen? Für die Einweihung?«

Er umarmte sie ganz fest, dann lösten sie sich, und er hielt sie ein Stück von sich weg. »Na ja, erst mal bin ich hier, weil ich sehr froh bin, dass es dir gutgeht – ich sehe es dir doch an. Endlich hast du ein bisschen zugenommen – das Eheleben steht dir.«

»Ich bin mir sicher«, antwortete Sofia lächelnd, »dass jede Frau es gerne hört, wenn sie zugenommen hat.«

Ihr Papa grinste. »Na ja, also: Es stimmt. Ich bin aus Eriwan gekommen. Aber nicht für einen Besuch.« Ihr Vater sprach in Rätseln, dachte Sofia und konnte die Auflösung kaum abwarten. »Ich weiß es selber erst seit gestern, und deshalb dachte ich, dass ich dich nicht anrufe, auch wenn es mir schwerfiel – aber ich wusste ja, dass ich dich heute sehe. Es ist so: Der Präsident der Republik wusste, dass er durch die Umstände, die … nun ja, wenn ich die Akten lese, ist es ja so … durch die Umstände, die unter anderem du zu verantworten hast, den geschätzten Petros Matriopoulos nicht mehr lange würde in Schutz nehmen können. Und da der Wahlkampf wohl längst begonnen hat, wollte er sich selbst und das Kabinett aus der Schusslinie nehmen. Zudem wollte dieser kluge Präsident ein Zeichen setzen an die konservativen Wähler, dass er auch ihre Sorgen und Wünsche ernst nimmt, und hat sich daher entschieden, ein Mitglied der konservativen Partei in seine kommunistische Regierung einzubinden, um damit seiner Weisheit und Großzügigkeit Ausdruck zu verleihen. Und deshalb klingelte gestern in Eriwan mein Telefon, und es war der Präsident, mit dem ich – du weißt es, ich sage es ja oft genug – vor viel zu vielen Jahren die Schulbank gedrückt habe. Und er fragte mich, ob ich mir vorstellen könnte, in seinem Kabinett zu arbeiten – und wenn der Präsident anruft, dann überlegt man nicht lange. Und so habe ich zugesagt und bin vorhin, vor nicht einmal zwei Stunden, in Nikosia zum Innenminister der Republik Zypern vereidigt worden.«

»Das ist nicht dein Ernst«, erwiderte Sofia, die seine Erzählung atemlos mit angehört hatte. »Du bist mein neuer oberster Dienstherr?«

»Die Presseerklärung kommt erst morgen früh, ich habe sie eigenhändig verschoben, weil ich heute erst mal bei meinem ersten und zugleich wichtigsten Termin meiner Amtszeit erscheinen wollte: der Einweihung der neuen Polizeiwache von Kato Koutrafas.«

»Das ist … ich weiß gar nicht, was ich sagen soll. Ihr kommt tatsächlich wieder nach Zypern.«

»Ja, Mama ist auch auf dem Weg hierher. Sie wollte sich noch frischmachen, wir sind ja vorhin erst gelandet. Nun, dann sind wir wohl endlich eine große, glückliche Familie – wollt ihr gleich bei uns einziehen, Christos und du? Damit euer Nachwuchs …« Er sah sie erwartungsvoll an, dann verzog sich sein Mund zu einem Grinsen: »Reingefallen«, sagte er schnell, »wollte dich nur veräppeln. Wir wollen mal schön unsere Ruhe in unserer Villa – und du bleibst hier, wo dein Platz ist. Außerdem glaube ich nicht, dass der Präsident wiedergewählt wird – dann nehme ich die anderthalb Jahre Amtszeit mit Pensionsansprüchen mit und kann danach endlich Botschafter in New York werden. Aber psst, nicht weitersagen.«

»Du bist so ein Fuchs«, flüsterte Sofia und drückte ihren

Vater noch mal an sich und hielt ihn ganz fest. »Ich bin so froh, dass du bei mir bist.«

Dann ging der frischgebackene Minister auf Kostas zu und wollte ihm die Hand schütteln, doch der Chief Inspector salutierte.

»Mister Perikles«, sagte er, »wenn ich das richtig deute, bin ich jetzt Ihnen unterstellt?«

»So ist es, DCI Karamanlis.«

»Dass ich das noch erleben darf«, erwiderte Kostas. »Fähige Politiker auf Zypern.«

»Na, da freuen Sie sich mal nicht zu früh«, antwortete Sofias Vater lachend. »Wenn Sie weitermachen mit Ihrem Rekord an aufgeklärten Fällen, dann werde ich die Hauptmordkommission der Insel bald hierherverlegen – und dann werden Sie mehr zu tun kriegen, als Ihnen lieb ist.«

»Das kann alles Sofia machen«, erwiderte Kostas. »Ich ziehe mich langsam, aber sicher ins Privatleben zurück. Darf ich Ihnen vorstellen? Dorothee Galveston, Leiterin der britischen Polizei auf Zypern.«

Die Britin und der Minister gaben sich die Hand. Dorothee deutete einen leichten Knicks an. »Bitte nicht«, sagte Sofias Vater, »sonst muss ich auch vor Ihnen knicksen, und ich habe es so im Knie. Freut mich sehr, Sie kennenzulernen. Und Glückwunsch, Kostas.«

»*Efcharistó*, Herr Minister.«

»Na, dann wollen wir mal.«

Sie gingen der Menschenmenge voran zur Polizeiwache. Vor dem Haupteingang war eine kleine Bühne aufgebaut, auf der sich ein Standmikrofon und ein Aufsteller des Innenministeriums und der Polizeibehörden befanden. Sofias Vater ging zu dem Mikrofon, klopfte einmal unsinnigerweise kurz darauf, dann räusperte er sich und begann:

»Meine lieben Mitbürgerinnen und Mitbürger, es ist mir als

frischvereidigtem Innenminister der Republik Zypern eine riesige Ehre und Freude, zuerst hier zu Ihnen kommen zu dürfen – um mit Ihnen diesen wunderschönen Neubau einzuweihen. Sie müssen wissen: Ich kannte Kato Koutrafas nur von der Straßenkarte – das muss ich ganz ehrlich sagen. Bis meine Tochter Sofia durch einen Wink des Schicksals hierhergeschickt wurde, um Ihre neuen Dorfpolizistin zu sein. Es war nur wenige Tage später, als sie mich anrief und sagte: ›Papa, vergiss Limassol, vergiss Nikosia, vergiss Paphos – die freundlichsten, gastfreundlichsten, nettesten Menschen Zyperns, die leben genau hier, in Kato Koutrafas.‹« Der Minister machte eine professionelle Pause, aber der Applaus, der aufbrandete, war mehr als nur kalkuliert, es war echter freudiger Beifall. Sofia erinnerte sich gut an das erste Telefongespräch, als sie hier gelandet war – sie hatte allerdings nichts dergleichen gesagt, sondern verzweifelt in ihr Telefon geweint. Es schien ihr beinahe, als mache ihr Vater Wahlkampf, um selber Präsident zu werden. »Und seither haben Sie meine Tochter hier in Ihr Herz geschlossen und ihr nicht nur eine neue Heimat geboten, sondern auch eine Familie – Sie alle«, fuhr er mit jeder Menge Pathos fort. »Dafür möchte ich Ihnen sehr persönlich und von Herzen danken. Nun aber zu diesem wunderbaren Bau. Man denkt ja, in so einem kleinen Dorf könne nicht viel passieren – wer braucht da schon eine Polizeiwache. Aber weit gefehlt: Seit anderthalb Jahren gab es sage und schreibe fünf Morde, die mit der Gemeinde zusammenhängen, Kato Koutrafas scheint ein gefährliches Pflaster. Stets war es Ihre Polizeieinheit, waren es diese beiden Menschen hier, die die Taten schnell und gewieft aufgeklärt haben. Und die damit ein Vorbild sind für alle Polizisten der Insel. Und deshalb war es uns in der Regierung ein Anliegen, mit diesem Neubau zum Ausdruck zu bringen, dass wir auch die ländliche Region, die Region an der Grenze, stärken wollen – und dass uns Ihre Sicherheit am Herzen liegt. Die neue Wache ist ein Schmuckstück, ich kann es nicht anders sagen – sie verfügt über modernsten Komfort, und sie hat sogar ein Büro für Bürgeranliegen, also für Sie alle. Es wird auch ein Sekretariat geben, die Gelder dafür habe ich eben bewilligt. Und sobald Cyprus Telecom so weit ist, wird es auch eine Leitung für das Internet geben, die dann Ihnen allen zugutekommt – innerhalb der nächsten zwei Jahre sollte es so weit sein.«

Sofia traute ihren Ohren nicht. Zwei Jahre. Nicht für schnelles Internet. Sondern für irgendein Internet. Bisher hatte sie nur Zugang zum Netz, wenn sie irgendwo am Ende der Dorfstraße auf einen Hügel stieg und ihr Handy in die Luft hielt, was dann für Onlineshopping auch nicht ideal war. Aber gut, UPS hätte ihr Paket eh nicht bis hierher ins Dorf gebracht.

»Also, herzlichen Glückwunsch, und hiermit eröffne ich feierlich die Polizeiwache von Kato Koutrafas!«

Sofias Vater stieg von der Bühne, und sie alle folgten ihm, Sofia, Kostas und alle anderen Einwohner des Dorfes. Aus dem Augenwinkel erkannte Sofia ihre Mutter, die auch eingetroffen war, und winkte ihr fröhlich zu.

An der Eingangstür zur Wache war das blau-weiße Band gespannt, das sie sonst zur Absperrung von Tatorten verwendeten. Tja, Zypern blieb eben eine Insel, wo gerne improvisiert wurde.

Einer der Bodyguards gab dem Minister eine Schere in die Hand, doch der wandte sich um und streckte sie Kostas hin. Doch auch der schüttelte den Kopf. »Nein. Es ist ihr zu verdanken, dass es hier überhaupt was zu feiern gibt. Und es ist auch ihr zu verdanken, dass es mich noch gibt.«

Kostas wies auf Sofia, die glaubte, sich verhört zu haben. Aber als er ihr zunickte, stiegen ihr Tränen der Rührung in die Augen, und sie erlebte die nächsten Augenblicke wie hinter einem Schleier. Wie sie die Schere nahm und ihr Vater ihr die Hand auf den Rücken legte, wie sie vorsichtig das Band durchschnitt und all die Anwesenden laut und frenetisch Beifall klatschten. Wie Adonis begeistert durch die Finger pfiff.

Und dann traten sie alle ein. Es war das erste Mal, dass Sofia das Innere des Reviers sah. Herrgott, es war wirklich kein Vergleich mit der verrauchten Containerbaracke, in der sie Kostas kennengelernt hatte. Hier war alles strahlend weiß, die Wände waren frisch gestrichen, und an der hinteren Wand war in großen blauen Lettern das Logo der Polizei aufgezeichnet, darunter die Aufschrift *Police of Cyprus – Kato Koutrafas.* Sofia ging auf einen der Schreibtische zu und betrachtete das Schild: *DCI Kostas Karamanlis.* »Hier ist deiner«, rief sie und ging dann ein paar Meter weiter. Ihr Schreibtisch trug auf einem Schild auch ihren Namen *DS Sofia Perikles.* Er stand genau am Fenster, und sie konnte von hier aus den Dorfplatz und das Kafenion sehen. Es gab nagelneue Computer auf den Schreibtischen, wenn auch ohne schnelles Internet, und es gab sogar eine Klimaanlage, die den Bau auf angenehme zwanzig Grad herunterkühlte. Im hinteren Bereich gab es einen Aufenthaltsraum mit Küche, und daneben war die Umkleide mit Duschen und sogar ein Waffenschrank.

»Endlich muss ich mein Jagdgewehr nicht mehr zu Hause im Kühlschrank lagern«, flüsterte Kostas.

»Hier herrscht aber in jedem Fall Rauchverbot«, sagte Sofia streng. »Ich möchte nicht in einem Jahr wieder deine gelben Wände streichen.«

»Er hat eh aufgehört«, sagte Dorothee Galveston. »Und jetzt liegt er mir in den Ohren, dass ich es ihm nachmachen soll, weil wir doch *zusammen alt werden wollen.«* Sie zog die Wörter wie einen Kaugummi, und dann lachten sie alle gemeinsam. Was für eine gute Partie ihrem DCI da doch vergönnt war, freute sich Sofia: Die Britin war so lustig, und so ein feiner Mensch – und sie liebte Kostas über alles, das erkannte jeder, der die beiden ansah.

»Das sieht wirklich toll aus«, sagte Sofia und spürte ihr großes Glücksgefühl.

Hinter ihr räusperte sich Adonis. »Und nun, wenn alle alles gesehen haben, kommen wir zum zweiten feierlichen Teil des Tages: Unser Osterlamm wird am Kafenion serviert. Ihr seid alle herzlich willkommen – und Sie natürlich auch, Herr Minister. Und Ihre Frau.«

»Es ist uns eine Ehre«, entgegnete Sofias Vater und schüttelte Adonis die Hand, der vor Stolz sichtlich errötete.

So langsam schoben sich alle wieder aus dem Neubau, es war ein Gedränge, wie es Kato Koutrafas wahrscheinlich seit Jahrzehnten nicht erlebt hatte.

Nur Sofia blieb zurück. Sie ließ den Blick durch *ihre* neue Polizeiwache schweifen.

»Kommst du?«, fragte Kostas, der in der Tür stehen geblieben war.

»Es ist so unwirklich«, erwiderte sie. »Das ist eine Welt, von der ich nichts wusste – und die bestimmt nie der Traum meines Lebens war –, und nun will ich nichts, aber auch gar nichts anderes als das.«

»Tja, so ist das«, erwiderte Kostas. »Du bist eben die Polizistin wider Willen. Und ich bin sehr dankbar für diesen Wink des Schicksals.«

Sie lächelte ihm zu, dann legte sie ihm die Hand auf den Rücken, und zusammen gingen sie aus der Wache und über den Dorfplatz aufs Kafenion zu.

Von dort drang schon der Duft des gegrillten Fleisches zu ihnen, doch Christos winkte sie vorher zu einem großen Suppentopf, der über offenem Feuer schmorte.

»Wir beginnen ganz traditionell«, sagte er und reichte ihnen beiden je eine große Schüssel.

»Boah«, sagte Sofia und strahlte. *»Avgolemono.«*

»Und zwar die beste, die ich je gegessen habe«, sagte ihr Vater und fing sich einen wütenden Blick seiner Frau ein. »Ich meine natürlich, die zweitbeste.« Alle mussten lachen.

»Er ist eben kein Diplomat mehr, Mama, mach dir nichts draus.«

Sofia kostete von der traditionellen Ostersuppe. Sie duftete nicht nur phantastisch, sie schmeckte auch so: Es war eine langgekochte Hühnerbrühe, die mit Eiern angedickt wurde und reichlich frischen Zitronensaft enthielt. Ein würziges, aber auch unendlich frisches Gericht, das sehr gut in diese Zeit des Jahres passte – im Hochsommer wäre man beim Genuss der warmen Suppe wahrscheinlich vor Schwitzen umgekommen.

»Und um Mitternacht gibt es natürlich *Flaounes* nach Efigenias Rezept«, sagte Adonis. Auch diese Teigfladen waren eine Ostertradition. Sie waren mit Käse und zyprischen Kräutern gefüllt. Sofia hatte die *Flaounes*, die in der Osternacht gebacken wurden, immer am Morgen des Ostersonntags auf dem Weg in die Messe gegessen.

Auf einmal stand Christos neben ihr.

»Frohe Ostern, Liebe meines Lebens.«

»Dir auch, Knackarsch meines Lebens.«

»Wie geht's dir?«

»Gut.«

»Auch mit all den Ereignissen der letzten Tage? Also, ich meine …«

Er sah sie sanft an.

»Ich weiß schon, was du meinst – und ja: Meine Ex-Schwiegermutter hat mich geschockt. Aber«, sie suchte nach Worten, »früher hätte mich das alles aus der Bahn geworfen. Aber seitdem ich hier bin, bei dir und in Kato Koutrafas, habe ich eine Familie, die mich so nimmt, wie ich bin, das ganze Chaos inklusive. Und das allein ist ein Wunder.«

»Ein Osterwunder«, erwiderte Christos.

»Frohe Ostern!«, rief Adonis.

*»Kaló Páscha!«*, riefen alle im Chor, stießen miteinander an, und Sofia konnte nicht anders, als sich die Tränen aus den Augen zu wischen.

**Yanis Kostas**
***Der Schatz von Bellapais***
***Ein neuer Fall für Sofia Perikles***
Zypern-Krimi
256 Seiten, Klappenbroschur
ISBN 978-3-455-01092-3
Atlantik

**Zyperns beste Ermittlerin kehrt zurück**

Police Officer Sofia Perikles und ihr britischer Verlobter sind mitten in den Vorbereitungen ihrer Traumhochzeit auf der Sonneninsel. Da wird im See der größten Kupfermine Zyperns die Leiche eines jungen Mannes gefunden. Ist er ein Opfer illegaler Geschäfte? Was kann der Mann aus dem türkischen Norden der Insel in den finsteren Schächten gesucht haben? Die Ermittlungen führen tief in die düstere Vergangenheit Zyperns als infolge der türkischen Besetzung dutzende Kirchen geplündert wurden und kostbare Kunstwerke spurlos verschwanden. Von den glänzenden Fassaden der Kunsthändler lässt sich Sofia nicht blenden, aber wird es ihr gelingen, Licht ins Dunkel zu bringen, bevor es weitere Opfer gibt?

Eine zauberhafte Geschichte
von der großen Liebe
in einer kleinen Pension am Meer.

Alexander Oetker
*Mittwochs am Meer*
Roman
176 Seiten, Hardcover
ISBN 978-3-455-01096-1
Atlantik Verlag